La Ballade de Lila K

Blandine Le Callet

La Ballade
de Lila K

roman

Stock

ISBN 978-2-234-06482-9

Pour Pierre-André,
toujours

One of these mornings you're gonna rise up singing
Then you'll spread your wings and you'll take to the sky
But 'til that morning, there ain't nothin' can harm you
With Daddy and Mammy standin' by

Prologue

Dans la vie, il y a toujours un *avant*, un *après*, vous avez remarqué ? Avec entre les deux une cassure franche et nette, heureuse ou malheureuse – c'est une question de chance. Elle ne peut pas sourire à tout le monde, évidemment. Je suis sûre que personne n'y échappe.

Pour moi, la rupture s'est produite le jour où des hommes casqués, tout en noir, ont défoncé la porte pour se ruer dans la chambre. Lorsqu'ils ont tiré ma mère du lit, elle s'est débattue en hurlant. Je revois son peignoir ouvert, ses seins, très blancs, zébrés de marques rouges. Les hommes en noir riaient. C'était terrorisant, ces rires qui fusaient sous les visières opaques.

Comme elle hurlait toujours, l'un d'eux a beuglé, *ta gueule !*, en lui serrant la gorge avec sa matraque. Elle s'est mise à suffoquer. J'ai cru qu'ils allaient la tuer.

Ils l'ont plaquée au sol, et l'ont emprisonnée dans une camisole. Puis ils l'ont bâillonnée. J'ai tout vu, ses larmes, ses yeux fous, les bleus sur son visage. Elle n'essayait plus de résister. Elle me regardait fixement. J'ai compris ce qu'elle voulait me dire. *Au revoir, mon bébé.* Plusieurs fois, elle a cligné des yeux. Chaque battement de paupières était comme un baiser. *Je t'aime. Je t'aime. Je t'aime.* Et elle m'a souri, derrière le bâillon.

J'aurais voulu crier, donner consistance à ma peur, mais j'étais bien trop faible, incapable de dire un mot, encore moins de bouger. Je me suis contentée de gémir en griffant les draps, tandis qu'ils l'emmenaient. Et je me suis retrouvée soudain précipitée dans un monde insensé aux règles implacables.

Le Centre

Quand je suis arrivée dans le Centre, je n'étais ni bien grande, ni bien grosse, ni en très bon état. Ils ont tout de suite cherché à me faire manger. Me faire manger, c'était leur obsession, mais c'était trop infect. Chaque fois qu'ils essayaient, je détournais la tête en serrant les mâchoires. Lorsqu'ils parvenaient malgré tout à me glisser une cuillerée dans la bouche, je la recrachais aussitôt. Plusieurs fois j'ai vomi, de la bile et du sang. C'est écrit dans le rapport.

Finalement, ils m'ont attachée sur mon lit, puis ils m'ont enfoncé une sonde dans le nez, et m'ont nourrie par là. On ne peut pas dire que c'était confortable, mais enfin, c'était mieux qu'avaler leurs immondices.

Je ne supportais pas le moindre contact. C'est écrit en page treize : *Hurle dès qu'on la touche.*

Juste après : *Sédation*. Sédation, ça veut dire injections d'anxiolytiques, sangles, et musique douce pour enrober le tout d'un peu d'humanité.

Voilà comment ils sont parvenus à me faire tenir tranquille et à me trimbaler de service en service afin d'effectuer leurs batteries d'examens : ils m'ont palpée, auscultée, mesurée, pliée dans tous les sens. Ils m'ont planté des aiguilles dans le corps, ont branché sur moi des machines. Ils m'ont photographiée, aussi. Je pleurais sous les flashes. Alors ils m'ont donné des lunettes noires qui tenaient avec des élastiques, et je n'ai plus rien dit.

Ils m'ont opérée des mains peu après. Mes doigts ont été séparés sans problème. Je n'ai pas de séquelles, seulement des cicatrices, très fines et nacrées, que je prends soin de cacher en serrant bien les poings, pour éviter les questions indiscrètes.

Ils me gardaient la plupart du temps dans une pièce close maintenue dans la pénombre. Je flottais dans une sorte de torpeur, sans conscience du temps qui passe, et c'était aussi bien.

Dès que j'émergeais du brouillard, j'appelais ma mère. Je ne savais rien dire d'autre, *ama, ama, ama*, des heures durant, dans l'espoir que cette mélopée, poursuivie sans relâche, finirait par me la ramener.

Un monsieur est venu : *Il faut que tu arrêtes d'appeler ta maman. Ta maman est partie. Est-ce que tu comprends ?* J'ai fait oui de la tête. *Tu es en sécurité ici. Tout ira bien, tu verras. Seulement, il faut que tu arrêtes d'appeler ta maman.* Il parlait doucement, mais il y avait ses yeux, très froids, une sourde menace sous la douceur des mots.

J'ai senti qu'il valait mieux ne pas les contrarier. Ils risquaient de faire du mal à ma mère si je n'obéissais pas. Alors, j'ai obéi : j'ai cessé de l'appeler, pas de penser à elle. Il me fallait bien ça pour supporter les bruits.

Il en venait de partout, à l'assaut de ma chambre. Des chuchotements derrière la porte, et les gémissements des enfants enfermés dans les chambres voisines, comme des cafards sur mon visage, des mouches grignotant mes tympans. Même en remuant la tête, très fort de gauche à droite, je n'arrivais pas à m'en débarrasser. Ils s'accrochaient à moi, ils me mangeaient le crâne, sans jamais s'arrêter.

J'aurais voulu me plaquer les mains sur les oreilles et me réfugier sous le lit, roulée en boule bien compacte. Cela m'aurait peut-être aidée à retrouver ce silence dense, tissé de bruits feutrés, qui me protégeait autrefois, quand j'étais allongée dans mon cocon obscur. Mais j'étais attachée, et bien trop épuisée pour faire autre chose que miauler faiblement comme un chaton perdu.

Tous les après-midi, on me détachait du lit, et l'on me déposait dans un fauteuil roulant, que l'on poussait ensuite jusqu'à une grande cour, pour me faire prendre l'air. C'était terrible, à cause de la lumière qui me brûlait les yeux malgré mes lunettes noires, mais surtout à cause des hélicoptères. Ils patrouillaient en permanence au-dessus de la ville, à l'époque, vous vous souvenez sûrement. C'était quelques années après les *événements* ; le plan de sécurité était encore maintenu à son niveau extrême.

La première fois, j'ai paniqué. *Ama, ama, ama.* Ils m'ont rapatriée *fissa* à l'intérieur : *Tu te souviens de ce qu'on t'a dit ? Tu ne dois plus appeler ta maman. Tu ne dois plus l'appeler !* Je sentais à leur voix qu'ils n'étaient pas contents. J'ai pensé au monsieur qui était venu me parler, aux menaces qu'il y avait dans ses yeux. Je me suis ratatinée dans mon fauteuil. *Ama.* J'avais peur pour elle, et c'était encore pire que les hélicoptères.

À partir de là, je me suis tenue à carreau. Dès que j'entendais au loin le bourdonnement sourd des gros frelons trapus, et leurs lourdes pales hachant l'air, je me bouchais les oreilles, et je me mordais la lèvre tout en fermant les yeux. *Calme-toi, ce n'est rien. Ils nous protègent, tu sais. Ils vont bientôt partir.* Je ne les écoutais pas. En secret, je priais ma mère, la seule à pouvoir étouffer le vacarme des monstres qui s'abattaient sur moi.

Ma mémoire s'est brouillée, peu à peu – sans doute à cause de tous les calmants qu'on me faisait avaler. Ils me chiffonnaient l'esprit, insidieusement, effaçaient mon passé. Je me souvenais bien du moment où les hommes en noir nous avaient séparées – ça oui, je m'en souvenais –, mais au-delà, tout devenait confus. Un fatras d'impressions sans aucune cohérence. Au milieu, émergeait une vision précise, une seule – allez savoir pourquoi –, celle d'un square, avec un tourniquet chargé d'enfants.

Je suis au milieu d'eux, bousculée par les grands. Je ris pourtant; je m'amuse, emportée par le manège dont chaque tour me ramène l'image de ma mère, assise sur un banc avec d'autres femmes. Les autres femmes sont laides, la peau dévorée d'allergies, le sourire tout mangé de chicots. À côté d'elles, ma mère ressemble à une reine, un ange miraculeusement préservé de cette corruption.

Pour ne pas l'oublier, je convoquais sans arrêt cette scène, le square, le tourniquet et le visage intact de ma mère. Mais cela n'a pas suffi : les calmants n'ont cessé de ronger ma mémoire; mon ange s'est envolé chaque jour un peu plus haut.

Tous les matins, quelqu'un venait me caresser, tantôt un homme, tantôt une femme. Durant plusieurs minutes, leurs doigts effleuraient le dessus de ma main, avant de glisser lentement vers ma paume sur laquelle ils se refermaient, sans serrer.

Je me crispais dans mes sangles – c'était si dégoûtant. Mais je n'essayais pas de me débattre. Inutile de protester : j'étais à leur merci.

Après la main, ils sont passés aux bras, aux épaules et au cou. Puis aux pieds, aux chevilles, aux mollets, aux cuisses. Des caresses, des massages, tantôt doux, tantôt vigoureux, qui me mettaient au bord de l'évanouissement.

Au fil des mois, le dégoût s'est atténué. Je ne sais pas si c'est l'habitude ou la résignation, ou les deux à la fois. J'arrivais à me laisser toucher n'importe où, sans sursaut, sans révolte. Je n'étais plus la petite bête sauvage qu'ils avaient recueillie au début. J'étais devenue docile, pour ainsi dire apprivoisée.

Mais le changement n'était que de surface : ma nature profonde est demeurée intacte. Malgré tous leurs efforts, et les séances de massage qu'ils m'ont imposées en traitement d'entretien année après année, ils ne sont pas parvenus à effacer la répugnance qui me fait frissonner chaque fois que l'on me touche. Ils n'ont pas aboli le réflexe qui me pousse encore aujourd'hui à éviter, autant que je le peux, le contact d'autrui.

La sonde a fini par provoquer une irritation des muqueuses. Ils me l'ont retirée. Les tortures ont repris, les bouillons, les bouillies, les purées. Dès que je voyais s'approcher la petite cuillère, je sortais de ma torpeur, toutes griffes dehors. L'odeur des aliments annihilait l'effet des sédatifs.

Je ne comprenais pas pourquoi ils s'acharnaient à me faire avaler toutes ces cochonneries. Ma mère était la seule à savoir ce que j'aimais. C'était tiède et moelleux, savoureux à pleurer. Lorsqu'elle oubliait la cuillère, je plongeais la main dans la boîte, et je mangeais avec les doigts. J'étais avide, j'étais goulue, je m'en mettais plein la figure. Cette odeur, cette douceur. Je n'arrêtais pas d'y penser, et cela rendait ma résistance encore plus acharnée.

Mais je ne faisais pas le poids. Ils avaient des sangles, des écarteurs. Pas moyen de lutter contre ça. Dès qu'ils étaient parvenus à me faire avaler trois ou quatre cuillerées, ils complétaient par une perfusion de glucose vitaminé, et ils étaient contents, jusqu'à la prochaine fois.

J'ai fini par céder ; je n'avais plus la force. Lorsqu'ils approchaient la cuillère, j'ouvrais la bouche spontanément, je mâchais, j'avalais. Plus d'écarteurs, plus de sangles, plus de mains pour me tenir la tête, m'appuyer sur le menton. Malgré mon dégoût, c'était un soulagement.

J'ai repris de la vigueur et du poids. Je me suis requinquée. Dès que j'ai été capable de tenir seule assise, ils ont pu commencer la rééducation. Je ne savais plus ni parler, ni marcher, ni rien. Ils m'ont tout réappris.

Je me souviens, l'orthophoniste avait mauvaise haleine, un chat mort dans la gorge. Dès le départ, ça a nui à nos relations. Lorsqu'elle ouvrait la bouche, elle m'envoyait ses miasmes en plein visage, et je devais serrer les lèvres pour bloquer les spasmes qui me retournaient l'estomac. Elle prenait ça pour de la mauvaise volonté, approchait un peu plus son visage du mien : *Regarde comment je fais. Allons, regarde !* Et c'était encore pire.

Les premiers temps, je me suis débattue. J'ai même essayé de la griffer, c'est écrit dans le rapport. Elle a été patiente. Ils lui ont proposé de m'attacher dans le fauteuil, mais elle n'a pas voulu. Elle a dit qu'il n'y aurait jamais de progrès si je n'étais pas consentante. Tout devait venir de moi, quand je me sentirais prête. Ça m'a plu, je dois dire – pour une fois que quelqu'un ne cherchait pas à m'attacher. Alors, j'ai décidé de faire un effort et de supporter l'odeur.

L'adversité rend inventif, je crois. Au bout de quelque temps, j'ai trouvé la parade : chaque fois qu'elle me parlait, j'arrêtais de respirer. Bien sûr, il y avait toujours ce souffle tiède sur mon visage. Mais sans l'odeur, je pouvais tenir le coup. Ça a été le début d'une vraie collaboration entre nous.

Il m'a fallu dix-huit mois de séances quotidiennes, un bon paquet d'apnées assorties de gros plans dégoûtants sur sa glotte, ses muqueuses, ses dents de porcelaine parfaitement alignées, mais j'y suis arrivée : j'ai réappris à parler, presque normalement. Il me reste un léger accent, dont personne ne sait définir l'origine, quelque chose de décalé dans le phrasé, la cadence. C'est très

léger, j'en conviens, mais enfin, nettement percep-
tible, et bien que vous m'ayez toujours dit que
vous aimiez ma façon de parler, j'ai remarqué que
cela mettait certaines personnes mal à l'aise.

Pour la marche non plus, ça n'a pas été simple, à
cause du vertige qui s'emparait de moi dès qu'on
me glissait dans le harnais. Suspendue à ces câbles,
la tête si loin du sol, je perdais tout repère. Dès
que les câbles commençaient à coulisser sur les
rails au plafond, je me mettais à vomir. *C'est normal*, disait M. Takano, le kiné. *Ne te décourage
pas. Tu vas y arriver.*
Tous les après-midi, il me sanglait dans le harnais mobile, et il me trimbalait durant une heure
ou deux, de gauche à droite et d'avant en arrière.
Allez, vas-y. Appuie-toi sur tes jambes ! Je me
laissais porter, totalement abrutie. Mes pieds tou-
chaient le sol, mais mes jambes restaient molles.
Entre moi et mon corps, je ne voyais pas le rapport.
C'est tout de même devenu moins compliqué, à
force. Les vertiges ont cessé, et les vomissements.
Takano m'a félicitée. Il était soulagé, j'imagine, de
ne plus avoir à tout nettoyer après chaque séance.
Et moi, j'étais contente de lui faire ce plaisir.
J'aimais bien Takano. Il avait le sens de l'humour,
un mari, six enfants, et toujours plein d'histoires à
raconter.

Un jour, j'ai posé le pied par terre – je veux dire, je l'ai posé vraiment, en pressant bien avec la plante. J'ai senti un frisson remonter dans ma jambe, comme un choc électrique qui l'aurait réveillée. Takano a vu ma surprise. Il m'a encouragée. *Vas-y. Pousse sur tes pieds !* J'ai fait ce qu'il disait. Un pas, comme un miracle. Puis un autre, timide, émerveillé. Et j'ai compris soudain que ce n'était pas une question de contrainte. Ce n'était pas un ordre auquel j'obéissais : je voulais marcher. Au plus profond de moi, je le voulais. Pour la première fois, leurs exigences rencontraient mes désirs.

La marche a tout changé, le corps enfin debout, bien planté, tête droite. Après des mois passés à me laisser tripoter par des mains étrangères ou trimbaler vissée dans mon fauteuil roulant, je reprenais soudain possession de moi-même. Ma vie avait cessé d'être un flux continu d'événements absurdes. Elle retrouvait une forme, une cohérence. Je pouvais distinguer le jour de la nuit, le soir du matin, la veille du lendemain. Comme si je m'éveillais d'un long rêve morbide.

À partir de là, je me suis organisée. Chaque jour, je m'exerçais aux apnées. C'était bon, à cause du vertige et de l'affolement du cœur que cela me procurait. Et c'était surtout très utile. Depuis que j'avalais mes repas sans respirer, je supportais bien mieux les aliments. Leur goût s'estompait, se muait en fadeur exquise, et même s'ils conservaient leur texture répugnante, ça n'avait rien à voir.

Après le dîner, je restais seule dans ma chambre. Plusieurs fois, ils m'avaient proposé de rejoindre les autres, pour passer un moment avec eux avant d'aller dormir, mais j'avais refusé. Les autres me faisaient peur. Chaque jour, je les observais, depuis la salle de rééducation. Le nez contre la vitre, je les regardais jouer dans la cour principale, au pied du bâtiment. Et malgré la triple épaisseur de verre qui atténuait leur clameur, malgré les trente étages qui nous séparaient, eux et moi, je ne pouvais m'empêcher de frissonner. Je le savais, j'en étais sûre : je n'arriverais pas à vivre au milieu d'eux ; j'étais trop différente, et surtout, incapable de supporter les bruits dont résonnait l'espace, ces cris, ces rires, ces pleurs lointains, ces chuchotements la nuit, dans le couloir, tout ce monde vivant qui grouillait à ma porte. C'était trop effrayant. Jamais je ne réussirais à m'y habituer.

J'y pensais depuis longtemps, mais je n'osais pas. J'avais peur qu'ils ne soient pas contents, qu'ils m'attachent à nouveau. Pourtant un soir, je l'ai fait quand même, je n'en pouvais plus : je me suis réfugiée sous mon lit. Blottie contre le mur, enroulée dans mes draps, je me suis recroquevillée, oreiller sur la tête. Et je suis parvenue à éloigner les bruits. Je les devinais encore derrière l'épaisseur ouatée de la couverture, mais faibles, à peine une rumeur. Le pire s'était perdu dans l'entrelacs des fibres. C'était si délicieux, ce semblant de silence, que j'y croyais à peine.

Je me doutais bien qu'ils avaient tout vu – la caméra était fixée juste au-dessus de mon lit. Ils n'allaient pas tarder à réagir. Bientôt, ils allaient arriver, me tirer de là en disant : *Il ne faut pas, tu ne dois pas, ne recommence jamais ça.* Je me suis tassée un peu plus, repliée sur moi-même, et je les ai attendus.

Il ne s'est rien passé, et je me suis endormie dans le fouillis des draps, comme un nid chiffonné tout autour de mon corps. Ma première vraie nuit depuis que j'étais ici.

J'ai recommencé les nuits suivantes. Ça n'était pas parfait, bien sûr. Rien ne pouvait égaler le confort tiède et sombre d'où l'on m'avait tirée. Mais c'était mieux que rien. Un début de bien-être et de sécurité.

Ils ont eu la sagesse de ne rien empêcher. Ils se sont contentés de placer sous mon lit un mince matelas, pour rendre mon sommeil plus confortable.

Mois après mois, j'ai continué : la rééducation, les repas, les apnées, et mes nuits sous le lit. À la fin de la deuxième année, je parlais presque parfaitement, quoiqu'avec un vocabulaire limité pour une enfant de mon âge. J'avais réappris à marcher, à me servir de mes mains, même si je restais encore très malhabile. Je savais monter un escalier, sauter à pieds joints, faire la roulade avant et la roulade arrière. Je mangeais, sans jamais rechigner, sans jamais respirer. Ils étaient contents de moi. Ils louaient mes progrès. *Reprend goût à la vie.* C'est ce qu'ils ont écrit dans le rapport. Il y avait de ça.

Pourtant, je ne vivais qu'à moitié. Ma mère me manquait. Je pensais à elle sans arrêt. J'y pensais en secret – j'avais bien compris qu'il ne fallait pas en parler. De toute façon, qu'est-ce que j'aurais pu raconter ? J'avais presque tout oublié de ma vie avec elle. Il ne me restait plus que des impressions diffuses : une robe rouge, un bruit d'eau qui coule, le parfum de la nourriture qu'elle préparait pour moi. Je n'avais même pas pu retenir son visage, seulement ses contours, à la fois précis et voilés, son sourire, fondu dans une sorte de brouillard lumineux, comme pour me rappeler la distance qui nous séparait désormais, elle et moi.

Ils sont venus me chercher un matin, pour me conduire dans une salle où jouaient cinq enfants, deux filles et trois garçons. J'ai tout de suite compris ce qu'ils avaient en tête. Je n'ai pas essayé de protester. C'était inutile, je le savais. Lorsqu'ils ont dit, *tu vas aller jouer avec les autres, quelques instants seulement, allez, va, n'aie pas peur*, je me suis avancée, pareille à une somnambule au bord d'une fenêtre. Je crois que je pressentais ce qui allait arriver.

Dès que les enfants m'ont vue, ils ont couru vers moi, et ils m'ont entourée. Je les ai trouvés étranges, assez laids pour tout dire, avec dans le visage quelque chose de bancal. Dissymétriques. Oui, c'est cela : je les ai trouvés dissymétriques. Eux me regardaient bizarrement. Mes lunettes noires les intriguaient, je crois. Comme un écran entre eux et moi.

Ils se sont mis à me poser des questions : *Comment tu t'appelles ? Pourquoi t'as des lunettes ? Pourquoi t'es si maigre ? Pourquoi tu trembles ?* Ils parlaient vite, tous en même temps, ils n'arrêtaient pas. Je n'avais qu'une envie : me plaquer les mains sur les oreilles et leur tourner le dos. Mais je savais que ça n'était pas ce qu'on attendait de moi, alors, j'ai fait face : j'ai répondu, mécaniquement, à toutes leurs questions. Sans doute aurait-il fallu que je les interroge à mon tour, mais c'était au-dessus de mes forces.

Lorsqu'ils m'ont proposé de jouer avec eux, j'ai accepté – je n'avais pas d'autre choix –, et on a commencé. Seulement, je ne connaissais pas leurs jeux. Ils ont essayé de m'expliquer les règles, mais je n'y comprenais rien. *T'es bête ou quoi ? Pourtant, c'est pas bien compliqué !* Leur agacement m'affolait ; c'était comme une menace, et je comprenais encore moins. L'un des garçons a fini par lâcher : *T'es un peu dingue, toi.* Ça n'était pas méchant, pas vraiment. Mais ça voulait bien dire ce que ça voulait dire : je n'étais pas comme eux et ils s'en rendaient compte.

Finalement, ils m'ont laissée en plan pour aller jouer entre eux à l'autre bout de la pièce. Ça ne m'a pas dérangée, au contraire : je me sentais soulagée de les voir s'éloigner. Puis ils ont commencé à faire des messes basses en me jetant de temps à autre des regards furtifs. À un moment, l'une des filles s'est détachée du groupe pour venir vers moi.

– Je parie que tu l'as jamais fait !

– Quoi ?

– Tu l'as déjà fait ?

– Mais quoi ? De quoi tu parles ?

Elle n'a pas répondu. Il y avait dans ses yeux une lueur inquiétante.

– Alors, tu l'as déjà fait ?

Les autres s'étaient approchés pour ne rien manquer du spectacle.

– Tu l'as déjà fait ?

J'étais paralysée, souffle coupé, diaphragme comprimé, mais ça ne suffisait pas à juguler l'angoisse. Derrière mes verres teintés, j'avais les larmes aux yeux. Ils ont ri. Ils flairaient ma panique, et ça les excitait.

Soudain, la fille s'est jetée sur moi. Je suis tombée à la renverse. Elle m'écrasait de tout son poids. J'ai senti sa main glisser brutalement sous ma jupe et baisser ma culotte.

– Ça, tu l'as déjà fait ?

J'ai hurlé sous ses doigts.

De son autre main, elle s'est mise à me griffer les cuisses. J'ai eu beau me débattre et crier, elle était plus forte que moi. Tout le monde était plus fort que moi. Elle ne me lâchait pas, et les autres riaient, en criant : *La dingue ! La dingue ! La dingue !* Mes lunettes ont valsé à l'autre bout de la pièce. Un éclair aveuglant dans mes yeux pleins de larmes. J'ai vu l'éducateur arriver en courant. J'ai continué à me débattre bien après qu'il nous a séparées.

Je ne me souviens pas clairement des jours qui ont suivi, mais d'après le rapport, ça n'était pas brillant. Dès qu'on m'approchait, je hurlais. Mes lunettes étaient cassées. Ils m'en ont donné d'autres. Je n'ai plus voulu les enlever, même la nuit. Ils m'ont remise sous sédatifs et sous perfusion de glucose. Et ils ont attendu.

Je gardais les yeux clos. Je ne voulais voir personne. De temps en temps, ils venaient me tripoter, changer ma perfusion, faire ma toilette ou une prise de sang. Je les laissais s'activer, les yeux toujours fermés. Je les entendais chuchoter : *Pauvre gosse, elle n'avait pas besoin de ça.* Et ils disaient aussi qu'on n'aurait jamais dû, que je n'étais pas prête. Ils disaient : *Il paraît que Kauffmann est furieux.*

Ça m'a fait un bien fou. *Pauvre gosse.* Certains me plaignaient. Ils n'étaient pas d'accord avec ce qu'on m'avait fait. C'était comme une brèche ouverte en plein milieu d'un mur, une faille dans le système. Un espoir. J'ai vu tout le parti que je pouvais tirer de la situation. Je me suis mise à simuler des crises de nerfs, de terreur et de larmes aussi vraies que nature, à tel point qu'à la fin, je ne savais même plus si c'était vrai ou faux.

Ils n'ont pas cherché à m'arrêter, à me calmer avec des injections, ou je ne sais quoi. Pour la première fois, je les sentais démunis, mal à l'aise, et peut-être conscients d'avoir commis une erreur. Je le voyais dans leurs yeux toujours un peu fuyants. Je le devinais dans leurs gestes précautionneux, comme si j'étais faite d'une matière fragile qu'ils tremblaient d'ébrécher en la manipulant. Voulez-vous que je vous dise ? La culpabilité, il n'y a que ça de vrai. Arrangez-vous pour que les autres se sentent toujours un peu coupables à votre égard, et vous en obtiendrez tout ce que vous voulez.

Lorsque, d'une voix très douce, ils m'ont annoncé que j'allais bientôt pouvoir quitter l'infirmerie, j'ai crié, affolée :

– Je ne veux pas retourner dans ma chambre !

– Tu ne veux pas ? Mais pourquoi ?

– Elle est trop près des autres ! Je ne veux pas y retourner ! J'ai peur !

– Mais enfin…

– Je ne veux pas y retourner. S'il vous plaît, mettez-moi loin des autres !

Ils se sont regardés, consternés. Ils n'avaient pas prévu cette complication. Mais ils n'ont pas dit non. Pour enfoncer le clou, j'ai versé quelques larmes parfaitement authentiques en me tordant les doigts pour bien mettre en valeur mes cicatrices. En un mot, j'ai joué ma partie. Il ne restait plus qu'à attendre.

Les choses ont pris moins de temps que je ne l'imaginais. Quelques jours plus tard, ils m'ont installée dans une aile écartée du bâtiment central, très loin des autres pensionnaires. *Ce n'est que provisoire*, ont-ils dit. À terme, ils comptaient bien me faire réintégrer le quartier des enfants. Mais ça m'était égal : pour l'instant, j'avais une paix royale, quasi ataraxique. Et je savais aussi qu'il ne serait plus question de *socialisation* avant un bon moment. La culpabilité, vous dis-je, il n'y a que ça de vrai.

Je l'ai appris bien plus tard en lisant mon dossier, l'affaire a donné lieu à une enquête interne dont les conclusions se sont révélées accablantes. L'expérience à laquelle on m'avait soumise avait été conduite en dépit du bon sens. Je n'avais pas été convenablement préparée. Mais surtout, aussi incroyable que cela puisse paraître, on n'avait pas pris soin de vérifier le profil des enfants avec qui j'avais été mise en contact. Un fiasco. Quelques têtes sont tombées : un psychiatre et deux thérapeutes, licenciés pour faute grave. Bien fait.

Il m'arrive encore de rêver à l'agression. Le visage de la fille. Sa bouche, ses yeux mauvais. Son corps puissant qui m'écrase. Ses doigts qui fouillent. *Tu l'as déjà fait ?* Ils parlent d'elle dans mon dossier. Elle s'appelait Bianca et venait de la Zone. Elle avait un peu plus de quatre ans lorsqu'on l'avait récupérée dans une boîte de spectacles clandestins, avec six autres enfants à peu près du même âge.

Durant quelques semaines, ils m'ont laissée tranquille. Ils n'osaient pas me brusquer. J'en ai bien profité : j'ai chipoté à table, je me suis fait dispenser de rééducation. Trop fatiguée. Je passais le plus clair de mon temps dans ma chambre, sous le lit. Je ne parvenais pas à sortir du silence.

Et puis, progressivement, tout est rentré dans l'ordre – je veux dire, leur ordre à eux. De toute façon, ça ne pouvait pas durer. Tout a une fin, surtout les meilleures choses.

Mes promenades quotidiennes avaient lieu désormais sur l'immense toit-terrasse de la tour centrale. Après ce qui venait de m'arriver, ils pensaient que ce serait mieux pour moi. Les autres jouaient en bas, dans les cours, les jardins. Moi, j'étais sur le toit. C'était bien, dans un sens. Mais dans l'autre, ça me rapprochait des hélicoptères – toujours la même histoire, on n'en sort jamais : Charybde et Scylla, le marteau et l'enclume. Moi, j'étais au milieu.

Chaque jour, je devais tourner en rond durant une demi-heure, tête dans les épaules, lunettes noires sur le nez, en guettant au loin le vol des frelons noirs. L'éducatrice psalmodiait : *Respire, ça te fera du bien ! Respire le grand air !* Ce qu'elle pouvait m'agacer, avec son grand air ! Je n'aimais que les atmosphères confinées, viciées, un peu rances, comme celle que je respirais sous mon lit dans la moiteur des draps. Ça me rappelait ma vie d'autrefois, mon bonheur perdu. Mais comment le lui expliquer ? Elle n'aurait pas compris. Je le devinais, rien qu'à voir ses joues pleines, son teint frais, son air con.

– Respire, allons, respire !

Ta gueule, ou je te balance du toit.

– Respire, cela fait un bien fou !

Je lui souriais, connasse, pour donner le change. En pensée je la poussais par-dessus le parapet, un petit coup, et hop, un grand bol d'air.

– Allez, à pleins poumons ! On s'o-xy-gè-ne.

Je faisais semblant d'obéir – cela n'engage à rien, et c'est tellement plus simple, au bout du compte. Comme elle, j'écartais les bras, en gonflant ma poitrine, le visage béat. En réalité, je passais presque tout mon temps sur le toit en apnée.

En janvier 98, un peu plus de deux ans après mon arrivée, j'ai intégré le programme d'enseignement du Centre. Compte tenu de mes *difficultés avérées de socialisation*, je bénéficiais d'un régime spécial de cours particuliers, dispensés alternativement par un maître et une maîtresse. Je me souviens qu'ils étaient très pâles, assez laids, lui surtout – certains cas résistent à la chirurgie. Ni bienveillants ni hostiles, mais toujours patients, ils me parlaient d'une voix égale et douce, comme à une enfant très fragile, ou une caractérielle qu'il faut ménager. On ne peut pas dire que je les aimais, mais disons qu'ils ne me gênaient pas, et c'était excellent pour nos rapports.

Ils n'ont pas mis longtemps avant de s'apercevoir que j'étais exceptionnelle. Ce n'est pas moi qui le dis, c'est écrit dans le compte rendu qu'ils ont adressé début mars aux membres de la Commission : *A appris à lire en un mois. Une mémoire stupéfiante, et des performances étonnantes en calcul mental. Encore des problèmes de maîtrise du graphisme, mais améliorations constantes.*
Ils m'ont fait passer tout un tas d'examens et d'évaluations. J'ai trouvé ça facile. Les résultats ont dit que j'étais surdouée. Ils ne voulaient pas le croire. Ils ont refait les tests, plusieurs fois, afin de s'assurer qu'il n'y avait pas d'erreur. Mais non, c'était bien ça. Aucun doute possible : j'étais ce qu'on appelle un *cas*, d'autant plus extraordinaire que mon passé aurait dû faire de moi une arriérée mentale.
Les membres de la Commission étaient très ennuyés : ils avaient sur les bras une vraie bête curieuse. Surdouée, asociale, polytraumatisée. Personne ne savait ce qu'il fallait faire de moi. C'est là que M. Kauffmann est entré en scène. Il a changé ma vie.

Monsieur Kauffmann

Vous avez certainement déjà entendu parler de M. Kauffmann. Tout le monde en a parlé au moment de l'*affaire*. Les infos nationales, les radios, le réseau... Tout ce *bullshit*. Rien n'a été prouvé, pour finir, mais le mal était fait. Le mal, c'est toujours ce qui reste, vous avez remarqué ? Même quand ça n'est pas vrai, c'est ce qu'on retient le mieux. Je trouve ça écœurant.

M. Kauffmann était déjà connu avant que le scandale ne s'empare de son nom – connu en bien je veux dire –, comme thérapeute, grand spécialiste des enfants déglingués. Il savait les retaper à neuf ou presque, les remettre d'aplomb, et c'étaient de vrais miracles, parce que, pour la plupart, ces enfants-là étaient considérés comme irrécupérables. Voilà pourquoi M. Kauffmann était célèbre et respecté : parce qu'il réussissait là où tous les autres échouaient.

Malgré cela, sa nomination à la tête du Centre avait fait quelques vagues. Certains n'appréciaient pas son style. Il était spécial, c'est sûr. Très gros, très coloré. Pas vraiment le genre des culs serrés qui siégeaient à la Commission. Provocateur, aussi, ça oui, on peut le dire. Tôt ou tard, ça devait mal finir.

Vous me connaissez, je suis d'un naturel méfiant. C'est à cause de la nature humaine. Elle réserve bien des surprises, souvent mauvaises, je trouve, alors autant demeurer sur ses gardes. Pourtant, avec M. Kauffmann, j'ai fait une exception. Je lui ai tout de suite accordé ma confiance, sans me poser de questions. Il était différent, c'est cela qui m'a plu, je crois. Ses vêtements chamarrés, ses yeux pleins de sourires, son air d'ogre jovial.

Lorsqu'il m'a dit, *bonjour, Lila, je suis monsieur Kauffmann, le directeur du Centre,* j'ai répondu sans crainte :

– Je sais. J'ai vu votre photo dans le grand couloir du deuxième, à côté de celle des anciens directeurs.

– Ah oui ! Mon portrait officiel, j'oubliais. Je n'y suis pas trop mal, d'ailleurs, n'est-ce pas ?

– Oui, vous êtes bien. Sauf que, sur la photo, on ne se rend pas compte que vous êtes si gros.

Il a éclaté de rire.

– Ah ça, je suis au courant ! Mon médecin me le répète à chaque contrôle, et mon assureur me le fait payer assez cher !

Puis il a tapoté de ses deux larges mains son ventre rebondi, moulé dans un spectaculaire gilet brodé d'argent. J'ai souri. Cet homme me plaisait, vraiment. Lorsqu'il m'a demandé si j'acceptais de suivre son *protocole extraordinaire* – un enseignement qu'il avait mis en place spécialement pour moi –, j'ai accepté sans hésiter. J'étais sûre qu'on allait bien s'entendre. Parfois, on a ce genre de certitude. Je ne regrette rien.

Ensuite, certains ont prétendu qu'on n'aurait jamais dû me laisser entre ses mains, qu'il m'avait fait beaucoup de mal. Même Fernand s'y est mis : *Dieu sait que je l'aimais, mais vraiment, tu n'avais pas besoin de ça !* Ils pensent tous comme lui. Ils ont raison, en un sens. Ma vie aurait sans doute été plus simple, s'il n'y avait pas eu M. Kauffmann. J'aurais été mieux préparée à ce qui m'attendait. Je le sais, mais, voyez-vous, cela ne change rien : pas un instant je ne regrette les années merveilleuses durant lesquelles il m'a prise sous son aile. Et je persiste à croire, quoi qu'en disent les autres, qu'il a été une vraie chance pour moi.

Il venait me voir chaque matin, une heure, parfois deux. On parlait de tout et de rien, surtout lui. Moi, je ne disais pas grand-chose. Je préférais l'écouter raconter ses histoires. Il était capable d'en inventer sur commande, simplement à partir de trois mots que je lui lançais au hasard, comme un défi, et c'était toujours un plaisir de l'entendre.

Il avait une façon de s'exprimer bien à lui, pleine de mots inconnus, de jurons abominables et d'expressions bizarres. Souvent, il s'amusait à mélanger les langues – il en parlait couramment une quinzaine et en était très fier. Évidemment, je ne comprenais pas tout. Il disait, *ça ne fait rien*, et il avait raison, parce qu'au bout du compte, il restait l'essentiel. Lorsque M. Kauffmann me racontait ses histoires, je ne sentais plus ni douleur ni manque. Il m'arrivait même d'oublier où j'étais – c'est vous dire si c'était agréable.

Il apportait parfois son violoncelle pour me jouer de la musique, toutes sortes de morceaux qui me remuaient le cœur comme ça n'est pas permis. D'habitude, je n'aime pas trop la musique. Rien ne vaut le silence, je trouve. Mais avec M. Kauffmann, tout était différent : le son de l'instrument me coulait dans l'oreille, fluide et grave, sans jamais l'écorcher. Puis il glissait doucement jusque dans ma poitrine. Une chaleur. Un vibrato. Et même si c'était triste, parfois à en pleurer, je sentais au fond de moi que ça me faisait du bien.

Je m'étais améliorée. J'avais beaucoup moins peur, et je supportais mieux la vie en général. Parfois même, je riais – il faut dire que M. Kauffmann savait s'y prendre. Il était si drôle, si gai et si imprévisible. Je ne pouvais jamais deviner ce qu'il allait inventer pour la leçon du jour, quelle langue il allait parler, comment il serait habillé. Il avait une garde-robe incroyable : des robes par dizaines, des gilets damassés, des chemises à jabot, des vestons de velours et des écharpes en soie de toutes les couleurs. Chaque séance avec lui était comme un cadeau, une surprise qu'il m'offrait pour briser, l'espace d'une heure ou deux, la routine obsédante du Centre.

Mais ce que j'aimais le plus, c'était sa bienveillance. Tout le monde me considérait comme une détraquée, un mécanisme déréglé à réparer d'urgence. M. Kauffmann était le seul à ne pas me juger, à ne rien exiger. Il y avait chez lui une sorte de douceur, je ne sais comment dire… de tendresse, oui c'est cela, de tendresse. Il me traitait comme une personne sans problème, avec tous les égards, et c'était merveilleusement réconfortant. Mais ça ne comblait pas le vide à l'intérieur de moi.

Je pensais toujours à ma mère. J'avais son deuil niché dans la poitrine, circonscrit mais intact. Je le gardais bien au chaud, sans rien dire à personne. Je n'osais pas en parler, même à M. Kauffmann.

Chaque jour, en contemplant la ville du haut du toit, je me disais, où est-elle, où l'ont-ils enfermée, dans quel immeuble, dans quelle rue. C'était un crève-cœur de ne pas le savoir. Je scrutais les façades, à la recherche d'un indice qui ne venait jamais. J'espérais que, peut-être, à force d'acharnement, mon regard finirait par devenir plus intense, et gagner le pouvoir de percer l'opacité des murs. Pierre, verre, béton, rien ne résisterait. Je la trouverais, enfin. Et tandis que je m'arrachais les yeux à la chercher, l'éducatrice jubilait à mes côtés : *Tu vois les reflets sur les toits, comme c'est beau ? Et ces arbres, le long de l'avenue ? Et là-bas, ces champs de blé ? C'est magnifique, n'est-ce pas ?* Elle pensait être enfin parvenue à m'ouvrir les yeux sur la beauté du monde. L'idiote. Je hochais la tête, pour ne pas la détromper. Je répondais, *oui, oui, magnifique,* pour qu'elle se taise, satisfaite, qu'elle la ferme. Puis je retournais à mon deuil.

Je vivais toujours à l'écart. M. Kauffmann avait décidé de ne pas me forcer. *Je te comprends, tu sais. Ce n'est vraiment pas facile de vivre avec les autres. On verra ça plus tard, chaque chose en son temps. Pour l'heure, occupons-nous de ton éducation.* M. Kauffmann avait pour moi de grandes ambitions, à cause de mon intelligence supérieure. Comme il était hors de question que je suive un programme collectif, il m'a laissé accès à l'ensemble des cours par visioconférence, tous niveaux confondus. *Ne te gêne pas, fillette, choisis ce qui te plaît.* Je ne m'en suis pas privée. Je me suis mise à étudier avec ardeur, tous azimuts – histoire, géographie, chimie, mathématiques, langues mortes et vivantes. Il fallait bien occuper le temps entre deux séances de rééducation.

J'appréciais beaucoup mes professeurs – c'est tellement plus facile d'aimer les gens de loin, tellement plus confortable. Aucun problème de contact fortuit ou de mauvaise haleine. Le paradis.

Lorsqu'en septembre, M. Kauffmann a présenté un premier bilan de son enseignement, la Commission a rendu un avis très favorable. Elle s'est même déclarée *impressionnée* par les progrès que j'avais réalisés. M. Kauffmann s'est frotté les mains : *Hé hé, fillette, je leur en ai mis plein la vue, à tous ces étroits* – c'est le terme qu'il employait pour désigner les membres de la Commission, lorsqu'il me parlait d'eux, les *étroits*. Ce n'était pas très prudent, mais M. Kauffmann n'était pas quelqu'un de prudent – en tout cas, pas du genre à mettre sa langue dans sa poche pour mâcher ses mots. *Si les* étroits *sont satisfaits, parfait ! On va pouvoir continuer tranquillement à faire ce qui nous plaît.* Je n'en demandais pas plus.

Le jour de mes neuf ans, M. Kauffmann m'a offert un kaléidoscope, *pour voir tout en beau, même quand tout est très moche.* L'idée m'a plu, je l'avoue – ça soulage, parfois, de pouvoir faire voler le décor en éclats en toute impunité. Je me sentais heureuse, mais surtout très émue : c'était la première fois qu'on me faisait un cadeau. Je n'avais jamais rien eu qui m'appartienne vraiment. Ou peut-être autrefois, mais je n'en étais pas sûre.

On a continué à notre rythme, les histoires, la musique et les conversations. Avec le temps, je me suis mise à parler, un peu, à poser des questions, à mettre mon grain de sel. C'est venu naturellement, je ne sais pas pourquoi. J'avais grandi, sans doute, et je m'étais complètement habituée à lui.

M. Kauffmann s'intéressait beaucoup à ce que je ressentais, à ce que je pensais. Il me demandait toujours : *Comment vas-tu, aujourd'hui ? Comment trouves-tu ce morceau ? Est-ce que tu aimes cette couleur ?* Personne ne m'avait jamais posé ce genre de questions, et j'étais la première surprise. J'essayais de répondre, tant bien que mal, mais ce n'est pas évident de raconter ses pensées, et d'exposer ses sentiments. C'est comme tout mettre à l'envers, l'intérieur vers l'extérieur, ça n'est pas naturel. En tout cas, ça ne l'était pas pour moi. Pour ne rien arranger, je ne trouvais pas les mots ; ils me manquaient, parce que j'avais appris à parler bien trop tard, et que mon vocabulaire demeurait limité. Ça ne pardonne pas. Très souvent, je n'avais plus rien sur le bout de la langue, et je restais sans voix, contrainte de tout garder à l'intérieur, enfermé, prisonnier sans aucun moyen d'en sortir. Ça me mettait en rage, et parfois même en larmes.

M. Kauffmann a dit : *Ne t'inquiète pas, fillette, on va arranger ça.* Je ne comprenais pas ce qu'il entendait par là, mais lui semblait très bien savoir où il allait, et il a pris les choses en main sans plus attendre.

Il s'est mis à me réciter des poèmes, chaque matin. Toutes sortes de vers, libres ou réguliers – il n'était pas sectaire. Je devais fermer les yeux – M. Kauffmann assurait qu'on entend mieux les yeux fermés. Lorsqu'il avait fini, je lui disais souvent :

– Je n'ai pas tout compris.

– Encore heureux, fillette ! Allez, maintenant, tu m'apprends ça par cœur.

Je ne voyais pas trop l'intérêt, mais M. Kauffmann avait l'air d'y tenir : *On ne sait jamais, cela pourrait servir à l'occasion.* Alors, j'obéissais : chaque jour, j'apprenais un poème, parfois deux. Ça ne me demandait aucun effort. Je retenais sans peine. J'ai toujours été très spongieuse.

Durant des mois, M. Kauffmann a continué à me remplir de mots avec acharnement. Je me laissais faire, sans saisir pour autant où cela me menait. Je n'avais pas l'impression de progresser – j'avais toujours autant de mal à m'exprimer. *Il faut persévérer*, disait M. Kauffmann. *Cela peut mettre un peu de temps à venir... mais ça viendra. Tu me fais confiance, n'est-ce pas ?* Je répondais, *oui, bien sûr*, mais au fond, je ne savais pas trop. *Continue à apprendre ces poèmes, Lila. Je te promets que tu finiras par comprendre à quoi ils servent. Tu finiras par le sentir.* Comme toujours, il avait raison.

Un jour que j'étais sur le toit, à penser à ma mère en regardant la pluie qui tombait sur la ville, un poème m'est soudain revenu en mémoire. Il parlait de tristesse, et il était parfait – je veux dire, il convenait parfaitement à l'instant : la pluie et mon chagrin, et la ville à mes pieds. C'était la première fois que cela m'arrivait.

Je me suis avancée jusqu'au bord du toit. J'ai dit : *Écoute-moi, maman : Il pleure dans mon cœur comme il pleut sur la ville.* C'était comme si les mots m'appartenaient. Comme si le poème était à moi, tout entier. Comme si je venais de l'inventer. Je l'ai murmuré très lentement, plusieurs fois, pour ma mère, où qu'elle soit. L'instant d'après, je me sentais déjà mieux.

Je l'ai dit à M. Kauffmann :

– Vous savez, je crois que j'ai compris, pour les poèmes. Vous aviez raison.

Il a souri :

– J'en étais sûr, fillette. J'en étais sûr.

Et nous sommes repartis de plus belle avec les mots. Maintenant que je faisais les choses en connaissance de cause, j'apprenais encore mieux, pêle-mêle, sans me poser de questions. Des vers et de la prose en-veux-tu-en-voilà, de longues listes de termes alambiqués, de proverbes, de dictons, de jurons et de grossièretés. Une vraie renaissance.

Début septembre, M. Kauffmann a présenté devant la commission un deuxième bilan de son enseignement. Cela faisait dix-huit mois que nous travaillions ensemble, et nous étions très fiers du résultat : j'avais de moins en moins de mal à m'exprimer. Les mots me venaient au bord des lèvres sans que j'aie à y penser. Les poèmes fleurissaient dans mon crâne avec mes émotions, et même dans plusieurs langues, car M. Kauffmann tenait *mordicus* à ce que je sois polyglotte.

Le bilan de M. Kauffmann a reçu cette fois-ci un accueil mitigé. Tout en reconnaissant mes *progrès indéniables*, les étroits estimaient que ce programme présentait *un certain manque de cohérence*, et qu'il se révélait même parfois *inapproprié*. En vérité, ces constipés avaient du mal à digérer les termes argotiques, les jurons, le grec ancien, le latin, et autres fantaisies folkloriques dont M. Kauffmann s'amusait à pimenter son enseignement. Ce n'était pas cela qui favoriserait ma *socialisation*, disaient-ils. J'allais avoir dix ans. Plus le temps passait, et plus mon isolement devenait problématique. Ils s'étonnaient de ce que M. Kauffmann ne se préoccupe pas plus sérieusement de la question.

M. Kauffmann n'a pas apprécié que l'on remette en cause son protocole. Mais il a pris sur lui – c'était l'époque où il savait encore faire preuve de conciliation. Il a concédé que son amour de la langue l'avait sans doute entraîné trop loin dans l'apprentissage du vocabulaire. Il a promis de n'employer désormais avec moi que le langage *le plus pur et le plus châtié*. Bref, il a fait profil bas et amende honorable. Les autres n'ont pas été dupes, j'imagine, mais ils lui ont su gré de ce *mea culpa*. D'autant que, pour apaiser les choses, M. Kauffmann leur a accordé une dernière concession dont je me serais bien passée.

Un après-midi, je l'ai trouvé qui m'attendait à la sortie de mon cours de rééducation.

– Qu'est-ce que vous faites là ?

– Je suis venu te proposer une promenade.

– Une promenade ? Vous voulez dire… dans le Centre ?

– Évidemment, juste le temps de te raccompagner jusqu'à ta chambre. Alors, tu es d'accord ?

– Oui, bien sûr !

Quelques instants de plus avec M. Kauffmann, je n'allais pas refuser.

J'ai vite déchanté quand je me suis rendu compte qu'au lieu d'emprunter les couloirs intérieurs, M. Kauffmann choisissait de passer par une petite cour étroite et sombre, qui jouxtait la cour principale. En plus d'être lugubre, l'endroit était atrocement bruyant, à cause des enfants qui jouaient en hurlant de l'autre côté du mur.

– Pourquoi on passe par là ? C'est *pourri* comme endroit !

– Tout de suite les grands mots ! Moi, ça me plaît beaucoup. Allez, marche !

J'ai obéi de mauvaise grâce. Je goûtais assez peu le tour qu'il me jouait. Arrivée à ma chambre, j'ai lancé :

– C'était nul, comme promenade. Ça me surprend d'un *gentleman* comme vous, je dois dire.

Il a souri :

– Je suis vraiment désolé que tu n'aies pas apprécié, fillette, d'autant qu'il est prévu que nous recommencions demain.

J'avais déjà ouvert la bouche pour protester, quand il m'a cloué le bec :

– Inutile de monter sur tes grands chevaux ! Je te préviens tout de suite : ça n'est pas négociable. L'affaire est entendue. Passons à autre chose.

Il savait faire preuve d'autorité, à l'occasion.

Ça ne m'a pas empêchée de ruer dans les brancards, durant les premiers temps. Dès que nous arrivions dans la cour, je me mettais à râler, les mains sur les oreilles. M. Kauffmann levait les yeux au ciel.

– Dis donc, tu n'as pas l'impression que tu en fais un peu trop ? Arrête de gémir ! Continue de marcher !

J'obéissais en maugréant, tout en essayant de presser le pas.

– Eh, doucement ! Il n'y a pas le feu !

Alors, je lui lançais des œillades assassines, mais ça ne lui faisait ni chaud ni froid. J'enrageais.

Un jour, il m'a confié sur un ton faussement ennuyé :

– Je suis vexé, tu sais, que tu n'apprécies pas ce quart d'heure quotidien de marche en ma compagnie.

– C'est bien plus d'un quart d'heure.

– Vingt minutes.

– Vingt, si on marche vite. Mais comme vous m'obligez à aller lentement, ça fait vingt-deux minutes.

– Tu chronomètres, en plus !

– Vous savez bien que j'aime la précision.

– Vingt-deux minutes, soit. Vingt-deux minutes de promenade romantique à mes côtés. Dis-moi que ça n'est pas au-dessus de tes forces !

J'ai pincé les lèvres et je n'ai rien répondu.

– Sérieusement, Lila, ça ne peut plus durer. Viens t'asseoir avec moi un moment sur le banc. Il faut qu'on parle.

Le banc était comme la cour, pourri, plein de rouille et de peinture verte écaillée qui crissait sous les fesses.

– Écoute, a dit M. Kauffmann, contrairement à ce que tu as l'air d'imaginer, je ne t'impose pas cette promenade pour le seul plaisir de te contrarier.

– Ah ? J'avais cru…

Il a eu un soupir.

– Comme tu le sais, mon dernier rapport à la Commission a été fraîchement accueilli. On trouve que je n'accorde pas assez d'attention à ta socialisation. Tu connais mon point de vue là-dessus. Je ne me suis pas privé de le leur rappeler… Mais *bornés* comme ils sont, il ne fallait pas compter les faire changer d'avis.

– Monsieur Kauffmann, vous ne devriez pas parler comme ça, ai-je murmuré en désignant d'un air craintif la caméra fixée au mur juste au-dessus du banc.

Il a haussé les épaules, et fait un geste de la main pour dire que c'était sans importance. Puis il a poursuivi :

– J'ai donc décidé d'accorder à la Commission quelque chose qui ait l'air d'une concession : j'ai proposé à ces crétins d'accomplir avec toi cette promenade quotidienne, tout près de la grande cour, pour qu'à défaut de te mêler aux autres, tu t'habitues au moins à leur présence… bruyante, je dois dire, a-t-il soupiré en jetant un regard contrarié en direction de la cour principale. La Commission a beaucoup apprécié cette proposition. Elle estime qu'un tel rituel peut générer chez toi de gros progrès. Je ne l'ai pas détrompée, tu penses bien. À l'arrivée, tout le monde est content, et l'on peut espérer être tranquilles pour un moment. Accorder un peu pour conserver beaucoup, c'est cela le principe. Tu comprends ?

J'ai hoché la tête en silence. La stratégie de M. Kauffmann ne manquait pas de bon sens, même si ça me faisait mal de le reconnaître.

– Nous sommes donc bien d'accord, fillette : chaque jour, désormais, tu marcheras au pas le long de ce putain de mur, sans te plaindre, durant vingt-deux minutes. Moyennant quoi, nous pouvons espérer continuer notre petit train-train sans que les étroits viennent nous emmerder.

J'ai de nouveau regardé la caméra avec effroi. Je n'en revenais pas d'entendre M. Kauffmann parler en ces termes des membres de la Commission, alors qu'il se savait filmé.

– Ne t'en fais pas pour ça, a-t-il dit. Bon alors, c'est d'accord ?

– C'est d'accord.

– Bien ! Maintenant, allons-y. D'ailleurs, il est grand temps : ils commencent à me les briser, là-derrière, avec leurs hurlements !

Pour mes dix ans, M. Kauffmann m'a offert une boussole, un modèle très ancien et très beau ayant appartenu à son arrière-grand-père. *Pour t'aider à trouver ton chemin dans la vie*, a-t-il déclaré en me la déposant dans le creux de la main.

– Dites donc, la métaphore est un peu usée ! Vous auriez pu trouver autre chose.

– Si elle est usée, c'est qu'elle a fait ses preuves, a-t-il rétorqué avec un grand sourire.

J'ai souri à mon tour, et j'ai senti, à cet instant précis, que nous étions vraiment réconciliés.

Après cela, je n'ai plus rechigné à marcher avec lui dans la cour, sans presser le pas, vingt-deux minutes par jour. Pour le reste, rien n'a changé. Je prenais mes repas en apnée. Je suivais les cours par visioconférence et je rédigeais mes devoirs. J'écoutais M. Kauffmann me jouer du violoncelle et me dire des mots que j'apprenais par cœur. Je courais sur le grand anneaudrome

du sixième sous-sol. Je répétais consciencieuse-
ment mes exercices d'assouplissement des doigts.
Je me faisais masser, en serrant les dents. Je restais petite et maigre, un *tas d'os*, une *gringalette*,
comme disait Takano. Mais j'étais vigoureuse et
en bonne santé. Je progressais, toujours. Pour
aller où, je ne savais pas trop, malgré la boussole
que m'avait donnée M. Kauffmann.

L'après-midi, je regardais des films éducatifs et
des documentaires, les yeux bien protégés derrière
mes verres teintés. L'écran de ma chambre en dif-
fusait à longueur de journée : la vie des animaux,
les grandes découvertes, les mystères des abysses,
les merveilles de la flore, les cent plus grands
chefs-d'œuvre de l'humanité. Tout pour me persuader de l'harmonie des choses et de la beauté du
monde. Mais je n'étais pas dupe. Je savais que le
monde n'est pas si beau. Qu'il n'est ni joyeux, ni
paisible. Je le savais, à cause des hommes en noir
qui avaient cassé notre porte et emmené ma mère.
Je le savais, à cause des hélicoptères qui tournaient
sur nos têtes, et des images qui me revenaient parfois, au fil de mes rêves. Des éclairs brefs et
furieux. J'ignorais d'où cela me venait. C'était là,
voilà tout, vif, précis. Alors, qu'on n'aille pas me
raconter des salades avec les bébés phoques, la
Vénus de Milo ou la forêt d'émeraude. Je flairais
le chaos qu'il y avait là-dessous.

Souvent, je parlais à ma mère. Je lui récitais des
poèmes de tristesse et d'amour en essayant de me

persuader qu'elle pouvait les entendre. Elle me manquait toujours autant, c'était même pire au fil du temps. Quatre ans déjà, à attendre qu'ils se décident à me dire où elle était, ce qu'elle était devenue. Quatre ans sans rien savoir. Ça devenait intenable, tout ce vide autour d'elle. Je commençais à sentir l'espoir me filer entre les doigts, un peu plus chaque jour. C'est ce qui m'a décidée à sortir du silence, un après-midi que je marchais avec M. Kauffmann le long du mur lépreux de la petite cour.

– Je voudrais vous demander… quelque chose.

– Quoi donc, fillette ?

– Est-ce que vous savez ce qu'est devenue ma mère ?

Il s'est figé.

– C'est la première fois que tu parles de ta mère, a-t-il murmuré sur un ton très étrange.

– Je sais… mais je… j'ai besoin de…

– Viens, Lila. On va prendre le temps d'en discuter.

On est allés s'asseoir sur le banc déglingué. J'ai jeté un regard furtif à la caméra, juste au-dessus de nous. M. Kauffmann a eu un petit rire :

– Je t'ai déjà dit de ne pas t'inquiéter !

– Mais…

– Sais-tu pourquoi j'ai choisi pour nos promenades cette cour *toute pourrie* ? Parce qu'elle est toute pourrie, précisément !

Je l'ai regardé sans comprendre.

– Tu vois les caméras de surveillance, là-bas ?

Cela fait belle lurette qu'elles ont rendu l'âme. Et celle-ci, derrière nous, n'est plus très loin du compte : les micros sont HS, l'objectif encrassé. Autant dire qu'elle ne capte pas grand-chose. En un mot, nous sommes seuls au monde, tranquilles, pépères, libérés des couillons et des pisse-vinaigre. Un vrai luxe, de nos jours.

Il a croisé les mains sur son gros ventre, l'air satisfait.

– Tu vois qu'au bout du compte, l'endroit ne manque pas de charme !

Puis, à nouveau sérieux :

– Revenons à ce qui te tient à cœur, ma petite. Qu'est-ce que tu veux savoir, à propos de ta mère ?

– Seulement ce qu'elle est devenue, et quand je pourrai la revoir.

Il s'est raclé la gorge d'un air embarrassé.

– La revoir... Est-ce que... tu te souviens d'elle ?

– Je ne peux pas dire ça... J'ai seulement des images qui me reviennent parfois.

– Quel genre d'images ?

Sa voix était changée, et cela m'a troublée.

– Rien de précis. Tout est flou à vrai dire. Tout est brouillé.

Il a eu une sorte de rictus.

– Vous savez quelque chose au sujet de ma mère ?

Il n'a pas répondu.

– Vous savez quelque chose ?

– C'est compliqué, Lila...

– Qu'est-ce qui est compliqué ?

Il a ouvert la bouche, puis il s'est ravisé, comme s'il avait besoin d'encore un peu de temps pour choisir ses mots. Après un long silence, il a fini par dire :

– Quand tu es arrivée ici, il y a quatre ans, on ne nous a communiqué aucune information concernant ta maman. Ni son nom, ni son âge, ni même une photo. Je ne sais pas ce qu'elle est devenue, Lila. Je suis désolé.

– Vous ne savez rien !

Il a secoué la tête avec tristesse.

– Quelques semaines après ton arrivée, on nous a informés que ta mère venait d'être déchue de ses droits maternels. C'est tout ce que l'on sait.

– *Déchue de ses droits maternels* ? Qu'est-ce que ça signifie ?

M. Kauffmann a fermé les yeux, un bref instant.

– Cela signifie que tout lien juridique a été supprimé entre vous. Officiellement, elle n'est plus considérée comme ta mère.

– Mais comment on peut faire une chose pareille ? Ce... ce n'est pas possible !

– C'est une procédure légale.

– Pourquoi ?!

– Je ne sais pas, Lila. Je ne sais rien.

– Alors, comment je vais pouvoir la retrouver ?

M. Kauffmann a secoué la tête d'un air navré, en signe d'impuissance. Je n'arrêtais pas de répéter, *ce n'est pas possible, ce n'est pas possible*, et c'était vrai, je n'arrivais pas à le croire. Ça faisait trop de malheur et trop de désespoir. Au-delà d'une certaine quantité, on refuse d'admettre – c'est humain, n'est-ce pas ? Et pendant que je répétais cette phrase, *ce n'est pas possible*, je sentais le vide se creuser en moi, s'élargir et manger peu à peu ma poitrine, absorbant ma matière. Bientôt, tout serait dévoré, j'en étais sûre, et ça m'était égal. Je n'avais plus envie de continuer. J'ai voulu me lever.

– Eh, fillette, pas si vite ! On n'a pas terminé.

J'ai secoué la tête.

– Pour moi, c'est terminé.

– Ne te laisse pas abattre.

– Pourquoi vous ne m'avez rien dit, pour ma mère ?

Il n'a pas répondu. Il semblait tourmenté. Je l'ai vu soudain se mettre à tâtonner la poche de son gilet, et en tirer une petite flasque dont il a rapidement dévissé le bouchon, avant de la porter à ses lèvres. Il l'a vidée d'un trait. Puis, après avoir revissé le bouchon, il l'a remise dans sa poche. Et il est resté silencieux, un moment, le regard dans le vide. Enfin, il s'est tourné vers moi, souriant tristement.

– Je croyais que tu l'avais complètement oubliée. Tout le monde le croyait. En général, les enfants oublient – en tout cas, la plupart de ceux qui sont ici. Mais toi, tu n'es pas comme les autres. J'aurais dû m'en souvenir : tu n'es pas comme les autres.

– Monsieur Kauffmann, je ne crois pas que j'aurai le courage de continuer. Si je ne peux pas la revoir, ce n'est pas la peine.

– Il ne faut pas parler comme ça, Lila.

– Mais c'est la vérité. Vous aimez la vérité, n'est-ce pas ? Alors, la voici : je n'y arriverai pas.

Il a fermé les yeux, quelques instants.

– Il y a peut-être une solution.

– Mais vous venez de m'affirmer qu'il n'y avait rien à faire !

– C'est vrai, en théorie, mais en pratique…

Il s'est mis à tapoter la flasque vide à travers la poche de son gilet.

– En cherchant bien, on finit toujours par trouver un moyen de contourner les interdits.

– Vous… vous voulez dire qu'il y aurait, malgré tout, une possibilité de retrouver ma mère, c'est ça ?

Il a hoché la tête.

– Je connais du monde, tu sais. Des gens qui pourraient nous aider. Seulement… pas maintenant. Tant que tu vis dans le Centre, on ne peut rien faire ; tout est trop surveillé. Mais ça ne durera qu'un temps, Lila. Un jour, tu sortiras. Tu quitteras le Centre et tu auras ta vie. Alors, si tu tiens toujours à savoir ce qu'est devenue ta mère, si c'est toujours aussi important pour toi, je t'aiderai. Je t'en fais la promesse. Je t'aiderai.

Je ne savais pas trop si je devais le croire. Peut-être qu'il disait cela uniquement pour me redonner espoir et m'empêcher de sauter dans le vide depuis le toit-terrasse.

– Tu me fais confiance, n'est-ce pas ? Tu sais que je n'irais jamais te raconter de mensonges.

Je l'ai regardé dans les yeux, pour essayer d'y voir un peu plus clair, mais ça n'a pas marché. Je ne savais plus du tout où j'en étais. Finalement, j'ai répondu : *Oui, je vous fais confiance.* Parce que c'était vrai, au bout du compte. Et parce qu'on choisit toujours la solution la moins désespérante.

Les premiers temps, je me suis beaucoup tracassée au sujet de ma mère. *Déchue de ses droits maternels.* Je me demandais ce qu'elle avait bien pu faire pour en arriver là, et j'imaginais des braquages, des meurtres, des attentats. Mais tout cela paraissait irréel, à cause de sa beauté et de la douceur de sa voix. À la fin, j'ai cessé de me poser la question : au fond, je m'en fichais ; c'était ma mère un point c'est tout, et je savais qu'un jour, je la retrouverais, même s'il fallait attendre plus longtemps que prévu. C'était dur, bien sûr, de penser à toute cette solitude qu'il faudrait supporter avant de la revoir. Mais je me sentais le courage de patienter jusque-là.

J'ai repris le collier, les cours, les promenades, les repas, les apnées. De temps en temps, M. Kauffmann me demandait : *Ça va ? Tu tiens le coup ?* Je répondais : *Ça va.* C'était vrai, en un sens, parce qu'au moins je savais à quoi m'en tenir. *N'oublie pas ma promesse,* disait-il. *Accroche-toi.*

Cher M. Kauffmann. Maintenant que j'avais compris quels risques il était prêt à courir pour moi, je l'aimais encore plus qu'avant, si c'est possible. Nous étions désormais complices en quelque sorte, et ça me faisait du bien de partager avec lui un secret si précieux.

La troisième année du protocole a été l'occasion d'un grand bouleversement. Un matin, M. Kauffmann a débarqué dans ma chambre en poussant devant lui un énorme caisson à roulettes.

– Qu'est-ce que c'est, monsieur Kauffmann ?

Il s'est assis sur le lit, l'air mystérieux, et d'un geste solennel a soulevé le couvercle du caisson.

– Viens donc voir, fillette !

Je me suis approchée.

– On appelle ça des livres. Tu vas voir, tu n'en reviendras pas.

J'ai levé un sourcil sceptique. Il avait beau dire, ça ne payait pas de mine. Mais lui semblait très excité. Il s'est emparé d'un volume, puis il l'a soulevé à hauteur de mes yeux.

– Regarde bien, Lila.

J'ai soudain vu le livre s'ouvrir entre ses mains, éclater en feuillets, minces, souples et mobiles. C'était comme une fleur brutalement éclose, un oiseau qui déploie ses ailes.

– Ça t'en bouche un coin, n'est-ce pas ?

Je n'ai pas répondu. Je regardais ses gros doigts qui feuilletaient les pages, couvertes de signes noirs et de taches colorées.

– Eh bien, tu as perdu ta langue ?

– Comment dites-vous que ça s'appelle ?

– Un livre. C'est ce qu'on avait, avant les grammabooks.

– Et… qu'est-ce qu'il y a écrit là-dedans ?

– Cela dépend du livre.

J'ai ouvert des yeux ronds. Je n'y comprenais rien.

– Laisse-moi t'expliquer : tu vois, avec un grammabook, on n'a qu'un écran vierge sur lequel vient s'inscrire le texte de ton choix. Un livre, lui, est composé de pages imprimées. Une fois que le texte est là, on ne peut plus rien changer. Les mots sont incrustés à la surface. Tiens, touche.

J'ai posé la main sur la feuille. J'ai palpé, puis j'ai gratté les lettres, légèrement, de l'index. M. Kauffmann disait vrai : elles étaient comme prises dans la matière.

– Ça ne peut pas s'effacer ?

– Non, c'est inamovible. Indélébile. Là réside tout l'intérêt : avec le livre, tu *possèdes* le texte. Tu le possèdes vraiment. Il reste avec toi, sans que personne ne puisse le modifier à ton insu. Par les temps qui courent, ce n'est pas un mince avantage, crois-moi, a-t-il ajouté à voix basse. *Ex libris veritas*, fillette. La vérité sort des livres. Souviens-toi de ça : *Ex libris veritas.*

Je ne comprenais pas bien où il voulait en venir, ni pourquoi il prenait un ton si solennel. Mais j'ai hoché la tête, à tout hasard. *Ex libris veritas.* D'accord, s'il y tenait.

– Regarde, a-t-il poursuivi. Lorsqu'on a terminé un côté de la page, on la tourne pour lire l'autre côté. Lorsque tout est rempli, il faut une autre page pour la suite du texte.

– C'est pour cela qu'il y en a autant ?

– Exactement.

D'un geste, il a montré les livres empilés dans la caisse.

– Je t'ai préparé là une petite sélection qui devrait t'intéresser.

– Vous allez tout me laisser ?

– Oui, fillette. Du moins, pour quelque temps. Il faut bien que tu aies de quoi t'occuper.

– Il ne serait pas plus simple d'envoyer tous ces textes sur mon grammabook ? Ça prendrait moins de place !

– Hé hé, fillette, comme tu ne tarderas pas à t'en rendre compte, les livres sont bien plus confortables que les grammabooks. On peut les lire des heures durant sans avoir mal aux yeux. Ça non plus, ce n'est pas un mince avantage.

J'ai pioché au hasard un des livres sur le dessus de la caisse, et feuilleté quelques pages. J'allais le refermer, lorsque j'ai vu l'encart au verso de la couverture : *Le papier imprimé peut contenir des substances toxiques et des micro-organismes susceptibles de déclencher chez les sujets fragiles de graves allergies, entraînant lésions cutanées et difficultés respiratoires. Il doit être manié avec précaution. Il doit être tenu hors de portée des enfants.*

Je vous fais grâce de la suite, vous connaissez mieux que moi l'avertissement du Ministère.

– Monsieur Kauffmann, qu'est-ce que ça veut dire ?

Il est devenu cramoisi.

– Justement, j'allais t'en parler. Fillette, il ne faut pas tenir compte de ces billevesées ! Tout ça, c'est du *bullshit*, des fariboles uniquement destinées à effrayer les gens ! Et pourquoi, je te le demande ? Parce qu'on a relevé quelques cas d'allergies mortelles que l'on a imputées à l'encre ou au papier. De simples présomptions. Rien n'a été prouvé. Ça ne les a pas empêchés de monter l'affaire en épingle, d'affoler l'opinion pour ensuite faire voter leurs putains de lois restrictives. Du pipeau ! s'est-il mis à beugler. La censure qui se drape dans le principe de précaution !

Il en tremblait d'indignation, et son visage virait au violacé. Jamais je ne l'avais vu dans cet état.

– Tu ne risques rien, fillette. Rien du tout. Tu me crois, j'espère ?

– Bien sûr, monsieur Kauffmann, ai-je fait pour l'apaiser.

Je n'étais pas totalement rassurée, à vrai dire. Cet encart cerné de rouge, avec, en haut à droite, le sigle du Ministère, c'était impressionnant. Mais d'un autre côté, je n'imaginais pas un seul instant que M. Kauffmann aurait pris le risque de me mettre en danger. Alors, j'ai répété, pour m'en persuader tout à fait :

– Bıen sûr, je vous crois.

Et il m'a souri avec gratitude.

À compter de ce jour, je n'ai plus lâché mes livres. J'avais toujours dans la poche un petit *in-quarto* protégé par sa housse transparente réglementaire. Je m'y plongeais dès que j'avais quelques instants de liberté. J'y consacrais toutes mes heures perdues, ces heures de solitude où le temps, parfois, me semblait si lourd que je n'aurais rien trouvé d'autre à faire que retenir mes larmes, si je n'avais pas eu la lecture.

Quand j'ai eu terminé tous les livres contenus dans la caisse – des contes, des romans, des albums illustrés, plusieurs essais d'histoire et de sociologie, des poèmes en latin, et un traité d'architecture –, M. Kauffmann les a remportés, et m'en a prêté d'autres. Je les ai dévorés avec le même plaisir, la même frénésie. Ils n'avaient pas tous à mes yeux un égal intérêt, mais au fond, c'était sans importance. Je me moquais un peu du contenu des livres. Ce que je recherchais, surtout, c'est le pouvoir qu'ils m'accordaient. J'arrivais grâce à eux à m'abstraire de ma vie. J'oubliais le Centre, sa routine et son lot de contraintes épuisantes. J'oubliais qu'on m'avait confisqué ma maman. J'étais ailleurs, loin du monde, loin de moi. C'est parfois reposant de se perdre de vue.

Comme il est étrange de penser qu'au moment où je commençais à me sentir vraiment mieux, la chute de M. Kauffmann se préparait dans l'ombre.

Je crois que ce sont les livres qui ont tout déclenché. Les étroits n'ont pas apprécié, à cause des dangers potentiels pour ma santé. C'était l'époque où le gouvernement venait de lancer la première grande collecte d'ouvrages détenus par les particuliers, vous devez vous en souvenir. Ces culs serrés ont prétendu que l'initiative de M. Kauffmann risquait de passer pour de la provocation aux yeux du Ministère, et ils lui ont demandé de reprendre ses livres dans les meilleurs délais. C'était la première fois qu'ils s'opposaient à lui aussi ouvertement.

M. Kauffmann s'est fâché tout rouge. Il a hurlé qu'il n'avait de conseils à recevoir de personne : il savait ce qu'il faisait, et ce n'était pas à son âge qu'il allait accepter de se faire dicter sa conduite par une bande de Diafoirus confits dans leur routine et crevant de trouille, le petit doigt sur la couture du pantalon. Et pour bien leur montrer le peu de cas qu'il faisait de leur opinion, il a décidé de frapper un grand coup : pour mon onzième anniversaire, il m'a offert un stylo ancien, en argent, une bouteille d'encre et une ramette de papier qu'il avait dénichée chez un antiquaire de la Zone.

Les autres l'ont mal pris. Comme tout le monde, ils avaient leur fierté. M. Kauffmann la piétinait allégrement ; ça devait faire assez mal. Jusqu'ici, ils avaient encaissé, et fermé leur gueule.

Mais vous avez beau être calme et poli, il arrive un moment où vous n'en pouvez plus d'avaler des couleuvres.

Je n'ai jamais vraiment su ce qui était arrivé. Chaque fois que j'ai essayé d'interroger Fernand, il s'est défilé. *À quoi ça t'avancerait de remuer tout ça ? Ce qui est fait est fait. Passe à autre chose, Lila.* Tous les poncifs sur lesquels on se jette pour ne pas évoquer les souvenirs qui dérangent. Pauvre Fernand, Dieu sait de quoi on l'a menacé, s'il venait à briser le silence qui pèse sur l'affaire.

Je n'ai rien soupçonné de ce qui se passait. De temps en temps, M. Kauffmann laissait bien échapper une remarque indiquant clairement que ses relations avec la Commission n'étaient pas au beau fixe, mais j'avais tellement l'habitude de l'entendre les traiter d'abrutis, ces étroits, que je n'y ai pas pris garde. Il a très bien caché son jeu. Jusqu'au bout, il m'a protégée.

La troisième année de son protocole s'est achevée sans qu'il cède d'un pouce, pour les livres. La Commission a réitéré ses réserves. Il lui a fait comprendre qu'elle pouvait aussi bien pisser dans un violon.

Un matin, il est arrivé accompagné d'un jeune homme assez beau, qui me regardait sans sourire. Qu'est-ce qui lui prenait de m'amener ce type ?

J'ai froncé les sourcils et aussitôt chaussé mes lunettes noires. M. Kauffmann a fait semblant de rien.

– Lila, je te présente Fernand.

Puis, se tournant vers le jeune homme.

– Fernand, je vous présente Lila.

Le jeune homme a souri.

– Enchanté, a-t-il dit en me tendant la main.

– Monsieur Kauffmann ne vous a sans doute pas prévenu que j'ai horreur des contacts physiques, ai-je répondu acide, en regardant sa main tendue comme s'il s'agissait d'un appendice obscène.

Le sourire du jeune homme a tout de suite disparu. Sa main est retombée, toute molle contre sa cuisse, coucouche panier, ça t'apprendra à me faire des avances.

– Ne faites pas attention, Fernand, a dit M. Kauffmann. Lila vous bizute – il fallait s'y attendre. Mais ça lui passera. Très vite. N'est-ce pas, Lila ?

J'ai pris le temps de m'éclaircir la gorge, comme si un chat énorme s'y était embusqué, puis j'ai lâché, maussade :

– Oui oui, ça va passer. J'aimerais juste qu'on m'explique.

– Eh bien, voilà : Fernand, ici présent, vient d'être désigné pour m'épauler au sein du protocole.

– Qu'est-ce que c'est que ces conneries ?

– Ahemm… ce ne sont pas des conneries. La Commission a estimé que nous entretenions des rapports beaucoup trop exclusifs, toi et moi.

– N'importe quoi !

M. Kauffmann a secoué la tête.

– Tu sais, Lila, j'ai bien réfléchi à la question, et je crois que la Commission a raison : il serait bon pour toi d'apprendre à côtoyer d'autres personnes.

– Vous n'êtes pas le seul dans ma vie, je vous rappelle ! Il y a monsieur Takano qui me tripote tous les jours, la bonne femme qui m'apporte mes repas, la connasse qui me surveillait sur le toit, autrefois, et qui revient encore de temps en temps me chanter les merveilles du monde, et aussi…

– Écoute, Lila, de toute façon, nous n'avons pas le choix : la Commission a pris sa décision, et il faut s'y plier.

– Depuis quand vous vous laissez dicter votre conduite par tous ces abrutis ?

M. Kauffmann s'est mis à toussoter, tandis que Fernand jetait sur moi un regard ahuri. Je me suis renfrognée.

– Lila, a dit M. Kauffmann avec douceur, en l'occurrence, j'approuve la Commission, d'autant qu'elle m'a accordé la possibilité de choisir la personne qui partagera avec moi le soin du protocole. Ce sera Fernand. Il a toute ma confiance.

– Vous me laissez tomber !

– Pas du tout, ma petite ! Pas du tout.

Il pouvait prétendre ce qu'il voulait, je n'étais pas dupe.

– Nous pourrons nous voir un jour sur deux, Lila. Ce sera bien. Je t'assure, ce sera comme avant.

– Vous me prenez vraiment pour une conne !

Je lui en voulais tellement de se montrer si calme, et comme indifférent à ce qui nous arrivait. Il s'est penché vers moi.

– Regarde-moi, Lila. Regarde bien mes yeux.

J'ai fait ce qu'il demandait. Face à face, j'ai fixé ses yeux gris. Vous ne pouvez pas savoir la tristesse qu'il y avait là-dedans. Malgré ses discours et ses airs bravaches, il avait du chagrin, lui aussi. Autant que moi. Seulement, il le concentrait dans ses yeux.

– Est-ce que tu m'as compris ?

J'ai fait oui de la tête. Alors, il a souri.

On a donc commencé notre vie à mi-temps, en essayant de faire tous deux bonne figure. M. Kauffmann estimait qu'on ne doit pas s'encombrer avec la tristesse : *Profitons des moments que nous passons ensemble, fillette, sans nous mettre la rate au court-bouillon.* On a fait ce qu'il disait : on a savouré chaque minute. Il m'apportait des livres, me jouait du violoncelle. On montait parfois sur le toit pour réciter des vers aux quatre vents. Ce n'était plus tout à fait comme avant, c'est vrai, mais on s'est tout de même fait un beau printemps.

Avec Fernand, j'ai eu un peu de mal, au début. Même si je savais qu'il n'y était pour rien, je lui en voulais de prendre la place de M. Kauffmann. Je l'ai battu froid – il fallait bien marquer ma désapprobation. Lorsqu'il venait me voir, je le laissais parler. Je n'ouvrais la bouche que pour bâiller aussi bruyamment que possible. Ou alors, je me plongeais dans un livre, que je levais bien haut pour masquer mon visage. Lui, faisait semblant de rien : il me parlait de la pluie, du beau temps, puis encore de la pluie. En un mot, il meublait le silence. Parfois, il faisait mine de s'intéresser à mes livres, qu'il feuilletait non sans avoir pris soin d'enfiler une paire de gants de protection. Je lui lançais des regards dédaigneux, à cause des gants. Je jugeais ces précautions totalement ridicules, et je ne me privais pas de le lui laisser entendre. Bref, j'étais odieuse.

Il a été patient, on peut même dire stoïque. Jamais une remarque ou un mot de travers. Il trouvait moyen d'avoir l'air content de me voir, c'est dire. J'ai fini par le prendre en pitié. De toute façon, à quoi ça m'aurait avancée de le torturer plus longtemps ? J'ai commencé par lâcher quelques mots, du bout des lèvres. Des bribes. Il fallait y aller en douceur, le temps de m'habituer à l'idée d'être gentille. Peu à peu, je me suis dégelée. Nous avons entamé de vraies conversations. Ça n'était pas désagréable, je dois le reconnaître. Il y avait en Fernand une sorte de douceur, de constance et d'insipidité tout à fait reposantes. Il était gentil, discret, un peu terne – qui n'aurait semblé terne, comparé à M. Kauffmann. Ça ne me dérangeait pas, au contraire. J'appréciais que Fernand sache rester à sa place, en retrait. C'était bien. Mais sa plus grande qualité – celle qui m'a définitivement aidée à l'accepter –, c'est l'admiration sans limites qu'il vouait à M. Kauffmann.

L'été est passé d'une traite. Je ne soupçonnais toujours rien. Je vivais dans ma bulle paisible, étriquée, bien protégée du monde. Jamais M. Kauffmann ne s'était montré aussi drôle, joyeux et insouciant. On peut dire qu'il était vraiment bon comédien.

Fin août, pourtant, j'ai fini par ouvrir les yeux. Il fallait bien se rendre à l'évidence : quelque chose ne tournait pas rond. M. Kauffmann avait beaucoup changé, beaucoup grossi. Il n'arrivait même plus à fermer ses beaux gilets brodés. Mais surtout, il buvait, de plus en plus, sans même chercher à s'en cacher. Il avait toujours avec lui cinq ou six flasques de cognac, ou de whisky pur malt, glissées dans les poches intérieures de sa redingote. Il les buvait quand nous étions ensemble, d'un seul trait, comme si sa vie en dépendait. Ensuite, il restait silencieux, en souriant d'un air mélancolique. Ça m'affolait, toute cette drogue qu'il s'enfilait derrière la cravate.

– Monsieur Kauffmann, pourquoi vous buvez comme ça ? C'est interdit, et vous savez pourquoi : c'est dangereux pour la santé !

– Peut-être bien, fillette, peut-être bien…

– Qu'est-ce qui ne va pas, monsieur Kauffmann ?

– Tout va bien, ma petite.

– Je n'aime pas que vous me preniez pour une conne. Ça me fait de la peine, vous savez.

– Oh, fillette, il ne faut pas dire ça ! Je t'assure, il n'y a rien de grave. Seulement quelques chafouins de la Commission qui me font des misères. Ne t'en fais pas, j'en ai vu d'autres ! D'ici très peu de temps, tout sera rentré dans l'ordre. Tu me crois, n'est-ce pas ?

J'avais envie de le croire, évidemment, ça m'aurait arrangée de savoir qu'il n'y avait aucune raison de s'inquiéter. Pourtant, à le voir avachi, groggy d'alcool, les yeux bouffis et le ventre en avant, je ne pouvais m'empêcher d'éprouver le sentiment d'une menace imminente, et j'en étais malade. Je ne supportais pas l'idée qu'il puisse être en danger. Parce que je l'aimais. Parce qu'il était mon seul espoir de retrouver ma mère.

– Tu me crois, n'est-ce pas ? a-t-il répété.

– Bien sûr.

J'ai dit ça parce que, d'une certaine façon, je n'avais pas les moyens de douter de lui. Il a souri.

– Je sais à quoi tu penses. Ne te fais aucun souci : quoi qu'il arrive, tu peux compter sur moi. Mets-toi bien ça dans le crâne, fillette : *quoi qu'il arrive*, je trouverai un moyen d'honorer ma promesse.

Octobre est arrivé. Son état empirait : il grossissait toujours, il buvait encore plus, et n'arrêtait pas de plaisanter comme si de rien n'était, mais je n'y croyais plus.

Un matin, il a débarqué dans ma chambre à l'improviste, et m'a tendu un lourd paquet enrubanné.

– Bon anniversaire, fillette !

– Mais, monsieur Kauffmann, nous ne sommes que le 4 ! Mon anniversaire, c'est le 19.

– Je sais, fillette, je sais, a-t-il répliqué sur un ton désinvolte, mais j'ai décidé qu'à partir de maintenant, je ne souhaiterais plus les anniversaires à la bonne date. C'est la meilleure façon de ménager un véritable effet de surprise.

– C'est un point de vue.

– Bon, on s'occupe d'ouvrir ton cadeau ? a-t-il proposé, comme s'il était pressé de passer à autre chose.

J'ai posé le paquet sur le bureau. Il m'a aidée à déchirer l'opercule. C'était un dictionnaire ancien, énorme, le plus lourd que j'aie jamais eu entre les mains.

– Je voulais t'en offrir un plus récent, mais il devient de plus en plus difficile de trouver des éditions papier de qualité acceptable. Celui-ci date du début du siècle dernier. Il fera très bien l'affaire. Et tu noteras, fillette, la qualité de la couverture ! Du galuchat. Très beau. Très cher. Je l'ai fait poser spécialement, afin de personnaliser l'ouvrage.

J'ai effleuré le dictionnaire du bout des doigts. C'était doux, et ça m'a fait venir les larmes aux yeux. J'ai tout de suite chaussé mes lunettes de soleil – ce n'était pas le moment de se laisser aller.

– Merci, monsieur Kauffmann.

Ma voix tremblait un peu.

– C'est moi qui te remercie, ma petite. C'est un grand honneur pour moi d'avoir pu rencontrer une personne aussi singulière et intelligente que toi.

Un compliment pareil, c'était assurément le plus beau des cadeaux qu'il m'ait jamais fait. Heureusement, il y avait les lunettes pour lui cacher mes yeux.

– Prends bien soin de ce dictionnaire, Lila. Il y a tout là-dedans. Tout ce dont tu as besoin. Et n'oublie pas : il est à toi. Personne n'a le droit de te l'enlever. Personne, tu saisis ?

Jamais je ne l'avais entendu s'exprimer d'une façon aussi solennelle, et ça m'a alertée, tout à coup.

– Qu'est-ce qui se passe, monsieur Kauffmann ?

– Mais rien du tout, fillette ! Seulement, comme je te fais un cadeau vraiment exceptionnel cette année, je veux m'assurer que tu en mesures bien la valeur.

– Comme si vous en doutiez !

– Au fait, tu as toujours la boussole que je t'ai offerte il y a deux ans ?

J'ai froncé les sourcils.

– Vous êtes vraiment bizarre, aujourd'hui.

– Tu as toujours la boussole ?

– Bien sûr, quelle question ! Elle est dans le tiroir de ma table de nuit.

– C'est bien, c'est bien.

Je l'ai regardé, intriguée. Je n'arrivais pas à comprendre ce qui lui arrivait. Il ne m'a pas laissé le temps de lui poser la question. Il s'est levé du lit, péniblement.

– Vous partez déjà ?

– Oui, c'est l'heure.

– Restez encore un peu !

– Désolé, fillette, je ne peux vraiment pas.

– On se voit après-demain ?

– Je vais essayer, mais je ne suis pas sûr de pouvoir.

Il a fait quelques pas hésitants en direction de la porte. Ses gestes las. Sa lourde silhouette de vieux faune épuisé. Ça m'a serré le cœur.

– Monsieur Kauffmann, est-ce que tout va bien ?

– Mais bien sûr, fillette, pourquoi ça n'irait pas ?

J'ai regardé ses yeux. Je savais que c'était là qu'il mettait sa tristesse. Et j'ai vu qu'il mentait. Je ne peux pas vous dire ce qui s'est passé alors – c'est un tel bordel, les sentiments parfois. J'ai senti une envie de me jeter dans ses bras, de le serrer, de le retenir en disant : *S'il vous plaît, ne partez pas, restez encore un peu.* Je ne pensais même plus à ma peur du contact, au dégoût que j'éprouverais en le touchant. Je ne pensais qu'à le garder avec moi. Mais il a murmuré :

– Au revoir, Lila, d'une voix très calme, très douce, et comme résignée.

Ça m'a paralysée.

– Au revoir, monsieur Kauffmann.

Il a hoché la tête, m'a souri une fois encore, et puis il est parti. C'est comme ça que s'est terminée notre histoire.

Après son départ, je me suis aperçue qu'il avait oublié sur le lit son écharpe brodée. Je l'ai pliée avec soin, et je l'ai rangée dans le tiroir de ma table de nuit, en pensant la lui rendre lorsqu'on se reverrait.

M. Kauffmann n'a pas eu le temps de revenir me voir. Il a été démis de ses fonctions le 15 octobre, quelques jours avant mon douzième anniversaire. C'est Fernand qui me l'a annoncé, avec son air de chien battu lamentable, et tout le poids du monde qui voûtait ses épaules. Il m'a tout raconté – enfin, assez pour que je comprenne en gros ce qui s'était passé : la motion de défiance votée fin août par les membres de la Commission, puis la convocation devant le Grand Conseil début septembre, puis la révocation.

– Pourquoi vous ne m'avez rien dit ?

– Il ne voulait pas qu'on t'en parle. Il m'avait fait promettre.

– Tout ça, c'est à cause de moi ? À cause des livres ?

Il a secoué la tête.

– C'est bien plus compliqué.

– Alors, expliquez-moi !

– C'est difficile, Lila. Je ne suis pas censé…

– J'ai tout de même le droit de savoir !

– Il n'y a rien à dire, Lila. Monsieur Kauffmann est allé jusqu'au bout de ce qu'il croyait devoir faire à l'intérieur du Centre. Il a pris quelques risques, et quelques libertés… et voilà. Maintenant, c'est fini.

– Est-ce que je vais le revoir ? Est-ce que c'est possible, même s'il n'est plus directeur ?

– Je ne sais pas, Lila. Je ne sais vraiment pas.

Il avait l'air si triste, si lugubre. J'ai senti un trait froid traverser ma poitrine, une flèche implacable. À cet instant précis, j'ai eu la certitude, brutale et absolue, que c'était terminé.

Le soir, j'ai sorti du tiroir la belle écharpe en soie, et je l'ai cachée dans la housse de mon oreiller, bien à plat, insoupçonnable. Je voulais éviter qu'on la trouve, afin de ne pas risquer de me la faire confisquer. Cela n'aurait pas été juste, car elle était à moi. Il me l'avait offerte, je le comprenais enfin : avec le dictionnaire, elle était son cadeau d'adieu.

Ils sont venus l'arrêter chez lui le 3 novembre. Fernand n'a même pas eu le courage de me l'annoncer. Je l'ai appris en écoutant les informations nationales. M. Kauffmann était soupçonné de trafic de drogue, et d'*activités subversives*. On

75

évoquait aussi une affaire de mœurs impliquant d'anciens pensionnaires du Centre. N'importe quoi.

L'affaire a fait les gros titres durant près d'un mois. Chaque jour apportait son lot d'accusations ignobles, de détails scandaleux. On prétendait désormais que M. Kauffmann avait falsifié les comptes du Centre et détourné des sommes colossales. On disait qu'il était drogué, et grand consommateur de denrées prohibées. On citait son obésité comme la meilleure preuve de son dérèglement. On allait jusqu'à critiquer ses tenues excentriques.

Toutes les raclures de la terre se sont donné rendez-vous pour témoigner à charge : des employés du Centre qu'il avait licenciés, des confrères jaloux, des sournois, des frustrés. Ils ont même fait venir sur un plateau télé sa femme de ménage, une pauvre zonarde à l'air apeuré qu'ils ont asticotée pendant plus d'un quart d'heure jusqu'à ce qu'elle murmure d'une voix horrifiée : *Oui, c'est vrai, il buvait. J'avais beau lui dire*, Monsieur, il faut pas, *il buvait*.

Puis soudain, du jour au lendemain, l'*affaire Kauffmann* a cessé d'occuper le devant de la scène. On ne trouvait plus de quoi alimenter le scandale ; les gens s'étaient lassés. On n'en a plus parlé ; seulement quelques bribes aux nouvelles, deux, trois phrases pour dire que l'instruction suivait son cours.

– Cela signifie qu'ils n'ont rien pu prouver, m'a expliqué Fernand. Sinon, ils l'auraient inculpé depuis belle lurette.

– Alors, ils vont le libérer !

– C'est possible. Mais il n'en aura pas terminé pour autant avec la justice. L'instruction va durer des années, et pendant tout ce temps, il sera présumé coupable. Il est fini, Lila. Il est fini.

M. Kauffmann a été libéré sous caution début décembre, et placé en résidence surveillée dans son appartement de l'île de la Cité, avec interdiction de recevoir des visites et de communiquer avec l'extérieur. Malgré les déclarations pessimistes de Fernand, je continuais d'espérer.

Un matin, un type est entré dans ma chambre sans crier gare, un employé du Centre. Il poussait devant lui un caisson à roulettes. Lorsque j'ai vu ses gants de protection, j'ai tout de suite compris pour quelle sale besogne on l'avait envoyé. Je ne me suis pas démontée :

– Que venez-vous faire ici ?

Il a hésité un moment, avant de murmurer, passablement gêné :

– Je suis venu reprendre les livres de l'ancien directeur. Ordre de la Commission.

Puis il s'est dirigé vers la bibliothèque, et il a entrepris de ramasser les volumes alignés sur les étagères.

Il y a des moments où il faut savoir surmonter son dégoût. Accepter le corps à corps, quand la cause l'exige. Cogner, mordre, frapper. C'est ce que j'ai fait : je me suis jetée sur lui ; bec et ongles, j'ai défendu mes livres. Il s'est retourné pour tenter de me contenir, mais j'ai sorti mes griffes et je lui ai lacéré le visage. Pauvre gars, je l'ai bien amoché. Rien de grave, mais tout de même : quelques bleus, une lèvre éclatée et des écorchures plein la tronche. Dans sa déposition qui figure au dossier, il déclare avoir été surpris par ma force physique ; il ne s'y attendait pas de la part d'une enfant si petite et si frêle. Ça ne l'a pas empêché de prendre rapidement le dessus : saisissant mes poignets, il m'a plaquée au sol, et comme je n'arrêtais pas de me débattre en criant, il a appelé la Sécurité.

Les gros bras ont débarqué *fissa*. Ils s'y sont mis à trois pour me maîtriser. Leurs mains sur mes bras nus, leurs poings comme des étaux autour de mes chevilles, leur sueur, leur haleine, ça m'a retourné l'estomac. Mais je n'avais rien à vomir. Je me suis contentée de hoqueter, et ça les a fait rire.

Pendant qu'ils me retenaient, le type s'est remis au travail, sans même prendre le temps d'essuyer le sang qui coulait sur ses joues. Il semblait pressé d'en finir. Tandis qu'il entassait les livres dans le caisson, je gueulais tout mon soûl en le traitant de salopard, d'ordure, de crevard et j'en passe. Ça ne me soulageait même pas. Lui, continuait d'entasser les livres. Je sentais qu'il avait un peu honte, mais pour ce que ça changeait. Quand tout a été ramassé, il a replacé le couvercle, et roulé le caisson vers la porte. C'est là qu'un des hommes de la Sécurité lui a fait remarquer :

— Il en reste un, là-bas.

Il pointait le dictionnaire sur la table de nuit. J'ai crié en me débattant de plus belle :

— Celui-là, il est à moi ! Vous n'avez pas le droit de me le prendre !

Les hommes de la Sécurité ont éclaté de rire.

— Mais c'est qu'elle a du coffre, la petite demoiselle !

— C'est un cadeau ! Vous n'avez pas le droit !

Le type me regardait sans rien dire, la main sur la poignée.

— Bon, tu te bouges ? ont aboyé les hommes de la Sécurité. Tu le récupères et tu te barres, qu'on en finisse avec cette furie.

L'autre ne réagissait toujours pas. Les joues en sang, la lèvre tuméfiée, il me regardait fixement.

— Qu'est-ce que tu fous ? ont-ils vociféré.

Il n'a rien répondu. J'ai supplié :

— Monsieur, je vous en prie, laissez-moi le dictionnaire. Il est à moi. C'est un cadeau que m'a fait monsieur Kauffmann pour mon anniversaire.

Je ne mesurais pas, dans mon affolement, l'absurdité qu'il y avait à implorer cet homme dont je venais de ravager le portrait quelques instants plus tôt. Lui, semblait pétrifié. J'ai répété :

— Je vous en prie !

– Ta gueule ! a fait l'un des mastards en pla-
quant la main sur ma bouche, si violemment que
ses bagues m'ont déchiré les lèvres.

Le type a frémi, imperceptiblement. Il est resté
encore quelques secondes à me regarder. Puis il
s'est détourné et a ouvert la porte.

– Et le livre, tu le prends pas ? lui ont crié les
autres.

– Elle dit qu'il est à elle.

– Qu'est-ce que ça peut faire ?

– J'ai ordre de récupérer les livres de l'ancien
directeur.

– Et alors ?

– Alors, elle dit que celui-ci lui appartient.
Donc, je le prends pas.

– Et tu la crois !

Il s'est tourné vers moi. Je gémissais, la main du
mastard toujours plaquée sur les lèvres, et du sang
plein la bouche. Le type a eu un sourire triste.

– Ouais, je la crois.

J'ai cligné des paupières pour lui dire merci. Il
a hoché la tête. Puis il est parti d'un pas lourd
courbé sur le caisson, emportant avec lui les tré-
sors de M. Kauffmann.

Deux jours plus tard, Fernand est venu me
trouver. Il s'est assis sur le lit, sans un mot. Il avait
l'air perdu.

– Ta lèvre, comment ça va ?

– Comme vous voyez…, ai-je fait, en désignant les croûtes sur ma bouche meurtrie. Mais

vous n'êtes pas venu pour me parler de ça, j'imagine.

– Tu as raison, Lila, il y a autre chose. J'ai deux nouvelles à t'annoncer. Une bonne, une mauvaise.

J'ai fait basculer sur mon nez mes lunettes de soleil, et je suis allée m'asseoir à l'autre bout du lit.

– La bonne nouvelle, c'est que la Commission t'autorise à conserver le dictionnaire. Ils ne voulaient pas en entendre parler, au début, mais je les ai menacés de demander une enquête sur la façon dont s'étaient comportés avec toi les hommes de la Sécurité. Ça les a bien calmés. Voilà. Tu gardes le dictionnaire.

Il s'est tourné vers moi, guettant ma réaction. Je ne sais pas ce qu'il attendait, au juste. De la joie, peut-être, un merci. Mais je n'ai rien dit. Je n'avais pas le cœur à ça. Je savais qu'il restait à entendre la seconde nouvelle, la mauvaise, celle qui puait le malheur à plein nez. Je l'ai dévisagé durant quelques secondes, puis, détournant la tête, je me suis mise en apnée, et j'ai attendu en comptant.

J'en étais à quatre cent vingt-sept quand Fernand s'est enfin décidé à m'annoncer d'une voix à peine audible que M. Kauffmann était mort la veille au soir, d'une crise cardiaque.

C'est sa femme de ménage qui l'a trouvé, assis dans un fauteuil, les yeux grands ouverts. Près de lui, sur un petit guéridon, une boîte de cigares de contrebande, un cendrier débordant de mégots, un beau verre en cristal encore à moitié plein, et une bouteille, vide, de Chasse-Spleen cinquante-quatre. Cinquante-quatre, un millésime exceptionnel, paraît-il. Le dernier avant la destruction du vignoble.

Lucienne

Après, je suis restée prostrée. Ils m'ont fichu la paix, s'occupant seulement de changer ma perfusion et de me donner une douche, de temps en temps. Je me laissais déshabiller avec indifférence. Les médicaments me rendaient docile. Je me moquais de tout.

Fernand venait me voir tous les jours. Il s'asseyait à mon chevet et parlait avec précaution. Je ne l'écoutais pas. Je voulais demeurer concentrée, repliée sur moi-même et sur tout le chagrin qui battait dans mes veines.

M. Kauffmann est revenu une nuit – enfin, je ne suis pas sûre que c'était vraiment lui. Je ne sais pas ce qu'on devient après – je veux dire, après la mort. C'est un point de métaphysique sur lequel je ne suis pas parvenue à me faire une opinion. Je crois qu'on ne peut rien exclure *a priori*. C'était peut-être lui. J'aimerais bien. Mais si ce n'était pas lui, seulement l'effet de mon imagination, ce n'est pas grave. L'important, c'est qu'il m'ait parlé :

– Bon sang, fillette, dans quel état tu es ! Tu me déçois, tu sais. Une battante comme toi ! Si ce n'est pas malheureux !

– Je souffre, vous savez.

– Ça n'est pas une raison.

– Sans vous, je n'ai plus d'espoir.

– Et ta mère, tu y penses ?

– Tout le temps, mais à quoi bon ? Je n'ai plus aucun moyen de la retrouver, désormais.

L'air s'est mis à vibrer tout contre mon oreille.

– Ça me désole de voir que tu as déjà oublié ma promesse !

– Je ne l'ai pas oubliée, mais… comment faire, maintenant que vous êtes mort ?

– Ah, fillette, fillette ! C'est bien mal me connaître. Quand je t'ai dit que tu pouvais compter sur moi *quoi qu'il arrive*, ça n'était pas à la légère, crois-moi. J'avais envisagé toutes les hypothèses.

Je me suis redressée brusquement, tournée vers son invisible présence.

– Vous voulez dire que vous allez tenir parole, pour ma mère, c'est ça ? Que vous allez m'aider malgré… malgré tout ? Monsieur Kauffmann, répondez-moi ! C'est cela que vous voulez dire ? Que je peux encore compter sur vous ?

J'ai senti sur ma joue passer un souffle tiède, comme un baiser qui ne m'aurait pas touchée, mais juste rassurée. Alors, j'ai souri en joignant les mains. Ce n'était pas une prière, seulement un merci.

Le lendemain matin, je me suis assise sur le lit. J'ai retiré la perfusion que l'on m'avait plantée à la pliure du coude. Puis j'ai rejeté d'un coup les couvertures, et je me suis levée – du moins, j'ai essayé. J'ai tenu sur mes jambes une demi-seconde, avant de m'écrouler sur le sol de la chambre. Comme retour à la vie, ce n'était pas très glorieux, mais vous savez ce qu'on dit : c'est le premier pas qui compte. Il était fait. Six semaines s'étaient écoulées depuis la mort de M. Kauffmann.

La vie a repris, aussi normalement que possible : les cours, les promenades, la rééducation. Je souffrais encore plus qu'avant, lorsque je n'avais qu'un seul deuil au cœur. Maintenant qu'ils étaient deux, je me demandais si j'arriverais à les porter ensemble. Ça commençait à être vraiment lourd, toutes ces larmes qui se déversaient en moi, sans faire le moindre bruit.

Lorsqu'il a fallu me désigner un nouveau tuteur, le choix de la Commission s'est porté sur Fernand. Personne pourtant n'ignorait qu'il avait été le protégé de M. Kauffmann. Mais il s'était toujours montré respectueux des procédures, et il connaissait parfaitement mon dossier. Alors, la Commission a choisi de faire au plus simple : elle l'a nommé tuteur, en échange de l'assurance qu'il ne reprendrait à son compte aucune des *excentricités* de l'ancien directeur, et suivrait désormais une ligne éducative strictement orthodoxe. Fernand a dit *amen*, et l'affaire s'est conclue.

Fernand s'est montré fidèle à lui-même : prudent, sobre, réservé. Rien de très enthousiasmant, mais, de façon générale, Fernand n'est pas quelqu'un qui suscite l'enthousiasme. Il venait me chercher tous les jours pour ma promenade dans la cour, comme autrefois avec M. Kauffmann. Ça ne me dérangeait plus. Avec le temps, je m'étais habituée aux hurlements des gosses – c'est fou la force que peut donner l'habitude.

Les vieilles caméras avaient été remplacées par des modèles flambant neufs, une dizaine en tout, jalonnant le parcours, et ça me faisait encore plus regretter l'époque où je pouvais me promener seule au monde avec M. Kauffmann. Heureusement, le banc était resté tel quel. On s'y asseyait de temps en temps, Fernand et moi, pour se dire des banalités. Parfois, on se contentait de rester silencieux, et on en profitait pour penser à M. Kauffmann, sans se l'avouer l'un à l'autre. C'est cela surtout qui nous rapprochait : ces silences, et ce chagrin commun.

Pour le reste, Fernand ne me dérangeait pas trop, se chargeant simplement de vérifier que je prenais bien mon traitement quotidien – antihistaminiques et psychotrope léger, comme tout le monde –, que je poursuivais correctement ma rééducation, et que j'étudiais le nombre d'heures réglementaire. Ce n'était pas de sa part un manque d'intérêt, seulement, il ne voulait pas s'imposer, tout chambouler d'un coup. Il savait qu'on ne se remet pas facilement d'une disparition comme celle de M. Kauffmann. Il respectait mon deuil. *Si tu as besoin de moi, je suis là.* Merci, Fernand, merci. C'est gentil de proposer, mais, à vrai dire, j'ai surtout besoin qu'on me fiche la paix.

Je pensais que ça durerait toujours, ce train-train de vieux couple : Fernand bien à sa place, moi tranquille dans mon coin, à contenir mon chagrin comme je pouvais. Mais si le Centre m'a bien appris une chose, c'est que l'on se fait toujours des illusions.

Un dimanche matin, Fernand est arrivé, un grand sourire aux lèvres.

– Viens avec moi, Lila, je t'emmène faire un tour.

J'ai tout de suite compris que je devais me méfier – Fernand ne souriait jamais, d'habitude, ça cachait forcément quelque chose.

– Un tour, comment ça ?

– Allez, pour une fois, ne discute pas. Prends ton manteau, et suis-moi. D'accord ?

J'ai obéi d'assez mauvaise grâce. Ça sentait le coup fourré, mais pas moyen de savoir d'où cela partirait. On a pris l'ascenseur jusqu'au hall d'entrée. J'étais de plus en plus tendue. Quand je me suis rendu compte que Fernand nous entraînait vers le sas de sortie, je me suis arrêtée net :

– Où on va, là ?

– Eh bien, comme tu le vois, nous sortons !

– Vous vous foutez de ma gueule ?

– Allons, Lila, un peu de correction !

J'ai secoué la tête.

– Je ne peux pas sortir.

– Mais si, voyons, tu peux !

– Je ne peux pas, je vous dis ! Les gens. Les gens dehors… C'est… c'est impossible !

– Écoute, Lila. Il n'y a aucune raison de paniquer. La navette nous attend déjà, regarde, juste en face de la porte. Tu n'auras que quelques pas à faire avant de te retrouver à l'abri. Quelques secondes à peine sur le trottoir. Ne me dis pas que c'est au-dessus de tes forces !

Je me suis mise à secouer la tête avec frénésie.

– Non, je n'y arriverai pas.

– Bien sûr que si !

– Vous êtes complètement dingue ! Je veux des anxiolytiques !

– Tu n'en as pas besoin. Fais-moi confiance.

– Je veux une piqûre !

– Allons, sois raisonnable !

J'ai bloqué ma respiration et chaussé mes lunettes de soleil. Puis j'ai fermé les yeux, pour effacer la vision de Fernand attendant, nos badges à la main, à côté de l'automate posté près de l'entrée. Je ne sais pas combien de temps je suis restée plantée là, sans respirer. Au moins quatre minutes. La tête me tournait. Je commençais à me sentir un peu mieux, lorsque l'air a vibré, tout près de mon oreille, comme la première fois.

– Allons, fillette, vas-y. Vas-y, bon sang !

– Vous n'allez tout de même pas vous y mettre, vous aussi !

– Qu'est-ce que tu as dit ? a demandé Fernand.

– Je te préviens, si tu n'y vas pas, je te botte le cul, a poursuivi la voix.

– Franchement, vous faites chier.

– Lila ! a crié Fernand, scandalisé.

– C'est bon, j'y vais.

– Eh bien, ce n'est pas trop tôt ! ont-ils répondu tous les deux en même temps.

J'ai foncé – quinze pas sur le trottoir, avant de m'engouffrer à l'arrière de la navette. Fernand s'est installé à côté de moi, à respectueuse distance. Je me suis tassée sur le siège en lui tournant le dos, histoire de bien marquer ma désapprobation. Puis nous sommes partis.

La navette glissait souplement sur l'asphalte. Ça ne faisait pratiquement aucun bruit. Pourtant, je sentais le chaos tout proche, la ville, lumière et cris mêlés. J'entendais sa rumeur cognant contre la vitre, prête à fondre sur moi, et j'étais terrifiée.

– Calme-toi. Tu n'as pas de raison d'avoir peur.

Le traître essayait maintenant de se poser en bon Samaritain. Il y a des claques qui se perdent, je vous jure.

– Je t'en prie, regarde-moi.

Je me suis retournée, l'œil plus noir que mes verres fumés. Il a souri.

– Tu ne risques rien, je t'assure. Les vitres sont blindées. Tout est sécurisé. Il ne faut pas avoir peur.

– Pourquoi vous me faites ça ?

– Arrête de jouer les martyres !

– Vous ne m'avez pas répondu. Pourquoi vous me faites ça ?

– Écoute, a-t-il soupiré, la Commission m'a informé il y a quelques jours qu'elle souhaitait reprendre le processus de socialisation.

Je me suis aussitôt crispée. Il a hoché la tête.

– C'est bien ce que je pensais… Je leur ai dit que tu ne serais pas très partante, mais pour eux, pas question de discuter : ils ont exigé que l'on te remette rapidement en contact avec les autres.

– Pourquoi ils s'acharnent sur moi ?

– Il faut que tu comprennes une chose, Lila : on ne peut pas continuer à te laisser vivre ainsi, en quasi-autarcie. Cela risque de poser un sérieux problème, plus tard, quand tu auras quitté le Centre. Tout ce monde partout, dans les rues, dans le tube, il faudra t'y frotter, tu n'auras pas le choix. Comment faire, si tu ne t'y prépares pas à l'avance ?

Je l'ai regardé, sans répondre.

– Si tu ne fais pas l'effort, tu ne seras jamais prête, a insisté Fernand. Et l'on risque de ne pas autoriser ta sortie.

– Vous voulez dire qu'on pourrait m'interdire de quitter le Centre à ma majorité ?

– Exactement, Lila. Comment faire autrement, si tu te révèles incapable de vivre en société ?

Je me suis soudain trouvée glacée par une évidence qui ne m'était encore jamais apparue : les exigences de la Commission ne relevaient pas d'un diktat arbitraire. C'est le monde lui-même qui me les imposait. Si je voulais avoir une chance de quitter le Centre un jour pour retrouver ma mère, il faudrait en passer par là : les contacts poisseux, les haleines douteuses, la tiédeur malsaine, tout ce frotti-frotta répugnant qu'implique forcément la vie en société. Comment imaginer pouvoir y échapper ?

J'ai murmuré d'une voix angoissée :

– Fernand, je ne veux pas retourner avec les tarés ! S'il vous plaît, faites quelque chose.

– Pas de panique, Lila. J'ai trouvé une solution, ou plutôt, une alternative. Je l'ai soumise à la Commission, et elle a donné son accord.

– Qu'est-ce que c'est, Fernand ?

– Je t'emmène déjeuner chez moi. Ma femme Lucienne est impatiente de faire ta connaissance.

Elle nous attendait dans l'entrée, brune, plutôt jolie, un sourire chaleureux sur ses lèvres très pâles, mais si maigre, et l'air si maladif, que je n'ai pu m'empêcher de lui dire :

– Ce que vous avez mauvaise mine !

– Lila ! s'est écrié Fernand.

Mais Lucienne a souri.

– Laisse, Fernand, voyons ! Tu me le dis toi-même assez souvent !

Puis elle m'a invitée à passer au salon, tandis que Fernand allait à la cuisine pour finir de préparer le déjeuner. Nous nous sommes assises sur le grand canapé. Sur un fauteuil, situé en vis-à-vis, somnolait un magnifique abyssin arc-en-ciel d'un beau mauve profond.

– Il s'appelle Pacha, a déclaré Lucienne, devançant ma question. Et ça lui va très bien.

J'ai répété :

– Pacha...

Le chat a dressé la tête et a posé sur moi ses yeux vert d'eau.

– On dirait qu'il s'intéresse à toi ! a remarqué Lucienne.

Pacha a aussitôt détourné le museau pour se lover à nouveau dans le creux du fauteuil.

Lucienne a ri.

– Parfois, j'ai l'impression qu'il comprend tout, et qu'il prend un malin plaisir à me contredire.

– Ce n'est pas impossible. Certaines études tendraient à démontrer que les animaux issus de manipulations génétiques sont plus intelligents. J'ai lu ça quelque part, récemment.

– Eh bien, a murmuré Lucienne, on n'arrête pas le progrès.

Depuis la cuisine, Fernand a crié, *c'est prêt !*, tandis qu'une puissante odeur de grillé arrivait jusqu'à nous. Lucienne a chuchoté :

– Il a fait des brochettes…

J'ai eu un haut-le-cœur.

– Ça vous ennuie si j'ouvre la fenêtre ?

– Vas-y, ne te gêne pas. Moi aussi, j'ai trop chaud.

Quand l'air frais s'est engouffré dans la pièce, dissipant les odeurs de cuisine, j'ai senti qu'elle était aussi soulagée que moi.

J'ai mangé en apnée, comme à mon habitude. De son côté, Lucienne regardait la brochette posée dans son assiette d'un air désespéré. Trois grosses sauterelles luisantes de marinade qui semblaient la narguer, alignées sur leur pique. Fernand a pressé son épaule.

– Chérie, il faut faire un effort, tu sais bien…

Elle a hoché la tête, et s'est mise à manger, en mâchant très lentement, presque au ralenti. Elle prenait sur elle, s'efforçait de bien faire, et c'était pitié de la voir se battre avec chaque bou-chée.

Malgré ça, le déjeuner s'est déroulé sans encombre. Lucienne me posait énormément de questions : est-ce que je me sentais bien dans le Centre, quelles matières j'étudiais, comment était ma chambre… Un moment, je me suis demandé si ça n'était pas une sorte de diversion, un moyen qu'elle avait trouvé pour ne pas avoir à finir son assiette. Mais non, elle semblait sincèrement s'intéresser à moi.

J'ai répondu de bonne grâce, en prenant soin de ne rien dire de désagréable sur le Centre. Autant rester prudente, pour le cas où la Commission demanderait à visionner les bandes. Et puis, de toute façon, avec Fernand, je ne pouvais pas me permettre de raconter n'importe quoi. Je me suis donc montrée satisfaite de mon sort, *positive*, comme ils disent. À mon tour, j'ai posé des questions, pour donner l'impression que je m'intéressais. J'ai rajouté deux ou trois compliments – ça fait toujours plaisir, et cela entretient la convivialité.

– Vous avez un bel appartement, vraiment très agréable.

– C'est vrai, a répondu Fernand, on a eu de la chance, vu les listes d'attente.

– C'est grâce à monsieur Kauffmann, a ajouté Lucienne.

J'ai frissonné, et Fernand s'est raclé la gorge. Mais Lucienne n'y a pas prêté attention, et elle a poursuivi d'un air mélancolique :

– Il est intervenu en personne auprès de l'Office du Logement, tu te souviens, Fernand ? Il était si gentil…

Puis elle s'est mise à battre des paupières, l'air un peu égaré. J'ai demandé, effarée :

– Vous avez connu monsieur Kauffmann, vous aussi ?

– Oui, oui, je l'ai bien connu…

Fernand s'est levé brusquement.

– Je vais chercher la suite. Lila, tu veux bien m'accompagner ? J'ai besoin d'aide.

Je l'ai suivi dans la cuisine, tandis que Lucienne restait assise, à contempler la troisième sauterelle qu'elle n'avait pas touchée.

Fernand disposait sur un plateau des ramequins remplis de crème aux fruits. Je le regardais sans rien dire, attendant des explications.

– Tu peux prendre les petites cuillères dans le deuxième tiroir ?

J'ai pris les trois cuillères que je lui ai tendues.

– Merci.

– Dites, c'est pour me demander trois cuillères que vous m'avez fait venir avec vous dans la cuisine ?

Il n'a rien répondu.

– Pourquoi m'avoir caché que Lucienne connaissait monsieur Kauffmann ?

Il a aligné les cuillères sur le plateau, à intervalles parfaitement réguliers.

– Comment l'a-t-elle connu ?

– …

– Vous ne voulez rien me dire ?

– Bien sûr que si, Lila. Ce n'est ni un secret, ni une honte. Seulement, je n'ai pas envie qu'on en parle alors que Lucienne se trouve dans la pièce à côté. Elle est… Elle a été très affectée par la mort de monsieur Kauffmann. C'était difficile, ces derniers mois. Je ne veux pas qu'elle ressasse tout ça. Tu comprends ?

– Vous auriez tout de même pu me prévenir.

– Je sais, Lila, je sais. On en parlera plus tard, si tu veux bien.

– D'accord, Fernand. Plus tard, si vous voulez.

On a passé l'après-midi à bavarder, comme si de rien n'était. Je me suis retenue de poser à Lucienne les questions qui me brûlaient le cœur – Fernand ne perdait rien pour attendre. Lucienne paraissait épuisée, mais heureuse. De temps en temps, je disais une chose qui la faisait éclater de rire. C'était étrange, ce rire soudain qui déployait sa gorge, cette joie qui la rendait méconnaissable, l'espace d'un instant. Je ne voyais pas trop ce qu'il y avait de drôle dans ce que je pouvais dire, et je me sentais un peu déboussolée. Fernand semblait ravi.

Lorsque, vers 17 heures, il m'a proposé de me raccompagner, je me suis sentie soulagée. Tous ces efforts de socialisation m'avaient éreintée ; j'avais besoin de solitude. Juste avant de partir, j'ai demandé à Lucienne :

– Vous pouvez m'indiquer les chiottes ?

Elle a éclaté de rire à nouveau. Je l'ai trouvée bizarre, une fois de plus, mais je n'ai rien voulu dire, j'étais trop fatiguée. Elle riait tant que Fernand a choisi de répondre à sa place :

– Dernière porte à gauche, tout au fond du couloir.

Dernière porte à gauche, ce n'était pourtant pas compliqué. Je ne sais pas ce qui m'a pris, la fatigue, sans doute : arrivée au fond du couloir, j'ai ouvert celle de droite.

C'était une petite chambre jaune pâle avec un berceau blanc recouvert d'une housse transparente, une chaise basse en bois clair, recouverte elle aussi d'une housse, une table à langer, des étagères chargées de matériel de puériculture – peigne, biberons, pèse-bébé, thermomètre frontal, entourés d'une protection stérile. C'était vraiment étrange, presque angoissant, ces housses sur les meubles, ces protections autour de chaque objet, et cette caméra qui veillait sur du vide.

J'allais fermer la porte, quand j'ai vu le violoncelle, posé contre le mur dans un coin de la pièce. À ce moment précis, j'ai senti une présence. Je me suis retournée. C'était Fernand.

– Je... je crois que je me suis trompée.

– C'est là, a-t-il répondu sobrement, en désignant la porte en face.

Ensuite, nous n'avons pas traîné, heureusement. Je crois que je n'aurais pas tenu plus longtemps. Lorsque Lucienne m'a tendu sa petite main maigre pour me dire au revoir, j'ai eu un mouvement de recul.

– Je préfère ne pas vous toucher, si ça ne vous dérange pas.

– Ah oui, c'est vrai. Fernand me l'avait dit, mais j'avais oublié. Je te prie de m'excuser.

– Ce n'est pas grave.

Elle m'a souri.

– À très bientôt, j'espère.

Là-dessus, Pacha est arrivé, déployant avec nonchalance sa queue empanachée. Il a levé vers moi ses grands yeux vert d'eau, puis, lentement, il s'est approché, et m'a frôlé les jambes. C'était doux et soyeux sur ma peau nue, tellement troublant.

– On dirait qu'il t'a adoptée ! a commenté Fernand.

Comme pour le confirmer, Pacha a miaulé, brièvement, puis il est repassé une fois entre mes jambes, déposant sur ma peau des gerbes de frissons. C'était un signe, mais je ne le savais pas encore.

Sur le chemin du retour, Fernand m'a demandé :
– Ça va ? Tu es contente ?
– Ça va, merci. Votre femme est gentille, mais vraiment très bizarre.

Il a souri.
– Je crois qu'elle a été heureuse de te rencontrer.

Je pensais qu'il enchaînerait avec les explications qu'il avait promis de me donner, mais au lieu de ça, il s'est tu, faisant mine de regarder le paysage. J'ai attendu un moment qu'il se décide, en rongeant mon frein, puis, voyant que rien ne venait :
– Dites donc, Fernand, vous comptez continuer à tourner longtemps autour du pot aux roses ? Il y

a deux, trois choses dont nous devions parler, vous vous souvenez ?

– Oui, Lila, je me souviens. Eh bien voilà, c'est simple : Lucienne a été pensionnaire du Centre, comme toi. C'est là que je l'ai rencontrée, à l'époque où elle était suivie par monsieur Kauffmann.

– Lucienne a été son élève !

– J'aurais dû te prévenir. C'est idiot de ma part de ne pas l'avoir fait.

J'étais trop abasourdie pour répondre quoi que ce soit.

– Lucienne avait de gros problèmes. Monsieur Kauffmann nous a beaucoup aidés. Il a remué ciel et terre pour qu'on la laisse quitter le Centre. Sans son intervention, jamais elle n'aurait pu sortir.

– Vous voulez dire qu'elle serait restée dans le Centre ?

– Non… La Commission parlait de l'orienter vers une unité psychiatrique.

Sa voix tremblait, et je sentais bien qu'il était ému plus qu'il ne l'aurait voulu.

– Ils l'ont laissée sortir, mais elle a du mal, c'est ça ? Du mal à vivre ?

– Oui, Lila. Beaucoup de mal.

– C'est parce que je ressemble à Lucienne que monsieur Kauffmann vous a demandé de vous occuper de moi ?

Fernand a secoué la tête.

– Je pense qu'il m'a choisi parce qu'il m'estimait compétent. Je ne crois pas que Lucienne ait grand-chose à voir là-dedans.

Nous étions arrivés. Fernand est descendu le premier, et il est venu m'ouvrir la portière.

– La voie est libre. Personne sur le trottoir. On peut y aller.

J'ai foncé vers le sas d'entrée – quinze pas, comme à l'aller – et je me suis précipitée dans le hall, laissant Fernand s'occuper des formalités avec l'automate. Lorsqu'il m'a rejointe, il m'a demandé :

– Tu veux que je te raccompagne jusqu'à ta chambre ?

– Non, je vais me débrouiller.

– Bon alors, à demain.

– À demain, Fernand. Et merci pour cette journée.

– Il n'y a pas de quoi.

J'allais me diriger vers l'ascenseur, lorsqu'il a ajouté :

– Tu as vu la chambre, n'est-ce pas ?

– Je n'ai pas fait exprès.

– Je sais, Lila, je sais. Ce n'était pas un reproche. Mais puisque tu l'as vue, autant que je te dise : Lucienne et moi, on essaie d'avoir un bébé, depuis longtemps déjà, et on n'y arrive pas. C'est pour ça qu'elle est triste. Je voulais que tu saches, pour que tu comprennes, et que tu l'excuses si elle t'a semblé… *bizarre*, comme tu dis.

J'ai hoché la tête en silence. Je repensais à la chambre. Toutes ces housses, comme des linceuls.

– Je suis désolée pour vous.

– Tout n'est pas perdu. Nous avons encore l'espoir d'y arriver.

– Ah, tant mieux… Fernand, je voulais vous demander : ce violoncelle…

– C'est celui de Lucienne. Un cadeau de monsieur Kauffmann.

Cela m'a beaucoup perturbée d'apprendre qu'elle avait été son élève, et je l'ai détestée durant toute la soirée. Bien sûr, je savais que je n'avais pas été la seule dans la vie de M. Kauffmann. Il y en avait eu beaucoup d'autres avant moi. Mais je m'étais toujours imaginée comme sa préférée, parce que j'étais vraiment exceptionnelle. Je découvrais soudain qu'il en avait aimé d'autres autant que moi – au moins une, à qui il avait appris la musique, offert un violoncelle –, et c'était difficile à admettre.

Ce soir-là, je me suis endormie le crâne plein de tristesse et de mauvaises pensées, fermement décidée à ne plus jamais retourner chez Fernand.

Toute la nuit, j'ai rêvé, de M. Kauffmann, de Lucienne. Nous étions sur le toit. M. Kauffmann jouait du violoncelle. Le sol était jonché de livres dont les pages s'envolaient avec la musique. Et Lucienne riait. Moi aussi. Au matin, je n'étais plus en colère.

Au lieu de la détester, j'ai choisi de l'accepter autant que je pouvais, comme j'avais accepté Fernand, à cause de M. Kauffmann. Je savais qu'ils m'aideraient à garder son souvenir intact, et heureux. Je n'avais pas de temps à perdre avec la jalousie.

Dans les mois qui ont suivi, je suis retournée plusieurs fois chez Lucienne et Fernand. Elle m'accueillait toujours à bras ouverts, en prenant bien soin de ne pas me toucher. Fernand nous laissait souvent seules, pour qu'on se sente plus libres. Je n'étais pas dupe, et je me doutais bien qu'il visionnait les enregistrements, après coup. Lucienne me demandait de lui raconter ma vie au Centre, mes lectures, mes cours. Je lui demandais de me jouer du violoncelle. Sa musique était souvent triste, mais d'une tristesse qui ne rend pas malheureux.

Jamais on ne parlait de M. Kauffmann. Pourtant il était là ; nous le sentions l'une et l'autre entre nous, et cette évidence nous liait au lieu de nous séparer.

J'ai commencé à venir chez eux de plus en plus souvent : deux fois par mois, puis trois, puis toutes les semaines. Je n'avais plus peur de sortir sur le trottoir. Je n'avais plus peur du trajet. J'arrivais même à regarder la ville à travers la vitre de la portière arrière, les monuments, les rues, les gens, les arbres. C'était un gros progrès. Parfois, en sortant de la navette, Fernand m'emmenait faire un tour. Quelques dizaines de mètres, jamais plus. Ça me donnait des sueurs et des palpitations, mais ça m'habituait.

La gardienne de l'immeuble était une chimère à l'air rébarbatif, particulièrement disgraciée. Dès qu'on pénétrait dans le hall, elle rappliquait, à croire qu'elle nous guettait, ou qu'elle était capable de sentir notre présence – tout est envisageable avec ces créatures. *Essaie de ne pas la regarder en face*, disait Fernand. *Elle est très susceptible.* Je faisais aussitôt glisser sur mes yeux mes lunettes de soleil, et nous filions doux jusqu'à l'ascenseur, sous l'œil inquisiteur de l'étrange gorgone.

Dès que je passais la porte, Pacha me faisait la fête, effleurant plusieurs fois de sa queue ébouriffée mes mollets dénudés. Lucienne et Fernand s'extasiaient. Pacha se montrait plutôt indépendant, d'habitude. Il n'était pas du genre à chercher les caresses. Il n'y avait qu'avec moi qu'il était différent. J'en étais très flattée.

Lucienne avait l'air d'aller mieux. Elle mangeait davantage, avait pris un peu de poids. Fernand disait que c'était grâce à moi. Je la faisais beaucoup rire, sans comprendre pourquoi la plupart du temps, mais ça n'était pas grave, parce que son rire n'était jamais méchant, et parce que je sentais qu'il lui faisait du bien.

Au fil des mois, Pacha est passé du mauve au vermillon, du vermillon au fuchsia, du fuchsia à l'orange, de l'orange au turquoise, du turquoise au jaune citron. Lucienne retrouvait peu à peu l'appétit, grossissait à vue d'œil. Parfois même, elle disait qu'elle était heureuse. Les couleurs revenaient dans la vie de Fernand.

Moi aussi, je changeais. Je prenais des seins, des hanches, des poils, sans même m'en rendre compte – je n'ai jamais fait tellement attention à mon corps. C'est lui qui s'est rappelé à moi, un peu avant mon treizième anniversaire. Ça n'est pas agréable de devenir une femme, parce qu'on en met partout.

Quelques semaines plus tard, j'ai reçu mon premier Sensor, avec le tube de gel hypoallergénique. Cadeau du Ministère de la Santé. J'ai demandé à Fernand :

– Je suis vraiment obligée de m'en servir ?

– Bien sûr que non, Lila. Rien n'est obligatoire. Mais disons que c'est recommandé, pour l'équilibre personnel. Tu sais, il n'est jamais bon de laisser inassouvis des besoins sexuels. Le Sensor peut aider.

L'ennui, c'est que je n'éprouvais pas la moindre pulsion, pas le moindre désir. Rien de rien. Cela tenait peut-être au fait que j'étais trop maigre, ou que je n'avais aucun plaisir à me laisser toucher, à manger, respirer les parfums. Ce n'est certainement pas un terrain favorable à l'épanouissement de la sensualité. Quoi qu'il en soit, une chose était sûre : je n'avais aucun besoin de me servir de leur *gizmo* vibrant, si doux et ergonomique soit-il. Mais je me suis bien gardée de le dire à Fernand. Lui faire un tel aveu, c'était courir le risque de le voir alerter le ban et l'arrière-ban des psychiatres et des gynécologues, tous prêts à se pencher, qui sur mon passé, qui sur mon vagin. Rien que d'y penser, j'en avais la migraine. C'était tellement plus simple de paraître normale. J'ai regardé pensivement le Sensor, puis j'ai hoché la tête.

– Oui, Fernand, vous avez raison. Puisque j'ai la chance de l'avoir, je vais l'essayer. Ce serait idiot de m'en priver.

Pour un bon équilibre, le Ministère de la Santé préconisait deux orgasmes par semaine. J'ai scrupuleusement suivi ses directives – enfin, j'ai fait semblant : à part un chatouillis assez désagréable, le Sensor ne me faisait ni chaud ni froid. Peut-être que je ne mettais pas assez de corps à l'ouvrage, je ne sais pas. Quoi qu'il en soit, mieux valait pour mes fesses qu'ils ne s'en rendent pas compte. Je voyais d'ici les complications s'ils en venaient à me soupçonner de frigidité. Alors, j'ai simulé. Ce n'était pas difficile : il suffisait d'imiter ce que j'avais pu voir lors des cours d'éducation sexuelle. Deux fois par semaine, je m'allongeais sur mon lit, dans le noir. Je prenais soin de bien rabattre sur moi les couvertures pour préserver un peu d'intimité. Je tartinais mon Sensor de gel. J'appuyais sur le bouton vitesse maximale, et en avant la musique : dix minutes, un quart d'heure à gémir, haleter, avec, au bout du compte, un magnifique orgasme parfaitement imité, dûment filmé par la caméra infrarouge encastrée dans le mur. Finalement, ce n'est pas si compliqué d'avoir la paix.

L'année est passée d'une traite. J'étais heureuse de rendre visite chaque dimanche à Lucienne et Fernand, heureuse, surtout, de cette chaleur que Lucienne m'accordait. Elle n'avait plus cet air maladif des premiers temps où je l'avais connue. Elle s'était remplumée, et même si elle demeurait frêle et gracile, on voyait qu'elle allait beaucoup mieux. Jamais son rire n'avait été si clair.

Un dimanche, après le déjeuner, Fernand a déclaré :
– Lila, on a une grande nouvelle à t'annoncer ! Lucienne, tu lui dis ?
Lucienne a rougi légèrement, puis elle a susurré en battant des paupières :
– Lila, on va avoir un bébé.
Fernand a enchaîné :
– Les psychiatres ont enfin donné leur accord pour une conception ! Lucienne fait retirer son implant jeudi prochain.
Ils ont ri, en même temps, échangeant des regards pleins d'amour. Un bébé, après toute cette attente, c'était une bonne nouvelle. J'aurais dû me réjouir de ce qui leur arrivait. Pourtant, c'était tout le contraire : je me sentais triste, affreusement. Ne me demandez pas pourquoi, je ne peux rien expliquer. C'était peut-être leur joie trop évidente, ou

alors la façon dont il entourait son épaule d'un air protecteur, la façon dont elle lui touchait le bras en murmurant, *chéri*, peut-être, je ne sais pas – est-ce qu'on sait ce genre de choses ?

À présent, ils me regardaient tous deux, guettant ma réaction. Ça n'était pas le moment de faire la trouble-fête qui pisse son vinaigre. Alors, j'ai pris sur moi, et j'ai dit avec conviction :

– Quelle nouvelle formidable ! Je suis si heureuse pour vous !

En voyant le sourire radieux qu'ils m'ont adressé en retour, j'ai su que j'avais bien fait.

Ensuite, Lucienne a voulu me montrer la chambre du bébé : le berceau, les accessoires sur les étagères, la petite couverture qu'elle avait brodée elle-même d'une guirlande de fleurs et d'oiseaux. Malgré l'enthousiasme qu'elle mettait à décrire chaque objet, la clarté de la pièce, l'élégance du décor, j'ai ressenti le même malaise que la première fois. Tout était si propre, si bien rangé, si protégé, que cela paraissait irréel, et vaguement morbide.

Une seconde caméra venait d'être installée à côté du berceau.

– Un circuit de surveillance interne, m'a expliqué Lucienne. C'est une sécurité de plus, pour le bébé.

J'ai hoché la tête.

– Il ne manquera pas d'anges gardiens.

Elle a souri, puis s'est dirigée vers le coin opposé.

– Regarde, a-t-elle dit, en effleurant des doigts un clavier sur le mur.

Et j'ai vu coulisser un panneau découvrant un immense placard. Je me suis approchée, tout émue.

– Dites donc, ça a l'air confortable !

– Confortable ?

J'ai rougi légèrement.

– Je veux dire : c'est très grand.

– Ah, oui… c'est grand.

J'ai pris le temps d'admirer. C'était vraiment un vaste et beau placard – de quoi tenir à l'aise, étendu de tout son long. Il s'en dégageait une odeur de renfermé légèrement parfumée. Le revêtement de sol avait l'air moelleux. Et comme l'ombre devait être douce, là-dedans, une fois la porte refermée !

D'un coup, il m'est venu une bouffée de nostalgie si violente qu'elle m'a mis les larmes aux yeux. J'ai aussitôt fait glisser sur mon nez mes lunettes de soleil. Lucienne ne s'est aperçue de rien, trop occupée à me montrer les maillots et les barboteuses empilés sur les rayonnages dans leurs petits sacs transparents. Je ne l'écoutais pas, hypnotisée par la vue du placard, résistant à l'envie de m'agenouiller pour éprouver de la main la douceur du sol, à l'envie de m'étendre là, un instant, seulement un instant, pour rêver dans le calme au visage de ma mère.

J'ai soudain senti contre mes mollets une caresse familière. Pacha venait de passer entre mes jambes

pour aller se lover tout au fond du placard.
Lucienne a crié :

– Pacha ! Enfin, Pacha ! Va-t-en !

Le chat n'a pas bougé, les yeux posés sur moi,
pleins de reflets troublants.

– Je ne sais pas ce qui lui prend : dès que
j'ouvre la porte, il vient se fourrer là. Allez,
Pacha, dégage !

– Pourquoi vous ne le laissez pas ?

– Dans le placard du bébé ? Avec tous les poils
qu'il sème partout, sûrement pas ! Pacha, dehors !

Pacha demeurait impassible.

– Bien, il n'y a qu'un moyen, a grommelé
Lucienne.

Se tournant vers la porte, elle a crié :

– Fernand, tu peux ouvrir une boîte, pour
Pacha ? Il s'est encore réfugié dans le placard.

– Pas de problème ! a répondu Fernand.

– Une boîte ? Pour quoi faire, une boîte ?

– La nourriture, c'est la seule chose qui puisse
décider cette bête à quitter le placard ! a-t-elle
expliqué en jetant sur Pacha un regard agacé.

De la cuisine, nous parvenait le tintement d'une
cuillère contre une boîte en fer. Les oreilles du
chat ont frémi.

– Tu entends, Pacha ? Le signal ! Allez ! Sors de
là ! a dit Lucienne en feignant l'enthousiasme.

Pacha a pris son temps : il s'est relevé, avec
morgue, puis levant très haut son petit museau
pointu, impérial et le poil tout gonflé d'importance, il est sorti lentement du placard. Tandis

qu'il s'éloignait en direction de la cuisine, Lucienne a activé la fermeture en grinçant : *Cette bête me rendra folle !* À présent qu'elle allait avoir un bébé, elle semblait moins disposée à materner le chat.

Tandis que Lucienne partait s'allonger un moment sur le canapé du salon, je suis allée à la cuisine lui chercher un verre d'eau. Dès que j'ai pénétré dans la pièce, l'odeur m'a saisie. C'était si violent, si soudain, que j'ai dû m'appuyer contre le mur.

Les yeux fermés, j'ai aspiré à pleins poumons. C'était elle, sans le moindre doute possible, cette odeur inoubliable à vous affoler les narines, à vous mettre le cœur au ventre et les larmes au bord des paupières. Alors que je la croyais perdue à tout jamais, voilà qu'elle me revenait du fin fond des années. Puissante. Intacte.

– Ça ne va pas, Lila ? a demandé Fernand.

– Si si, ça va très bien, ai-je bafouillé, en faisant mon possible pour lui cacher mon trouble.

Et j'ai rouvert les yeux.

Je l'ai vu tout de suite, dans une assiette posée sur le plan de travail : un petit cylindre tendre, odorant. C'était ça. Je reconnaissais la forme, la couleur. Et cette odeur qui mettait ma poitrine en alerte – la tachycardie des grands jours. Je me suis approchée de l'assiette, pour mieux la respirer, et j'ai dit à Fernand :

– Vous avez oublié de le servir à déjeuner ?

Il a eu un moment de stupeur, puis a éclaté de rire.

– Décidément, Lila, tu m'étonneras toujours !

Il s'est emparé de l'assiette, et l'a déposée sur le sol. Pacha s'est aussitôt précipité.

– Mais… mais… pourquoi est-ce que vous donnez ce bon pâté au chat ?

Fernand a ri une nouvelle fois, les deux poings sur les hanches.

– J'aime quand tu fais de l'esprit. Ça veut dire que tu te sens bien !

Là, j'ai compris que quelque chose m'échappait. J'ai ri un petit coup, pour lui donner le change, mais c'était trop nerveux pour être honnête. Il n'a pas eu l'air de s'en rendre compte, tant mieux. J'ai vite balayé la pièce du regard, à la recherche d'un indice. Et là, j'ai aperçu la boîte. Heureusement, Fernand était en train de ranger les assiettes sales dans le lave-vaisselle. Il n'a pas vu ma tête. J'ai pris la boîte entre mes mains tremblantes. Aucun doute possible. L'image me revenait, familière : yeux verts, museau rose et pelage gris. C'était cela que me donnait ma mère.

La boîte était vide. Il restait juste un peu de gélatine sur le bord, avec dedans, d'infimes particules de viande échappées du bloc que Fernand avait fait glisser dans l'assiette. Doucement, j'ai passé le doigt sur la paroi ; puis, jetant un regard en direction de Fernand pour m'assurer qu'il avait le dos tourné, j'ai porté le doigt à ma bouche. Je ne peux pas décrire l'émotion qui m'a prise. J'ai failli m'évanouir.

À partir de là, je n'ai plus pensé qu'à ça : retrouver cette saveur inimitable et bienfaisante qui m'avait tant manqué, y goûter à nouveau. C'était à portée de main : il suffisait pour cela de voler une boîte chez Lucienne et Fernand. Mais je n'ai pas osé. Je me sentais incapable de prendre un tel risque. Alors, je suis restée avec mon obsession, me contentant, à chacune de mes visites, d'aller faire un tour en cuisine pour humer au passage l'assiette de Pacha, ou grappiller quand je le pouvais quelques miettes restées collées à la paroi d'une boîte traînant sur la paillasse. Je rejouais à ma façon, secrète et solitaire, une version insolite du supplice de Tantale.

Lucienne est tombée enceinte au début du printemps. Ils me l'ont annoncé tout de suite. Ce n'était pas très prudent, mais ils étaient tellement heureux, disaient-ils, et cela faisait si longtemps qu'ils l'attendaient. J'ai fait ce qu'on est supposé faire en pareille circonstance. J'ai dit :
– Mes félicitations !
Puis j'ai ajouté aussitôt :
– Rien n'est plus beau que de donner la vie.
Ça faisait longtemps que je la gardais en réserve, celle-là, pour le jour où l'occasion se présenterait.

C'est seulement lorsque nous sommes passés à table que j'ai réalisé à quel point Lucienne avait changé. Fini, la jeune femme fragile qui chipotait avec la nourriture en suçotant d'un air mélancolique sa patte de sauterelle. À présent, elle mangeait comme quatre, une vraie ogresse, qui engloutissait son assiette, puis en redemandait en disant : *C'est bon pour le bébé.* Et Fernand la resservait sans jamais l'arrêter, tellement heureux de la gaver, tellement heureux, c'en était écœurant.

Après le déjeuner, Fernand nous a laissées un moment au salon toutes les deux, comme à son habitude.

– Tu as vu comme j'ai bien mangé ? m'a demandé Lucienne, le regard triomphant.

– Oui, Lucienne. J'ai vu.

– C'est pour qu'il pousse bien, là-dedans !

J'ai hoché la tête en m'efforçant de conserver un air bienveillant, tandis qu'en moi pointait un inexplicable dégoût. Nous étions face à face, moi dans un fauteuil, elle sur le canapé, rayonnante et sereine, les deux mains sur le ventre. Elle semblait si prospère, si comblée, si loin de moi. J'ai soudain pris conscience que je l'aimais moins, maintenant qu'elle était heureuse, et la honte que m'a procurée cette mauvaise pensée m'a rendue plus triste encore, et plus seule.

Durant l'après-midi, Lucienne a eu envie de tofu grillé. Depuis qu'elle était enceinte, elle avait des *envies.*

113

– Je croyais qu'au premier trimestre, on avait toujours la nausée, ai-je fait remarquer.

– Pas Lucienne ! a répondu Fernand, comme si c'était en soi un grand exploit.

Ils ont ri. Ça les réjouissait tant, ces *envies* de Lucienne, qu'ils se sont mis à m'en dresser la liste, fraise et pomme, crème de riz, foie de veau, j'ai cru que j'allais vomir. Ils m'agaçaient tellement, tous les deux, avec leur bonheur et leurs histoires de rognons aux piments à 3 heures du matin ! Tellement que ça m'a ôté mes scrupules et ma peur. J'ai décidé qu'il était temps de passer à l'acte. Pourquoi se gêner, après tout ? Est-ce qu'ils se gênaient, eux, pour m'infliger tout ça ? Quand Fernand s'est levé pour aller préparer à Lucienne son tofu grillé, je l'ai accompagné à la cuisine.

Les boîtes étaient empilées dans le bas du placard. Ça n'a pas été difficile d'en prendre une et de la glisser discrètement sous mon pull. Ensuite, j'ai fait mine d'aller chercher un mouchoir dans la poche de mon imperméable, et j'en ai profité pour y glisser la boîte.

Quand je suis retournée au salon, j'avais le rouge au front et l'air un peu nerveux. Ils ne se sont aperçus de rien, Lucienne trop occupée à grignoter ses cubes de tofu, Fernand trop occupé à contempler Lucienne. Seul Pacha me fixait de son regard étrange. Un moment, j'ai eu l'impression qu'il savait, mais bien sûr il ne savait rien, c'est moi qui me faisais des idées. J'ai attendu encore quelques minutes, le temps que Lucienne finisse son assiette, puis j'ai dit :

– Excusez-moi, mais je me sens un peu fatiguée. Fernand, ça ne vous dérangerait pas de me raccompagner ?

Revenue dans ma chambre, j'ai résisté à l'envie de me jeter sur la boîte. On ne me surveillait plus aussi étroitement qu'autrefois, je le savais par Fernand. Je n'étais plus considérée comme un sujet à risque. Il n'empêche, un contrôle aléatoire était toujours possible. Alors, j'ai attendu.

À l'extinction des feux, je me suis glissée sous mon lit, la petite boîte ronde serrée dans les plis de ma chemise de nuit. J'ai remonté sur ma tête les draps, la couverture, puis j'ai doucement tiré sur la languette.

Aussitôt, l'odeur s'est imposée, émouvante et puissante. Je n'ai plus cherché à résister. J'ai plongé les doigts dans la boîte – c'était tiède et moelleux – puis je les ai retirés, tout enduits de pâté, et je les ai enfoncés dans ma bouche. Ça m'a fait comme une explosion sur la langue, un étourdissement, un plaisir affolant. Au moment d'avaler, j'ai pressé ma poitrine. Ça battait n'importe comment là-dedans, au moins cent trente pulsations par minute à tort et à travers. Un instant, j'ai eu peur de perdre connaissance, mais il ne s'est rien passé – j'avais le cœur bien accroché. Une frénésie m'a prise. J'en voulais encore. Je me sentais affamée et ardente, comme pour des retrouvailles. J'ai replongé les doigts dans la boîte et je l'ai dévorée. J'étais redevenue la petite fille d'autrefois, pelotonnée dans son antre tiède. Je sanglotais de joie en me suçant les doigts, et le sel de mes larmes se mêlait à la douceur fondante qui m'emplissait la bouche. Ensuite, j'ai sombré.

J'ai faim. Elle dort dans le grand lit. Ses cheveux répandus me cachent son visage. Ce serait si bon de le revoir, après toutes ces années. Je pourrais marcher vers elle, écarter ses cheveux, et contempler ses traits, effacer d'un coup cet oubli scandaleux. Mais j'ai faim, ça m'obsède. Je suis trop petite pour ouvrir les placards. Aucune chaise sur laquelle je puisse monter. Je ramasse les miettes qui traînent sur la table. Je récupère par terre la boîte de la veille et je gratte avec le doigt la fine pellicule séchée sur la paroi. Ça m'aidera à tenir.

Elle ouvre l'œil, enfin. Prudente, j'attends un peu. Je la laisse émerger. Je sais qu'elle a besoin de temps pour s'extirper des brumes. Mon ventre se tord.

– Maman, j'ai faim.

Elle grimace.

– Parle moins fort, bébé, j'ai mal au crâne.

Quand elle fait cette tête-là, danger, tout peut aller très vite. J'ai peur qu'elle se mette en colère, si j'insiste, mais j'ai trop faim pour la laisser tranquille. Je répète : *Maman, j'ai faim. J'ai faim, maman.* Puis je me recroqueville en attendant la suite.

Je l'entends se lever, mais je reste accroupie, les mains sur le visage. Elle n'aime pas mes *yeux de chien battu*. Ça l'énerve, ça l'agace, comme si je lui reprochais quelque chose. Pourtant, je ne lui reproche rien. Je ne sais pas exactement ce que c'est, des *yeux de chien battu*. Ce sont les miens, c'est tout. Elle n'aime pas mes yeux. J'aimerais en avoir d'autres, mais comment faire ? Alors, je les ferme très fort, lorsqu'elle passe près de moi. Surtout prendre bien soin d'éviter son regard.

Une fois qu'elle est passée, je glisse un œil entre mes doigts. Elle est nue, chancelante, rien que ses cheveux longs pour lui couvrir le dos. Elle ouvre le placard : *Putain, j'ai plus rien, c'est pas vrai !* Elle fouille en marmonnant, *saloperie de merde*, d'une voix pâteuse, et finit par trouver. J'entends le bruit du couvercle qu'elle tire, le tintement du métal contre la porcelaine, lorsqu'elle jette le couvercle dans l'évier. Elle plonge dans la boîte une cuillère en plastique ramassée sur la table, *tiens, bébé*, me caresse la joue, *ne mange pas trop vite, sinon tu auras mal au ventre*. Puis elle retourne se plonger dans les vapes.

Les bons jours, elle dit : *Viens, chérie. Viens vers moi*. Sa main tapote une place sur le lit. Je trottine vers elle, ma boîte entre les mains, m'assieds au bord du lit. Elle passe le bras autour de ma taille, colle la joue contre ma hanche, tandis que je mange avec ravissement, en pleurant en silence, tellement c'est bon, tellement je suis heureuse, toutes mes faims comblées.

Une fois que c'est fini, je m'étends à côté d'elle, et je reste des heures, sans bouger, en faisant attention de ne pas l'effleurer. Ne pas la déranger, jamais. J'écoute sa respiration régulière. Je me réchauffe à deux doigts de son corps. C'est si délicieux de l'avoir là, tout près. Encore un peu de temps avant qu'elle ne se lève pour aller travailler.

Au réveil, je ne me souvenais plus de son visage, mais tout de même, je l'avais revue ; j'avais rêvé d'elle, c'était bien assez pour chialer un bon coup. Je savais que c'était grâce à la boîte que je tenais encore entre les mains, à ce goût délicieux qui m'était revenu du fin fond de l'oubli. Bien sûr, c'était ça. Alors j'ai léché, pour voir, les miettes de gélatine collées sur le couvercle, mais ce n'était pas assez pour la faire revenir. Quelques miettes, même lapées avec avidité, c'est trop peu.

Quand je n'ai plus senti sous ma langue que le goût du métal, j'ai ravalé mes larmes. Inutile de s'acharner, il n'y avait plus qu'à attendre la semaine suivante, une autre boîte et l'espoir d'un nouveau rêve. Attendre, une fois encore. Ça ne me faisait pas peur, j'avais l'habitude, et, comme pour la promesse de M. Kauffmann, j'étais sûre que ça en valait la peine.

J'ai écrasé la boîte contre le sol. Le métal s'est aplati sans peine sous ma paume. J'ai tout dissimulé sous la couverture cartonnée de mon gros dictionnaire. C'était le dernier endroit où ils iraient fouiller. Ils avaient bien trop peur des livres.

J'y suis retournée le dimanche suivant, et ceux qui ont suivi. Lucienne se portait à merveille. Elle mangeait toujours autant, déjà bien ronde, presque grasse, alors que sa grossesse n'était qu'à son début. Elle et Fernand n'en finissaient pas d'étaler leur bonheur, car ils tenaient vraiment à me le faire partager, mais ce n'était pas si simple. Heureusement, il y avait Pacha, sa fourrure jaune d'or, comme un soleil soyeux qui me réchauffait les doigts.

Fin mai, la première échographie n'a rien révélé d'anormal. Le bébé allait bien, une crevette encore, trois centimètres, mais pour Lucienne, déjà, il était parfait. Elle lui parlait sans cesse, comme s'il pouvait entendre, comprendre même, c'était sa théorie : le petit comprenait tout, vibrait à l'unisson de ce qu'elle éprouvait. Elle lui jouait chaque jour du violoncelle, l'instrument bien plaqué sur son ventre arrondi, des heures durant, sa jolie main prolongée par l'archet, son fin poignet dansant dans la lumière. En parlant du bébé, elle disait en riant : *J'en ferai un musicien !*

Les semaines ont coulé, juin, juillet. Je commençais à m'habituer. Leur bonheur me dérangeait moins. Je crois même que je le partageais.

À chacune de mes visites, je rapportais la boîte vide de mon précédent festin, bien cachée dans mon sac. Je m'arrangeais pour la jeter discrètement dans le bac à recyclage, et j'en profitais pour voler au passage une nouvelle boîte dans le placard de la cuisine. Le soir, je me faisais un plaisir solitaire, plein de larmes et de béatitude. Et ma mère revenait, toujours le même rêve au bord du lit. Le temps de la promesse approchait, j'en étais sûre ; bientôt, tout me serait révélé.

Certaines légendes anciennes prétendent que les dieux ne peuvent pas supporter le bonheur des mortels. Ils le trouvent obscène, bruyant, et tellement insultant pour tous les malheureux. Non, les dieux n'aiment pas les gens heureux. Pour les faire taire, ils inventent des malheurs terribles qui leur font à jamais passer le goût de vivre. Ce sont des légendes, bien sûr, des contes d'un autre âge. Les dieux n'existent pas. Pourtant, quand je vois ce qui est arrivé à Lucienne et Fernand, je me demande parfois s'il ne faudrait pas y croire.

Fin juillet, la deuxième échographie a révélé le sexe du bébé – un garçon –, ainsi qu'une atrophie des membres supérieurs : les avant-bras ne s'étaient pas développés. Ils n'étaient qu'esquissés. Deux excroissances au bout desquelles pointaient des bourgeons minuscules, des embryons de doigts.

L'enquête s'est ouverte. On a examiné les caryotypes de Lucienne, de Fernand et de leurs ascendants sur trois générations. On a scruté leur vie, dressé jour après jour la liste de ce qu'ils avaient bu, mangé et respiré, à la recherche d'éventuelles substances tératogènes. On a vérifié tous les endroits où ils étaient allés ces dix dernières années, passé l'appartement au peigne fin, prélevé des échantillons. Même Pacha a été suspecté. Mais on n'a rien trouvé. À la mi-août, les conclusions de l'enquête ont mis Lucienne et Fernand hors de cause. Aucune imprudence ne pouvait leur être imputée. Atrophie des avant-bras. Ce n'était la faute de personne, seulement la faute à pas de chance. L'assurance pouvait fonctionner.

Celle de Fernand couvrait tous les frais : la greffe, la rééducation, tout. Malgré le choc, ils ont tenu bon. Les médecins affirmaient qu'avec une prise en charge adéquate, il n'y aurait pratiquement aucune séquelle. L'enfant aurait une vie normale, pour ainsi dire. De quoi être optimiste.

Mais les dieux sont teigneux ; ils ne s'avouent pas vaincus aussi facilement. Quelques jours plus tard, les tests complémentaires réclamés par les assurances ont révélé chez le fœtus une mutation du gène IT15 situé sur le locus p16.3 du chromosome 4 – mutation consistant en une répétition anormale de la séquence du trinucléotide 4. En d'autres termes, le fœtus était porteur du gène de la maladie d'Huntington, une saloperie incurable qui, une fois déclarée, vous met le cerveau en bouillie et vous tue avant soixante ans. Au début, Lucienne et Fernand n'ont pas voulu le croire. Leurs caryotypes respectifs n'avaient pas révélé la

121

moindre anomalie. Comment auraient-ils pu transmettre à leur enfant une maladie dont eux-mêmes n'étaient pas porteurs ? On leur a expliqué qu'il s'agissait d'un cas très rare de *néomutation* – une mutation du gène survenue au niveau de leurs gamètes, ou peut-être même, après la fécondation. Cela suspendait de fait toute prise en charge de la part de l'assurance. Pas de chance, vraiment. Il fallait interrompre la grossesse.

Lucienne ne l'a pas supporté. Elle a dit à Fernand : *Ne me demande pas ça, c'est au-dessus de mes forces. Pas ça, pas ça.* Elle avait trop attendu cet enfant, elle ne voulait pas s'en défaire. Fernand a essayé de la raisonner : *Lucienne, est-ce que tu te rends compte ? Comment s'en sortir, avec l'assurance qui ne prend plus rien en charge ? Quelle vie pour cet enfant, Lucienne, sans assurance, et avec cette menace, sans cesse, sur la tête. Quelle vie pour nous ?* Elle a répliqué : *Je m'en fiche, ça m'est égal, c'est le mien tu ne me l'enlèveras pas, c'est tout.* Il a insisté, *Lucienne, ce n'est pas possible, on ne peut pas, on ne peut pas,* mais ce n'était pas la peine, elle ne voulait rien entendre. Elle était comme folle, à hurler, les deux mains sur le ventre, que c'était à elle, là-dedans. Elle l'avait désiré, et elle se moquait bien qu'il soit mal fichu, elle prendrait ce qui viendrait. De toute façon, elle l'aimait déjà. Jamais elle ne les laisserait l'enlever. Elle se tuerait plutôt.

Fernand n'a rien dit aux médecins. Il voulait la protéger. Il savait qu'on ne lui ferait pas de cadeau, si l'on venait à apprendre ses larmes, ses hurlements, son refus d'interrompre. Il y aurait de nouveaux examens psychiatriques. Tout serait remis en cause. Peut-être même qu'on leur retirerait l'agrément et l'espoir d'avoir un autre enfant.

L'interruption était programmée pour le 2 septembre. Fernand n'a même pas osé l'annoncer à Lucienne. Elle n'arrêtait pas de répéter : *Je te préviens, si on me l'enlève, je me tue.* Il la croyait capable de mettre sa menace à exécution, mais il ne pouvait en parler à personne. Il avait peur des médecins. Il avait peur de Lucienne. La situation lui semblait sans issue.

En attendant, il la gavait d'anxiolytiques qui l'abrutissaient complètement. Lorsqu'elle ne dormait pas, elle pleurait. *Qu'on en finisse*, disait-il, *je ne supporte plus de la voir souffrir. Qu'on en finisse. Ensuite, on pourra oublier, repartir à zéro.* Je n'osais pas lui dire que s'il s'imaginait pouvoir recommencer après ça comme si de rien n'était, il se mettait le doigt dans l'œil. Je crois qu'au fond, lui non plus n'y croyait pas vraiment.

Lucienne a disparu le 28 août. En rentrant du travail, Fernand a trouvé l'appartement désert. À part ses papiers, sa carte de crédit et son violoncelle, elle n'avait rien emporté. Aucune indication sur l'endroit où elle était allée – le savait-elle elle-même ? Juste un mot sur son grammabook : *Je pars avec le bébé. Ne me cherche pas. Lucienne.*

Fernand n'a pas voulu prévenir la police.

– La police n'a rien à faire là-dedans. Il s'agit d'un départ volontaire. Un banal abandon de domicile conjugal.

– Vous pourriez évoquer les problèmes de Lucienne, ces derniers temps, son état psychique, les menaces de suicide. Ce serait assez pour déclencher un avis de recherche. Avec son implant sternal, ils auraient vite fait de la retrouver.

Fernand a secoué la tête d'un air désespéré.

– Et s'ils la retrouvaient, qu'est-ce qu'ils feraient d'elle, à ton avis ? Ils l'interneraient d'office et procéderaient à l'interruption malgré elle. C'est hors de question ! Je préfère encore ignorer où elle est.

Malgré son désespoir, Fernand a refusé de baisser les bras, et il s'est mis en tête de retrouver Lucienne par ses propres moyens. Ça n'a pas été si compliqué, au bout du compte. Il lui a suffi de fouiller la mémoire de son grammabook.

En remontant l'historique, parcourant tous les sites qu'elle avait consultés, il s'est vite rendu compte que, les jours précédant son départ, Lucienne avait passé des heures sur celui de la Fondation du Dr Vesalius. Il a tout de suite compris.

Vous connaissez le Dr Vesalius, j'imagine – tout le monde le connaît : médecin, philanthrope, proxénète, producteur de spectacles et directeur de cirque, *ami des monstres et des disgraciés*, comme il se plaît à le dire lui-même dans les publicités qu'il diffuse sur la toile. Pour certains, c'est le diable en personne, mais un diable intouchable et très bien conseillé. Depuis le temps que l'Inspection du travail et la Police des mœurs essaient de le coincer, elles n'ont pu relever la moindre infraction : le diable est réglo, du moins en apparence – ses services juridiques veillent au grain. L'établissement prospère et le Dr Vesalius est devenu milliardaire grâce à ses supershows à travers la Zone, ses exhibitions de siamois et d'obèses, son orchestre de monstres, ses bordels à chimères et ses films spéciaux.

Mais pour Lucienne, comme pour beaucoup d'autres, le Dr Vesalius n'avait nullement le visage du diable. Il était le sauveur, qui recueille tous ceux dont personne ne veut, les protège, les soigne, les éduque. Celui qui donne espoir et vie. Du moins, un certain genre de vie.

Le siège de la Fondation est situé au fin fond de la Zone, 25ᵉ district, autrement dit le trou du cul du monde – crasse, drogue et violence à chaque coin de rue. Les rafles et les patrouilles n'y changent pas grand-chose, vous le savez mieux que moi. Ça n'a pas arrêté Lucienne. Il faut croire qu'elle était moins fragile qu'elle ne paraissait. Ou alors, cette force lui était venue dans l'épreuve, comme l'énergie surgit du désespoir.

Pour aller la rejoindre, Fernand a décidé de prendre un congé sans solde. Il a organisé son voyage dans la Zone. Sacrée expédition. C'était la première fois qu'il passait la frontière. On a beau faire, c'est toujours un choc. Mais il n'avait pas peur. Il était prêt à tout pour retrouver sa femme.

Lorsqu'il s'est présenté au siège de la Fondation – un bel immeuble neuf protégé d'un haut mur d'enceinte, au milieu des ruines et des friches –, ils ont commencé par nier la présence de Lucienne : *Vous devez faire erreur, nous ne connaissons personne de ce nom-là.* Il ne les a pas crus, évidemment. Ils ont dit : *Inutile d'insister, monsieur, nous ne sommes pas tenus de révéler l'identité de nos pensionnaires.* Alors, il s'est mis à hurler : *Arrêtez vos mensonges, je suis sûr qu'elle est là, vous allez me rendre ma femme, bande de salopards, vous allez me la rendre.* Ils l'ont fichu dehors.

Lorsqu'il est revenu le lendemain matin, il s'est fait refouler *manu militari*. Personne ne tenait à le laisser recommencer son esclandre. Il a essayé de leur résister, mais ils ont menacé d'appeler la police s'il faisait du grabuge. Les forcenés, ils avaient l'habitude. Il en traînait beaucoup dans le secteur. Ils savaient comment faire pour s'en débarrasser.

Fernand a passé la journée à tourner autour du bâtiment. Le soir, il a regagné la petite chambre meublée qu'il s'était trouvée, dans un hôtel miteux dont il ne restait plus que les trois premiers étages. Il ne pouvait se résoudre à rentrer chez lui. Cela aurait été avouer sa défaite.

Il y est retourné le lendemain, et comme ça tous les jours durant plusieurs semaines. Il ne les menaçait plus. Il n'essayait même pas de franchir les grilles. Il s'asseyait seulement sur le parvis, à quelques mètres de l'entrée principale. Il attendait.

Évidemment, il a connu quelques déboires, avec toutes les bandes qui traînaient dans le coin, regards fiévreux, avides, dents déchaussées. Il les a laissés le dépouiller sans résistance, comme le conseillent tous les guides – c'est lorsqu'on leur résiste qu'ils peuvent devenir mauvais. Dans le cas de Fernand, ce n'était même pas de la prudence. C'est juste qu'il s'en fichait. Sa montre, son blouson, sa carte de crédit, et même ses chaussures, il leur a tout donné. Ça ne comptait pas. Une seule chose importait : la voir. La ramener.

Un jour, une femme a passé le porche, descendu le perron et a marché vers lui, visage grave et serein. Il a failli ne pas la reconnaître. Lucienne, belle comme jamais. Enceinte de six mois.

Elle lui a dit : *Entrons, mais promets-moi, Fernand, de ne pas faire de scène.* Il a promis, puis il l'a suivie en silence. Il n'avait pas de voix pour dire son émotion.

Elle l'a invité à s'asseoir dans un petit salon très intime, qui donnait sur le hall. D'abord, il n'a pas osé – il était assez sale, avec toute cette poussière au milieu des gravats. Il avait peur de salir les coussins. Elle a eu un geste de la main pour lui signifier ce n'est pas grave, il ne faut pas te gêner. Elle était comme chez elle.

Il est resté un bon moment à la contempler. Elle fuyait son regard. Puis il a fini par lui dire :

– Tu étais là, alors ? Je ne m'étais pas trompé !

– Oui, j'étais là.

– Pourquoi tout ce temps, sans un signe ?

– Je ne voulais pas te parler. C'était trop dur, Fernand.

– Pourquoi maintenant, alors ?

– Parce que… tous ces jours à te voir assis là…

– Tu me voyais ?

– Oui, je te voyais. J'ai fini par comprendre que tu ne partirais pas. Pas avant de savoir. Alors voilà, tu sais.

– Qu'allons-nous faire, Lucienne ?

Elle a secoué la tête.

– Il n'y a plus de *nous*.

– Qu'est-ce que *tu* vas faire ? s'est-il repris, en s'efforçant de conserver son calme.

Dans sa tête résonnait, lancinant, pas de scène, tu l'as promis, pas de scène, sinon, ils te mettront dehors.

– Je vais rester ici, avec le petit.

– Mais comment vas-tu vivre ?

– La Fondation prendra tout à sa charge. Nos frais d'hébergement, d'entretien, les soins du petit et son éducation. Tout.

– En échange de quoi ?

– Quand il sera plus grand, le petit travaillera pour le Dr Vesalius. Dans ses ateliers, ou peut-être dans sa revue. On ne sait pas encore.

– Ou dans son bordel ? a-t-il crié, incapable de se contenir plus longtemps. C'est ça, l'avenir que tu souhaites à notre fils ?

Elle a dit calmement :

– Pas *notre* fils, Fernand. *Mon* fils. Je lui offre l'avenir que je peux. Toi, tu ne lui en donnais aucun.

– Lucienne ! Lucienne ! a-t-il murmuré, affolé de s'être laissé emporter.

Il a essayé de lui prendre la main, mais elle s'est reculée, vivement.

– Fernand, il faut que tu comprennes : c'est fini. Je ne reviendrai pas.

Elle s'est levée, pour bien montrer que c'était terminé, l'entretien et le reste. Elle avait l'air très calme et très déterminé. Et ils se sont quittés, sans promesse d'au revoir – elle ne le souhaitait pas.

Le divorce a été prononcé en novembre. Consentement mutuel. Personne n'avait envie de compliquer les choses. Un mois plus tard, elle a prévenu Fernand que l'enfant était né. Elle ne donnait pas le prénom, elle précisait seulement qu'elle ne désirait pas qu'il le reconnaisse, *compte tenu des circonstances*.

Que puis-je vous dire de plus ? Lucienne était partie, loin, vers un autre monde, et c'était difficile d'imaginer que je ne la reverrais plus. Elle me manquait, avec sa douceur, ses tourments, ses espoirs, sa musique. Je réalisais soudain combien je m'étais montrée imprudente. M. Kauffmann, Fernand, Lucienne, je m'étais mise à les aimer, tous, sans le faire exprès, sans même m'en rendre compte. Pas autant que ma mère, bien sûr, mais enfin, assez pour en souffrir. Je m'étais fait avoir avec les sentiments, on ne devrait jamais. À présent, j'en payais le prix, et je mesurais que c'était inabordable. Denrée de luxe, trop risquée pour les cœurs malmenés.

Alors, j'ai décidé que je ferais attention désormais. À garder mes distances. À ne pas m'attacher, surtout pas. Me préserver, tout fermer à double tour – réserve, confort, sécurité. C'était nécessaire, c'était vital. Je savais qu'un nouveau chagrin me tuerait.

Fernand

Fernand a mis des mois à se remettre du départ de Lucienne. Se remettre est d'ailleurs un grand mot. Il n'était plus le même, même s'il faisait semblant. Souvent, il avait des absences, s'arrêtait au milieu d'une phrase, sans une explication. Pendant quelques minutes, il ne disait plus rien. Il pensait à elle, je le savais. Les antidépresseurs ne pouvaient rien y faire. J'étais bien placée pour comprendre.

Fernand n'était pas le seul à souffrir. Pacha dépérissait. Il s'était mis à perdre tous ses poils. Pas une mue ordinaire, de celles qui laissaient place, au bout de quelques jours, à une autre couleur, mais une vraie pelade. Fernand me racontait qu'il passait ses journées à se traîner en miaulant, semant sur son passage de grosses touffes de poils phosphorescents. *C'est un crève-cœur, mais qu'est-ce que je peux faire ?* Je ne répondais rien. Il n'y avait rien à dire. Pacha portait, à sa manière, le deuil de sa maîtresse.

Malgré son chagrin – ou peut-être, justement, à cause de son chagrin –, Fernand a décidé de s'investir à fond dans son rôle de tuteur. Il y avait urgence, paraît-il. J'avais quinze ans. Moins de trois ans avant l'examen qui déterminerait si j'étais prête ou non à rejoindre la société. À entendre Fernand, ça n'était pas gagné.

– Qu'est-ce qui se passera, si je rate l'examen ?

– Tu seras déclarée inapte, et les autorités refuseront ta sortie. Tu resteras ici, ou tu intégreras d'autres structures de rééducation pour jeunes adultes.

– Mais… ce serait pour combien de temps ?

– Jusqu'à ce que tu sois déclarée apte.

– Ça peut durer longtemps ?

– Ça peut durer toujours.

Un moment, je me suis demandé s'il n'en rajoutait pas, rien que pour m'effrayer. Mais non, il avait l'air on ne peut plus sérieux. Fernand n'a jamais vraiment eu le goût de la plaisanterie, de façon générale. Merde.

– Tu veux sortir d'ici, Lila, n'est-ce pas ?

– Oui, bien sûr.

– Alors, il faut réagir. Dès maintenant. Le temps qui nous sépare de l'examen sera vite passé. Tu dois te préparer. Et moi, je peux t'aider.

– Qu'est-ce que vous comptez faire ?

– Te remettre d'aplomb – *vraiment* d'aplomb – pour que tu aies toutes tes chances, le moment venu, de réussir l'examen.

– Cela vous semble si compromis ?

– Pas compromis, mais disons qu'il y a du travail. Tu es si... enfin... il y a certaines particularités qui te rendent... vraiment très différente.

– Je suis différente, je sais. Monsieur Kauffmann me le disait souvent. Seulement, il n'avait pas l'air de trouver que c'était un problème.

– C'est cela qui l'intéressait chez les gens, leur singularité.

– Et vous, Fernand, ça ne vous intéresse pas ?

– Là n'est pas la question. J'essaie d'être pragmatique et de faire tout ce qu'il faut pour faciliter ta réinsertion. Monsieur Kauffmann estimait que laisser les pensionnaires développer leurs... spécificités... n'était pas un obstacle. Longtemps, j'ai pensé comme lui. À présent, je m'aperçois que c'était une erreur. Une vue de l'esprit.

– C'est à cause de Lucienne que vous dites cela ?

Il n'a pas répondu. De toute façon, ce n'était pas nécessaire. Je savais que j'avais mis le doigt sur la plaie. J'ai soupiré :

– Qu'est-ce que vous comptez faire de moi, exactement ?

– Te rendre plus conforme. Plus banale, si tu préfères.

– Oh oui, Fernand, *banale*, je préfère : c'est tellement plus enthousiasmant !

133

Il a feint de ne pas remarquer l'ironie.

– Monsieur Kauffmann s'est toujours employé à cultiver les aptitudes extraordinaires qu'il avait décelées en toi, tous ces dons, toutes ces étrangetés qui font de toi une personne si… fascinante. Mais en choisissant cette voie, il t'a rendue encore plus bizarre que tu ne l'étais. Je ne pense pas qu'il t'ait rendu service, à l'arrivée. Tu comprends ce que je veux dire ?

– Oui, Fernand, je comprends.

– Rien n'est irréversible. On peut encore te débarrasser de tes excentricités, te rendre apte à te mêler aux autres sans te faire remarquer. J'ai confiance, tu sais : en se mettant au travail dès maintenant, on y arrivera. Mais ça ne pourra marcher que si tu joues le jeu. Est-ce que tu es d'accord ?

J'ai dit oui – il n'y avait rien d'autre à faire. Et pour la première fois depuis le départ de Lucienne, j'ai vu Fernand sourire.

À compter de ce jour, j'ai suivi son programme. Je me suis appliquée à devenir – du moins, en apparence – la fille *normale* et terne qu'il voulait que je sois. Ça n'a pas été simple. Je partais de très loin ; les efforts à fournir étaient considérables. Le pire, c'était cette impression qui ne me quittait jamais de trahir M. Kauffmann, en tournant le dos à tout ce qu'il avait souhaité pour moi. Mais Fernand était catégorique : si je voulais avoir une chance de sortir du Centre à ma majorité, il n'y avait pas d'autre voie. Alors, j'ai essayé de faire taire mes états d'âme.

Je me suis soumise à tous ses diktats, et j'ai supporté sans broncher ses remarques incessantes – *tiens-toi droite, donne-toi un coup de peigne, tu ne ressembles à rien, épargne-moi tes grossièretés, et cesse de mettre à tout bout de champ tes lunettes de soleil !* Au fil des mois, j'ai appris à me *tenir*, à me coiffer, à châtier mon langage et, surtout, à imiter les autres. Imiter, d'après Fernand, c'était la clé, le fondement de toute vie en société. Pour m'aider, il me faisait visionner des films et des documentaires, apprendre par cœur les gestes, les répliques, les formules, parfois même, des dialogues entiers. *Avec ça, tu devrais pouvoir faire illusion en toutes circonstances.* Car c'était bien de cela qu'il s'agissait : *faire illusion.* Ce que j'étais au fond ne comptait pas vraiment, du moment qu'en surface, tout demeurait conforme.

Certains jours, quand ça devenait trop dur, je montais sur le toit pour me faire une séance de kaléidoscope. Durant quelques minutes, j'envoyais tout promener, les immeubles par-dessus les moulins dans un tourbillon de couleurs. Je m'arrachais les yeux, mais ça me soulageait. Ensuite, je me mettais à déclamer des vers, à hurler des insanités, comme autrefois avec M. Kauffmann. Ça faisait un bien fou, tous ces *putain d'Adèle* et ces *bordel à cul,* au milieu des alexandrins. Revenue dans ma chambre, je passais des heures à lire le dictionnaire, choisissant les termes les plus rares et les plus compliqués, dont j'apprenais par cœur la définition. Bref, je faisais ce que je pouvais pour me donner l'illusion de rester, malgré tout, fidèle au souvenir de M. Kauffmann.

Je croyais toujours en lui, en sa promesse. Ça m'aidait à tout supporter : la vie dans le Centre, et celle qui m'attendait à la sortie. Lorsque je me tenais au bord du toit, à regarder la ville qui grouillait à mes pieds, vaste et multiple, presque infinie, je mesurais combien ce monde me terrifiait, combien je lui étais étrangère. Et j'avais le vertige à la seule pensée qu'il me faudrait un jour rejoindre cette vie qui n'était pas pour moi. Jamais je n'aurais eu le courage de l'affronter, je crois, si je n'avais eu ancré dans la poitrine, comme une fleur coriace aux racines puissantes, l'espoir de retrouver ma mère au milieu de tout ça.

Fernand est entré à la Commission en mars 2106. À trente-deux ans, il était le plus jeune membre jamais élu – promotion magnifique dont je ne doutais pas qu'elle lui avait coûté bon nombre de salamalecs et de compromissions. J'aurais eu des raisons de lui en vouloir, après tout ce que ces salopards avaient fait à M. Kauffmann. Mais je n'y arrivais pas. Je savais qu'il était malheureux ; je ne voulais pas l'accabler. Plusieurs fois, il avait essayé de contacter Lucienne. Il voulait la revoir, connaître leur enfant, ne pas rompre le lien. Mais jamais elle n'avait répondu. Juste une fois, pour dire, *s'il te plaît, laisse-nous tranquilles.*

Il avait obéi ; il n'avait plus écrit. Je le devinais, c'est pour ne pas y penser qu'il s'était jeté dans le travail, et mis en tête de conquérir sa place dans la Commission. Le travail, l'ambition. Hormis un chat en deuil, c'est tout ce qui lui restait.

Il s'occupait toujours autant de moi, à coups d'encouragements et de rappels à l'ordre. J'appliquais ses consignes – j'ai toujours été très douée pour ça, finalement. Mes progrès ont été fulgurants. À presque dix-sept ans, j'étais en mesure de singer parfaitement une personne normale. Je me coiffais chaque matin. Je ne dormais plus sous mon lit. Je ne disais plus de grossièretés – sauf quand j'étais seule. J'avais bien intégré *ce qui se fait* et *ce qui ne se fait pas*. Bref, j'étais devenue à peu près présentable. Il restait bien quelques points épineux – mon refus du contact et mon peu d'enthousiasme pour la nourriture –, mais dans l'ensemble, j'arrivais à *faire illusion*. Fernand était ravi. *Nous partions de si loin, c'était inespéré !* Il pensait que j'avais désormais toutes les chances de réussir l'examen d'aptitude.

J'aurais dû me réjouir moi aussi, j'imagine, mais je n'y arrivais pas, à cause de ma mère. C'est pour elle que j'avais accompli ces efforts. Pour la retrouver. C'était mon seul but, depuis toujours, mon horizon, mais il m'apparaissait désormais si bouché, si noyé dans le brouillard, que je ne pouvais plus contenir mon inquiétude. Aucune piste, pas le moindre indice. Rien que des bribes de souvenirs, des lambeaux de mémoire trop ténus pour conduire ailleurs que nulle part.

Bien sûr, il y avait la promesse de M. Kauffmann. Mais cela faisait maintenant cinq ans qu'il était mort. Il avait beau me répéter, *quoi qu'il arrive, tu peux compter sur moi*, chaque fois qu'il venait me parler pour m'aider à tenir le coup, je commençais à douter. Que peuvent valoir les promesses d'un mort, ou celles d'un fantôme ? Plus j'y réfléchissais, plus je me rendais compte que je m'étais leurrée. M. Kauffmann ne pourrait plus m'aider, jamais. L'espoir que j'avais mis en lui n'était qu'une illusion à laquelle je m'étais accrochée pour survivre à sa disparition.

Ça ne lui a pas plu, que je doute de lui. Un jour que j'étais sur le toit, à me désespérer, j'ai senti sa présence, quelque part dans le vent.

– Vous allez bien ?

– C'est à toi que je pose la question. Qu'est-ce qui te prend, fillette ?

– Je n'ai plus d'espoir, monsieur Kauffmann.

– Comment ça, plus d'espoir ?

– Vous aviez promis de m'aider, pour ma mère, vous vous souvenez ? Et vous n'avez rien fait…

– J'ai dit que je t'aiderais, pas que tu devais rester à te tourner les pouces !

– Qu'est-ce que vous voulez dire ?

– J'ai fait ma part. Maintenant, à ton tour.

– Ça vous ennuierait d'être plus clair ?

138

– Alors là, si tu crois que je vais te mâcher le travail ! Sers-toi de ta cervelle, bon sang de bonsoir !

J'ai eu beau insister, il a refusé d'en dire plus. Le vent soufflait trop fort.

Je suis redescendue dans ma chambre. J'avais besoin de silence pour réfléchir. *Sers-toi de ta cervelle.* Se pouvait-il qu'il m'ait déjà révélé, sans que je m'en aperçoive, les renseignements qui m'aideraient à retrouver ma mère ? Se pouvait-il qu'il les ait déposés quelque part, à un endroit qu'il me restait à découvrir ? Si tel était le cas, il avait sûrement dû me laisser des indices. Un jeu de piste. *Sers-toi de ta cervelle.* Comme si c'était facile !

En désespoir de cause, je me suis mise à feuilleter le dictionnaire. J'avais toujours trouvé cela très apaisant, parce que cela m'aidait à sentir sa présence, un peu comme si son âme était déposée là, et qu'à chaque page tournée, il s'en libérait un fragment. J'ai repensé au jour où il m'avait fait ce cadeau. Son beau sourire : *Bon anniversaire, fillette.* Ce n'était pas la bonne date, bien sûr, il le savait. Mais il savait aussi qu'il ne pouvait plus attendre. Sa dernière visite. *Il y a tout là-dedans. Tout ce dont tu as besoin.* C'est ce qu'il m'avait dit en me donnant le dictionnaire. Tout ce dont j'avais besoin.

Mon sang n'a fait qu'un tour, et mon cœur a suivi, diastole, systole, à toute volée, j'en avais presque mal. Je me suis mise à feuilleter les pages avec frénésie. *Il y a tout là-dedans.* C'était cela, l'indice. *Tout ce dont tu as besoin.* Les renseignements sur ma mère devaient se trouver là. C'était forcément ça.

J'ai dû continuer pendant au moins trois heures – vous savez ce que c'est que l'espoir, on ne se résigne pas facilement à le laisser tomber. Mais il a pourtant bien fallu abandonner. Il n'y avait rien, nulle part. De toute façon, si ce dictionnaire avait contenu la moindre information relative à ma mère, je m'en serais rendu compte depuis un bon moment. Tant de fois je l'avais parcouru en tous sens.

J'ai refermé le dictionnaire, et je suis restée là, à le regarder bêtement. Je ne peux même pas dire que j'étais déçue. C'était plus fort que ça, plus radical. J'étais perdue. Lentement, je me suis mise à effleurer la couverture de galuchat lustré. J'aimais la caresser, à cause de sa douceur, et parce qu'elle me rappelait l'attention qu'il avait eue pour moi. *Du galuchat. Très beau. Très cher. Je l'ai fait poser spécialement, afin de personnaliser l'ouvrage...* J'ai senti une décharge dans la pulpe des doigts, un choc infime et bref. *Il y a tout là-dedans.* D'un seul coup, la lumière s'est faite.

Je suis restée très calme. Je suis allée m'asseoir au bureau, légèrement tournée, de façon à me placer dos à la caméra, pour limiter les risques. Durant quelques instants, j'ai contemplé le dictionnaire posé devant moi. Mon trésor. Puis, avec précaution, j'ai entrepris de décoller la belle couverture. M. Kauffmann avait raison : il suffisait de faire fonctionner sa cervelle. Se rappeler les phrases qu'il avait prononcées. Découvrir le sens caché derrière l'apparente banalité des formules.

Je n'ai pas tardé à trouver le message, glissé sous le galuchat. Un simple bout de papier soigneusement plié, sur lequel j'ai tout de suite reconnu son écriture, belle, fine et penchée :

Buc. 4,60 – parve puer risu

En. 4,186.188 – et magnas territat urbes tam ficti pravique tenax quam

124° est ex libris veritas

Un message codé. Un message posthume qui attendait caché là depuis près de cinq ans. J'ai senti que ça se mettait à me picoter sous les paupières. Ça n'allait pas tarder à déborder.

– Dis donc, tu crois que c'est le moment ?

– Pardon. C'est l'émotion.

– Tu ferais mieux de te mettre au travail.

– Vous n'allez pas m'aider à déchiffrer ?

– Et puis quoi encore !

– Un indice, alors…

– Combien de fois devrais-je le répéter ? Sers-toi de ta cervelle, et tout ira bien.

Est ex libris veritas ne m'a pas posé de problème. M. Kauffmann me l'avait répété assez souvent, que la vérité sort des livres. Quant aux indications *Buc. 4,60* et *En. 4,186.188*, je connaissais suffisamment mes classiques pour savoir qu'il s'agissait de références à des vers de Virgile : *Bucoliques, livre IV, vers 60* ; *Énéide, livre IV, vers 186 à 188.* M. Kauffmann disait que Virgile était un grand génie. Il m'avait fait apprendre par cœur tous ses poèmes. Cinq ans après, je les savais encore. Le vers des *Bucoliques* disait :

Incipe, parve puer, risu cognoscere matrem.

« Petit enfant, apprends à reconnaître ta mère à son sourire. »

Le passage de l'*Énéide* était une description de la Renommée, un monstre malfaisant parti pour dénoncer à l'univers entier le scandale des amours de Didon et Énée :

Luce sedet custos aut summi culmine tecti
Aut turribus altis, et magnas territat urbes
Tam ficti pravique tenax quam nuntia veri.

« Le jour, elle guette, postée au sommet d'un toit ou sur de hautes tours, et sème la terreur dans les grandes cités, en répandant sans cesse autant d'inventions et de calomnies que de vérités. »

Le sens des passages était limpide en soi, mais je ne voyais pas le rapport avec ma mère. Je ne comprenais pas davantage pourquoi M. Kauffmann s'était donné la peine de recopier une partie du texte après chaque référence :

– *parve puer risu*
– *et magnas territat urbes tam ficti pravique tenax quam.*

Ces vers mutilés n'avaient plus aucun sens. J'étais en plein brouillard.

Il m'a fallu plusieurs jours pour comprendre que le signe – placé avant chaque citation n'était pas un tiret, comme je l'avais cru dans un premier temps, mais le signe algébrique de la soustraction. Les citations tronquées ne correspondaient pas à la partie du vers qu'il fallait conserver, mais au contraire, à celle qu'il fallait *retrancher* pour trouver le vrai message. J'aboutissais ainsi au résultat suivant :

Incipe cognoscere matrem.

« Commence à connaître ta mère. »

Luce sedet custos aut summi culmine tecti, aut turribus altis, nuntia veri.

« Le jour, elle guette, postée au sommet d'un toit ou sur de hautes tours, messagère de vérité. »

Mais je ne me sentais pas tellement plus avancée. Quant à l'indication 124°, je ne voyais toujours pas de quoi il s'agissait. Une température ? Une mesure d'angle ? C'était sans queue ni tête.

Des semaines durant, je me suis débattue avec ce mystère. Les mots latins me trottaient dans la tête, s'y mêlaient de façon infernale. Et le sourire de ma mère flottait au-dessus de tout ça, inaccessible et doux. Une torture. J'avais beau appeler M. Kauffmann, il restait affreusement silencieux.

La lumière a jailli d'une étrange façon – les voies de la vérité sont parfois tortueuses. C'était un mercredi, jour du Sensor. Je l'avais sorti du tiroir, et je tâtonnais dans le noir, à la recherche du tube de lubrifiant. Mes doigts ont soudain rencontré un petit objet rond. Je n'avais aucune idée de ce que ça pouvait être. J'ai rallumé, pour voir. C'était la boussole que M. Kauffmann m'avait offerte pour mon dixième anniversaire. Un bel objet, c'est vrai, mais dont je n'avais jamais senti l'utilité – ma vie recluse et circonscrite à l'enceinte du Centre me donnait assez peu l'occasion de me perdre. Je l'avais rangée là, tout au fond du tiroir, ne sachant trop qu'en faire, et je ne l'avais plus jamais ressortie depuis lors. À vrai dire, je l'avais presque oubliée.

J'ai remis le Sensor dans le tiroir – pour une fois, je pouvais bien déroger à la règle des deux simulations hebdomadaires. J'ai éteint, et je me suis recouchée, la boussole entre mes mains serrées. J'étais émue de l'avoir retrouvée, un peu honteuse aussi de l'avoir oubliée si longtemps au fin fond du tiroir. Mais, d'une certaine façon, ça n'était pas plus mal : c'était comme si M. Kauffmann me l'offrait à nouveau. Je revoyais le moment où il l'avait posée dans le creux de ma paume : *Pour t'aider à trouver ton chemin dans la vie.* Je m'étais gentiment moquée de sa métaphore éculée, mais lui l'avait vaillamment défendue.

Un instant, j'ai laissé mon esprit flotter sur ce souvenir heureux, puis je me suis remise à penser au message : *124° est ex libris veritas.* À chaque signe. À chaque lettre. *Ex libris veritas.* C'est cela que disait M. Kauffmann. *Ex libris veritas.* Le *est* du verbe être était sous-entendu, comme souvent en latin. Pourquoi M. Kauffmann avait-il choisi de l'écrire, cette fois-ci ?

C'est alors que j'ai senti dans la main comme un picotement, l'impression que l'aiguille de la boussole s'affolait sous ma paume. Et les choses, soudain, sont devenues très claires.

J'ai fait ce que disait le message : le lendemain matin, je suis montée sur le toit. Cent trente-quatre étages – cela devait bien valoir les hautes tours de Carthage. La boussole à la main, je me suis placée face au nord, l'œil rivé sur l'aiguille tremblante. Lentement, j'ai pivoté, jusqu'à l'angle parfait, 124° est. Puis j'ai levé la tête. La réponse était là, dans cette perspective qu'embrassait mon regard. Mais comment savoir ? Comment choisir, parmi ces bâtiments qui s'étendaient à l'infini, celui dans lequel il me faudrait chercher ? J'ai failli paniquer, la vue soudain brouillée par ces centaines d'immeubles.

– Allez, fillette, courage.

– …

– Tu y es presque. Bats-toi.

Je me suis mise en apnée. Une minute. Deux minutes. Trois minutes. À la fin de la quatrième minute, je me sentais déjà mieux. Au bout de cinq minutes, la crise était passée.

J'ai tout repris dans l'ordre. 124° est. Mentalement, j'ai tracé une ligne dans cette direction. Puis j'ai suivi cette ligne, immeuble après immeuble, bloc après bloc, en tentant chaque fois de rechercher un lien possible avec ma mère ou avec le contenu du message. Lentement, j'ai laissé mon regard remonter vers l'horizon. Tout s'est arrêté brusquement – une fraction de seconde, un instant minuscule, temps suspendu, sang et souffle figés – avant de se remettre en marche. *Ex libris veritas*. C'était si simple, si évident. Dès le début j'aurais dû deviner.

Tout là-bas se dressaient, comme de grands livres à ciel ouvert, les trois immenses tours de la Grande Bibliothèque.

En juin 2107, j'ai passé l'examen de fin d'études, que j'ai brillamment obtenu. Je le dis sans me vanter – ça faisait belle lurette que j'avais bouclé le programme et ça ne m'a posé aucun problème. Mais le plus important a été mon succès aux tests d'aptitude. Fernand n'a pas cherché à cacher sa fierté – cette réussite était aussi la sienne.

– Évidemment, il reste des problèmes, comme ton refus farouche de te mêler aux autres. De ce côté-là, tu seras très observée, je te préviens, durant les premiers temps qui suivront ta sortie. Mais tout le reste plaidait en ta faveur : tes résultats scolaires, ta conduite exemplaire… Un seul mot : bravo !

Il restait tout de même une question à régler : celle de mes études. Cela faisait un moment que Fernand me harcelait pour savoir ce que je comptais faire. Jusque-là, j'avais toujours réussi à louvoyer : *Je ne sais pas, je n'arrive pas à choisir, il y a tant de choses qui m'intéressent, donnez-moi un peu de temps...* Mais à présent, je ne pouvais plus tricher. J'allais devoir lui dire la vérité, et je savais déjà qu'elle ne lui plairait pas.

– À vrai dire, Fernand, je n'ai pas l'intention d'entreprendre des études supérieures.

Il m'a regardée d'un air scandalisé.

– Tu plaisantes, j'espère !

– J'ai l'air de plaisanter ?

– Mais c'est de la folie ! Avec ton potentiel !

– Je me fiche de mon potentiel. Tout ce que je veux, c'est un travail simple. Qu'il soit peu qualifié ne me dérange pas, au contraire.

– Mais c'est de la folie !

– Vous l'avez déjà dit. Seulement, il se trouve que c'est ma décision.

– Enfin, Lila, qu'est-ce qui te prend ? Je ne te comprends pas.

– Ce n'est pas la première fois.

Il a poursuivi bille en tête, ignorant ma remarque :

– Inutile de te dire que la Commission déplorera vivement ton manque d'ambition !

– Allons, Fernand, imaginez ce qui se passerait si je me lançais dans des études supérieures : avec mon *potentiel*, comme vous dites, cela pourrait durer une bonne dizaine d'années. Tout cela financé par le Centre ! Croyez-moi, lorsque vos collègues de la Commission comprendront les économies que mon *manque d'ambition* va faire réaliser à cet établissement, ils sauteront de joie !

– Ça m'étonnerait ! Comme moi, ils espéraient te voir accomplir les choix susceptibles de te garantir le meilleur avenir. Et comme moi, ils seront déçus.

– Vous ne pouvez tout de même pas m'obliger !

– C'est vrai, je ne peux pas t'obliger. Il n'empêche, j'aimerais comprendre.

– Il n'y a rien à comprendre, Fernand. Je ne souhaite pas faire d'études. Ça ne m'intéresse pas. Voilà.

– Qu'est-ce que tu veux, Lila ? Bon sang, qu'est-ce que tu veux ?

– Je vous l'ai déjà dit : un travail simple et sans responsabilités, dans un endroit où je croiserai le moins de monde possible.

– C'est vague. Ça ne te ressemble pas... À moins que tu n'aies déjà une petite idée ? a-t-il ajouté, l'air méfiant.

Je n'ai rien répondu. Il a posé sur moi un regard acéré.

– Dis-moi, Lila, y a-t-il un domaine précis dans lequel tu aimerais exercer ce travail *sans intérêt* ?

Je me suis mise en apnée une trentaine de secondes. C'était le moment de jouer sur du velours.

– Est-ce que vous croyez que je pourrais travailler dans un endroit comme la Grande Bibliothèque, par exemple ? Les livres, c'est tranquille...

– Les livres, bien sûr, a-t-il murmuré en regardant le dictionnaire sur le bureau. J'aurais dû m'y attendre.

148

– Est-ce que… est-ce que vous pensez que cela poserait un problème ?

– Les livres… Tu n'ignores pas que c'est un domaine sensible.

– Oui, mais…

– Il faut que j'en parle à mes collègues de la Commission. On verra. Je ne te promets rien.

Comme prévu, les étroits ont grincé des dents. Ils étaient comme Fernand : ils n'arrivaient pas à comprendre. Je savais que ça n'était pas très bon pour mon image, et que cela aurait peut-être des répercussions sur l'avenir. Mais j'étais coincée, de toute façon, je devais tenter ma chance.

Finalement, les étroits ont cédé. Malgré ses réticences, Fernand avait plaidé ma cause – il n'a jamais vraiment su me résister, au fond. C'est lui qui est venu m'annoncer la nouvelle :

– Le Centre bénéficie d'un quota d'emplois réservés dans toutes les grandes institutions de l'État. Cela nous permet de placer les pensionnaires… fragiles.

– Vous voulez dire les débiles et les inadaptés dont personne ne voudrait ailleurs ?

– Ahem…

J'ai éclaté de rire, mais ça n'a pas eu l'air de l'amuser. Il a poursuivi, impassible :

– La Commission a accepté de te faire bénéficier d'un de ces emplois réservés à la Grande Bibliothèque. On te propose un poste de technicienne en numérisation des documents papier. Un travail solitaire. Aucun intérêt. Aucune initiative. J'imagine que tu es contente.

— Vous ne pouvez pas savoir à quel point !

— Tant mieux, a-t-il répliqué d'un ton sec.

— Fernand, je vous en prie, ne me faites pas la tête ! Je vous assure que ce poste est la meilleure chose qui puisse m'arriver.

— Si tu le dis. Sache tout de même que j'ai demandé à la Commission de voter une clause spéciale te concernant : si dans un délai de trois ans, tu décides, pour une raison ou une autre, que ce poste ne te convient plus, le Centre s'engage à te laisser reprendre tes études, et à les financer intégralement. Voilà. Je voulais que tu le saches, au cas où.

Cher Fernand. Une clause spéciale. Une sorte d'assurance contre ce qu'il continuait à considérer comme une bêtise énorme. Je suis restée un moment à contempler sa haute silhouette, légèrement voûtée, son visage soucieux, ses poings serrés. Jamais encore il ne m'avait paru aussi grand.

— Vous êtes si obstiné !

— Presque autant que toi.

— Merci, Fernand.

Il a levé la main, comme pour dire, *pas de quoi*, puis a quitté la pièce.

Les derniers mois au Centre ont été très étranges. Cela faisait des années que je vivais dans une routine absolue, selon un emploi du temps réglé à la minute. Et voilà que, d'un coup, tout volait en éclats, partait dans tous les sens, pour le pire et le meilleur. Sans doute un avant-goût de ce que serait ma vie quand je serais sortie.

Il y a d'abord eu le jour où j'ai choisi mon nom. Cela va peut-être vous paraître bizarre, mais on ne m'avait jamais appelée que « Lila ». Lila tout court ; je n'avais plus de nom. Il s'était perdu quelque part, entre l'arrestation de ma mère et les portes du Centre. Jusqu'ici, cela n'avait posé aucun problème, mais maintenant que j'allais intégrer la société civile, il me fallait une identité complète. Un nom de famille. Cela ne manquait pas d'une certaine ironie.

– J'en avais un, autrefois, j'imagine, ai-je fait remarquer à Fernand. Le plus simple serait sans doute qu'on me le rende, vous ne croyez pas ?

Il est devenu pâle, et a serré les lèvres.

– Ça n'est pas possible, Lila. Les autorités ne nous ont jamais dit comment s'appelait ta mère… je veux dire… ta mère biologique. Du reste, d'après ce que l'on sait, elle n'est plus ta mère aux yeux de la loi. Le lien de filiation a été cassé et… c'est comme ça, je n'y suis pour rien.

– Je sais, Fernand, je sais : vous n'y êtes pour rien, et vous êtes désolé.

Je l'ai vu se crisper.

– Si je pouvais t'aider, je le ferais, crois-moi. Mais la question est close depuis bien longtemps. Je ne suis pas responsable.

Fernand était comme ça, de façon générale : désireux de bien faire, sincèrement navré, responsable de rien.

– Donc, si j'ai bien compris, on m'a enlevé mon nom, et aujourd'hui il faut que l'on m'en trouve un autre.

– C'est ça. Évidemment, on aurait pu t'en attribuer un d'office – c'est ainsi que l'on procédait autrefois. Mais les choses ont évolué. Désormais, on estime plus judicieux de laisser nos pensionnaires choisir eux-mêmes. Les experts sont formels : ça leur permet de mieux s'approprier leur nouvelle identité.

– Les experts sont drôlement perspicaces.

Il n'a pas relevé le sarcasme.

– Bon alors, tu as une petite idée ?

– Qu'est-ce que je dois choisir, comme genre de nom ?

– Ce qui te plaît : un patronyme déjà existant, un nom de lieu, un nom d'objet... Tu as une entière liberté, alors, profites-en !

Je l'ai regardé, mal à l'aise. Entière liberté, ça n'était pas si simple. Depuis le temps que je vivais au milieu des contraintes, je ne savais pas trop comment m'y prendre avec la liberté. Désemparée, j'ai ouvert le dictionnaire, et je me suis mise à le feuilleter au hasard. Tous ces mots défilant sous mes yeux, *imbattable*, *imbécile*, *imbriqué*, *imbroglio*, sans queue ni tête, *manomètre*, *manouche*, *manquement*, *mansuétude*, sans rime ni raison. Pour aboutir à quoi ? Lila Breloque,

Lila Brucellose, Lila Barbiturique… Absurde. J'ai refermé brusquement le dictionnaire.

– Je n'y arrive pas. Comment voulez-vous que je choisisse, comme ça, *hic et nunc*?

Il a levé les yeux au ciel – il n'aimait pas m'entendre utiliser des expressions latines. Mais ce n'est pas cela qui allait m'arrêter.

– Ça ne se choisit tout de même pas à la légère, un nom. Un nom pour la vie. Vous auriez dû m'en parler plus tôt!

– Eh, pas d'affolement! On a le temps.

J'ai fouillé dans ma poche, à la recherche de mon étui à lunettes. Il a fait un geste pour m'arrêter. J'ai retiré mon bras qu'il avait effleuré.

– Pas d'affolement, a-t-il répété avec calme. Prends quelques jours pour réfléchir. Quelques semaines, si besoin. Ne t'inquiète pas, ça viendra. Dès que tu auras trouvé, préviens-moi.

J'ai hoché la tête, pensivement, les yeux toujours fixés sur le dictionnaire. Je me suis mise à caresser la couverture, machinalement.

– Tu as vu, c'est déchiré.

– Oui, je sais.

– Bon, je vais te laisser.

Je ne m'explique pas ce qui m'a pris, soudain. J'ai crié :

– Attendez!

– Qu'est-ce qu'il y a?

– J'ai trouvé.

– Tu dis?

153

– J'ai trouvé. Enfin, presque. Rasseyez-vous, Fernand. J'en ai pour une seconde.

– Qu'est-ce que tu fabriques, encore ?

– Savez-vous ce qu'a dit Jules César au moment de franchir le Rubicon ?

– Qu'est-ce que Jules César vient faire là-dedans ?

– Jules César a dit : *Alea jacta est.* Le sort en est jeté. Eh bien voilà, Fernand, j'ai décidé de franchir mon Rubicon : je vais ouvrir ce dictionnaire au hasard, et choisir pour nom de famille le premier mot de la page de droite. Ensuite l'affaire sera réglée, on n'en parlera plus !

Il m'a regardée, sidéré.

– Qu'est-ce qui se passe, Lila ? Tu viens juste de dire que ce n'était pas un choix à faire à la légère !

– Oui, mais face à l'ampleur du problème, j'ai décidé de changer mon fusil d'épaule, et d'opter pour la manière forte.

– Tu es complètement folle !

– Pas le moins du monde, Fernand. Le recours au hasard peut se révéler un moyen parfaitement rationnel d'effectuer un choix problématique. C'est prouvé.

Sans me soucier plus longtemps de sa mine consternée, j'ai fermé les yeux, et, prenant une grande inspiration, j'ai ouvert le dictionnaire en criant : *Alea jacta est !*

Ensuite, je suis restée quelques secondes en apnée, les yeux clos, et la poitrine en mode tachycardie – je crois que je n'en revenais pas de mon audace. J'entendais Fernand bredouiller :

– Ce n'est pas possible ! Ce n'est pas possible !

J'ai attendu encore un peu avant d'ouvrir les yeux.

– Ce n'est pas possible ! ne cessait de répéter Fernand.

Enfin, je me suis décidée. Et j'ai vu. Le dictionnaire était ouvert à la lettre K. Elle s'étalait en rouge sur une demi-page. K. C'était clair, net, sans appel. Alors, j'ai déclaré, un grand sourire aux lèvres :

– Voilà, j'ai fait mon choix : ce sera Lila K.

Fernand avait l'air si ahuri que c'en était comique.

– Ce n'est pas possible ! a-t-il répété une fois encore.

– Pas du tout, Fernand ! Le dictionnaire compte 3 729 pages. J'avais annoncé que mon choix porterait sur une page de droite. Il y avait donc une chance sur 1 865.

Il a secoué obstinément la tête – décidément, il avait du mal à s'accommoder des lois de la statistique et du principe de réalité.

– Une chance sur 1 865, ai-je insisté. Ça ne se discute pas.

– …

– Vous avez entendu ce que j'ai dit, Fernand ? Ce sera Lila K. K, comme képi, kiwi, kayak…

– Comme Kauffmann.

– C'est le hasard, vous êtes témoin.

155

– La commission le prendra comme un hommage.

– Qu'elle aille se faire foutre ! ai-je tonitrué, en imitant la voix de M. Kauffmann – ça, c'était un hommage.

– Tu es infernale, a-t-il soupiré.

– Lila K. Ce sera ça ou rien.

– C'est bon, je transmettrai. Et je témoignerai qu'il n'y a pas eu de préméditation.

– Merci, Fernand. J'ai toujours su que vous aviez un bon fond.

Après son départ, je suis restée assise en face du dictionnaire, à contempler la lettre rouge sang. Lila K, Lila K, Lila K, cela résonnait en moi comme une évidence joyeuse. J'ai posé la joue sur la page. Elle était douce et tiède comme une peau vivante. *Lila K*, ai-je dit haut et clair. Puis j'ai fermé les yeux. Et là, j'ai entendu, comme venu de très loin, l'écho d'un rire sonore.

Contrairement à ce qu'avait craint Fernand, les grigous de la Commission ont enregistré sans moufter le nom que je m'étais choisi.

– J'ai bien plaidé ta cause, une fois encore, et ils ont accepté, par amitié pour moi. Mais sois bien sûre qu'ils n'en pensent pas moins !

J'ai haussé les épaules.

– Qu'est-ce que j'en ai à faire, du moment qu'ils ont dit oui.

– Sois prudente, tout de même.

– Avec vous comme allié, j'ai l'impression que je suis bien protégée !

– On n'est jamais bien protégé, Lila.

Ils m'ont convoquée début août pour la remise du dossier. C'est la règle : chaque pensionnaire reçoit son dossier à son départ du Centre. Mais je ne m'attendais pas à ce que cela se fasse si tôt – ma sortie n'aurait lieu qu'en octobre.

– Cela arrive, parfois, m'a expliqué Fernand.

J'ai trouvé qu'il faisait une drôle de tête ; je n'ai pas eu envie de lui demander pourquoi.

Il m'a conduite dans une grande salle que je ne connaissais pas. Il n'y avait là que deux fauteuils et une table sur laquelle se trouvait posé un grammabook.

– Est-ce qu'on attend quelqu'un ?

– Non, il n'y aura que nous.

– Et là, derrière, ils sont combien ? ai-je fait en désignant les grands miroirs sans tain qui tapissaient les murs.

– Ahemm… Il n'y a que les caméras.

J'ai fait mine de le croire. De toute façon, ça m'était bien égal qu'ils soient trois, cent ou mille. Tout ce qui comptait pour moi, c'est ce que j'allais apprendre, tous ces renseignements concernant mon passé. Je n'attendais pas de miracle. Après les révélations que m'avait faites M. Kauffmann, bien des années plus tôt, je me doutais qu'il n'y aurait rien sur ma mère. J'espérais malgré tout que cela m'aiderait à retrouver une partie de ma mémoire perdue. Des souvenirs. Des indices qui pourraient orienter mes recherches.

– Ton dossier est là-dedans, a murmuré Fernand en montrant une lamelle posée juste à côté du grammabook. Mais d'abord, je dois te prévenir : pour toi, cela risque d'être un moment difficile.

Je me suis un peu crispée, mais j'ai gardé mon calme.

– Pour moi, rien n'a jamais été facile, vous le savez bien.

J'ai avancé la main vers la lamelle.

– Tu es bien sûre de vouloir le faire ?

Je ne me suis même pas donné la peine de répondre.

Les pages ont commencé à défiler. Plus de deux mille : rapports de la Commission, appréciations des professeurs et des éducateurs, bilans de santé... Toutes les années que j'avais passées dans le Centre racontées dans leurs moindres détails. Ce n'est pas ce qui m'intéressait, dans l'immédiat. Je voulais remonter plus avant, à ma petite enfance. Mais j'ai eu beau chercher, je n'ai rien trouvé. Pas le moindre document concernant cette période.

– Fernand, quelque chose m'échappe : il n'y a là qu'une partie du dossier. Où est passé le reste ?

– Le reste... oui, le reste. C'est... c'est à part.

– Je peux le voir ?

– Oui... si tu veux... Je vais te trouver ça.

Il a effectué quelques manipulations sur le grammabook pour déverrouiller le dossier. Et tout s'est affiché.

Les croix. C'est la première chose qui m'a sauté aux yeux. Il y en avait partout. Partout où le nom de ma mère aurait dû apparaître.

– C'est... c'est comme ça, m'a expliqué Fernand, quand le lien de filiation a été rompu : on efface du dossier le nom des ascendants. C'est la loi.

Je le savais déjà. M. Kauffmann me l'avait dit. Je m'y étais préparée. J'ai répondu :

– Bien sûr, c'est la loi.

J'ai légèrement déplacé le grammabook pour mieux orienter l'écran dans ma direction, et j'ai repris ma lecture.

Sur la première page, mon acte de naissance : 19 octobre 89. Père inconnu. Le nom de ma mère remplacé par une série de croix. Puis le lieu : centre hospitalier de Grigny, 5e district *extra muros*.

– La Zone !

La Zone. Je ne voulais pas croire que j'étais née là-bas, sur ce territoire obscur et misérable dont les informations nationales ne cessaient de rappeler la violence, la décadence et les trafics abjects. J'ai fait aussitôt défiler les pages qui suivaient. Elles reproduisaient une série de comptes rendus de visites médicales dans les Centres de protection maternelle et infantile des 5e, puis 13e districts. Encore la Zone. La Zone, toujours, comme une terre étrangère, sordide et dévastée. J'en tremblais.

– Fernand, vous êtes sûr que c'est bien mon dossier ?

Il a hoché la tête avec un air navré.

– Il n'y a aucun doute.

Le dernier document était daté du 26 avril 92. Le médecin avait écrit : *Magnifique bébé. Parle couramment.* Cela finissait sur ces mots.

– C'est tout ? Il n'y a rien, ensuite ?

– Si, a répondu Fernand. Il y a encore ton rapport d'admission.

– Où est-il ? Là-dedans ?

– Tu tiens vraiment à le consulter ?

– Vous vous fichez de moi ?

Son front s'est brusquement couvert de sueur.

– OK, Lila, OK. Je vais le déverrouiller.

L'icône apparue à l'écran portait la mention : *Admission Lila, 16 novembre 2095.*

– Je ne comprends pas, Fernand : avril 92 – novembre 95, cela fait un trou de trois ans et demi entre mon admission et le dernier document figurant au dossier. Qu'est-ce que cela signifie ?

– Ça arrive, parfois. C'est rare, mais ça arrive.

– Vous voulez dire qu'une partie de mon dossier a disparu ?

– Non… Je veux dire qu'il y a eu une période durant laquelle l'administration a perdu ta trace.

C'est là que le signal d'alarme s'est mis à résonner, glacial et strident. J'ai frissonné, l'œil rivé à l'écran.

– Lila, tu n'es pas obligée.

160

– Vous savez bien que si, ai-je fait en cliquant sur l'icône.

Les gens du Centre sont consciencieux. Le rapport est soigné. Aucun détail n'a été omis : *déshydratation, dénutrition, gale, poux, oxyures, plaie infectée à la hanche, conjonctivite, brûlures anciennes aux deux mains, avec cicatrisation ayant entraîné la soudure de plusieurs doigts, fractures anciennes consolidées aux doigts et à la clavicule, atrophie musculaire, intolérance à la lumière*, et beaucoup d'autres mots inconnus dont les racines grecques me laissaient malgré tout entrevoir le sens.

Il y avait aussi des photos. Des dizaines. En les regardant défiler, je ne cessais de me dire, ce n'est pas moi, ce n'est pas moi. Ça ne peut pas être moi. Pourtant, je me souvenais des flashes qui m'avaient fait hurler. Je me souvenais des lunettes que l'on m'avait données pour me protéger les yeux. Je me souvenais que c'était moi. Que c'était ma vie.

Quand les photos ont cessé de défiler, j'ai tendu la main vers le clavier pour revenir au début. Et j'ai recommencé. Fernand me regardait faire, sans rien dire. Arrivée à la fin, j'ai voulu regarder à nouveau.

– Arrête, a dit Fernand, en posant la main sur la mienne.

C'était la première fois qu'il osait me toucher. Je crois qu'il n'a pas réfléchi. Ou alors, il l'a fait exprès, en se disant que c'était la seule façon de me faire lâcher prise. J'ai fouillé dans ma poche, à la recherche de mes lunettes de soleil.

– Non, Lila. Ce serait mieux d'éviter.

Je l'ai regardé sans comprendre, et j'ai vu qu'il jetait un regard gêné aux miroirs sans tain. Bien sûr. Ils étaient tous là, de l'autre côté, à scruter mon visage, avec leurs caméras qui filmaient en gros plan. Ils ne voulaient manquer aucun détail. Les lunettes de soleil gâcheraient le spectacle, fausseraient les données. Mais qu'est-ce qu'ils attendaient ? Une crise de nerfs, de larmes, d'hystérie ? L'espace d'un instant, j'ai eu cette tentation : leur donner ce qu'ils voulaient. Me lever, envoyer valser le grammabook, l'exploser sur les dalles de marbre, et balancer ma chaise contre les glaces. Leur cracher ma souffrance à la gueule, l'expulser comme une glaire malsaine. Me soulager. Bandes de charognards. J'ai failli.

Mais je suis intelligente – bien plus que la moyenne, comme vous savez – et lucide. Je comprenais parfaitement que si je me laissais aller, je risquais de leur fournir un prétexte pour me garder dans le Centre. J'imaginais sans peine les mots qu'ils inscriraient dans le rapport : *Traumatisme émotionnel consécutif à la lecture du dossier. Tendance dépressive. Fragilité psychologique.* Je commençais à connaître leur jargon, et à comprendre comment ça se passait. Il n'était pas question de les laisser différer ma sortie. Alors, j'ai pris sur moi.

J'ai croisé les mains sur mon ventre, fermé les yeux, serré les dents, et bloqué ma respiration, corps verrouillé à triple tour. Surtout ne rien laisser filer. Tout maintenir bien compact à l'intérieur. Ils n'auraient rien de moi qu'un visage mutique, crispé de stoïcisme. Même pas peur. Même pas mal. Le spectacle n'aurait pas lieu.

Tandis que je me concentrais, j'ai entendu Fernand me dire d'une voix très douce :

– Si tu veux, je demande à l'infirmière de venir te faire une piqûre. Elle est juste à côté. On l'avait prévenue, au cas où...

J'ai fait non de la tête.

– Cela pourrait t'aider à passer le cap, tu sais.

J'ai fait non à nouveau. Il n'a pas insisté.

Je suis restée longtemps à lutter corps à corps avec cette horreur. Je devais l'accepter, la regarder en face. L'affronter. Il fallait qu'elle comprenne que c'était moi le maître. Elle n'aurait pas le dessus. Quand j'ai rouvert les yeux, Fernand m'a demandé :

– Tu tiens le coup ?

– Ça va.

Je regardais, hébétée, la photo affichée à l'écran, la dernière, un bout de cuisse, je crois, ou de bras, je ne sais plus, avec des ecchymoses. Partout, des ecchymoses.

– Fernand, pourquoi vous ne m'avez rien dit ?

– Nous avons envisagé plusieurs fois de t'en parler, Lila, mais... tu avais tout oublié. TOUT OUBLIÉ. Alors, pour finir, nous avons estimé qu'il valait mieux ne pas prendre le risque de te confronter à tout ça de façon prématurée.

– Et maintenant, je fais quoi ?

– Maintenant, tu continues, comme si cela n'avait pas existé.

Je fixais toujours l'écran, la chair blanche et striée. Mon corps. Tout cela existait, à présent. Je l'avais sous les yeux.

– Tu ne te souviens de rien, Lila. De rien. Ces photos et tous ces documents que tu as vus aujourd'hui, c'est comme un cauchemar qui se serait effacé. Ce n'est plus ta vie. Ce n'est plus toi. Et c'est la meilleure chose qui pouvait t'arriver. Tout ce qu'il te reste à faire à présent, c'est vivre. Pour la Zone, ne t'inquiète pas. Il y a des procédures. Ça ne sera mentionné nulle part dans ton dossier. Ni même sur ta carte d'identité. Personne ne saura. Alors, si tu fais l'effort d'oublier, ce sera comme si tout cela n'avait jamais eu lieu.

Je l'ai regardé, l'air un peu égaré. J'avais du mal à suivre.

– Je… nous savons bien que ça ne sera pas facile. Mais tu dois savoir qu'il y a ici beaucoup de gens qui sont prêts à t'aider. Le Centre a l'habitude de ce genre de situation. Si tu as besoin de soutien, nous avons tout prévu.

– Vous prévoyez toujours tout, on dirait.

– Nous sommes là pour ça.

– Je crois que ça va aller.

– J'espère… J'en suis sûr. Tu es si forte, Lila. Si volontaire.

– Fernand, je voulais vous dire, pour ma mère…
Ce n'est pas elle qui m'a fait ça. J'en suis sûre. Si
c'était elle, je m'en souviendrais, n'est-ce pas ?

J'ai passé la nuit sous mon lit. Cela faisait long-
temps que je n'y étais pas retournée, mais après ce
qui venait de m'arriver, j'ai senti que c'était néces-
saire. Je n'ai pas dormi : j'avais besoin de réfléchir
– on ne peut pas tout faire en même temps.
  – Ils m'ont donné mon dossier, aujourd'hui.
  – Je suis au courant, fillette.
  – C'est dur, vous savez. Je n'imaginais pas,
pour la Zone, les photos…
  – Je devine, ma petite.
  – Je ne sais pas si je vais arriver à le supporter.
  – Bien sûr que si, tu vas y arriver !
  – Si au moins cela m'avait fourni une piste,
pour ma mère. Mais je n'ai rien. Il n'y a rien.
  – Je n'en suis pas si sûr.
  – Qu'est-ce que vous voulez dire ?
  – Réfléchis.
  – S'il vous plaît, aidez-moi !
  Mais il était déjà parti.

Je n'ai pas baissé les bras. J'ai continué à chercher. Plusieurs fois, j'ai relu le début du dossier :
mon acte de naissance, et tous les comptes rendus
de visites médicales. *Magnifique bébé. Parle cou-*
ramment. Ces mots me réchauffaient le cœur
– c'était toujours ça de gagné sur l'horreur des

photos. Je les visionnais sans cesse, pour essayer de m'habituer. À la fin, elles sont devenues comme des tableaux abstraits, des bouts de corps meurtris. Des fragments blancs, bruns, roses. C'était sans doute ce qui pouvait m'arriver de mieux, quand j'y pense. Que cette histoire sordide et longtemps enfouie devienne une œuvre d'art.

M. Kauffmann avait raison : le dossier n'était pas aussi vide que je l'avais d'abord cru. Je savais à présent comment j'allais m'y prendre.

Un studio s'est libéré fin septembre, dans l'immeuble de Fernand. Il est tout de suite intervenu pour qu'on me l'attribue. Il était enthousiaste : *57ᵉ et dernier étage. Une vue magnifique. Et si tu as besoin de moi, je ne serai jamais loin. Tu es contente, j'espère !* J'ai dit oui, forcément, mais en vérité, je n'en étais pas si sûre.

Le dimanche suivant, Fernand m'a emmenée voir l'appartement. La gardienne nous attendait – c'est elle qui assurait la visite. Elle était encore plus hideuse que dans mes souvenirs. En la voyant venir à notre rencontre, traînant son corps difforme, je n'ai pu m'empêcher de glisser à Fernand :
– Comment peut-on produire des créatures pareilles ?
– Plus bas ! a-t-il chuchoté. Elle a l'ouïe très fine. Et par pitié, évite de la regarder avec trop d'insistance !

J'ai aussitôt chaussé mes lunettes de soleil.

– Ne vous faites pas de souci. Je saurai me tenir.

De près, elle était encore pire. Pendant que l'ascenseur nous conduisait jusqu'au dernier étage, je suis restée collée à la paroi du fond pour éviter le contact de son énorme cul. Ça faisait floc floc à l'intérieur. J'ai failli dégueuler.

L'appartement n'était pas grand, mais très bien agencé : une pièce éclairée d'une large baie vitrée donnant sur un balcon, une kitchenette, une petite salle de bains, des W-C.

– Les toilettes viennent d'être équipées du nouveau dispositif en vigueur pour l'analyse d'urine, nous a expliqué la gardienne. Vous voyez, tout s'affiche ici, sur le tableau : ECBU, beta-hCG, et tests multidrogues – alcool, nicotine, méthadone, cocaïne, etc. Les résultats sont ensuite directement transmis au médecin référent.

Elle semblait enchantée de l'ingéniosité de ce dispositif, comme si elle l'avait elle-même mis au point. Puis elle a ajouté :

– Les caméras ont été remplacées par des modèles dernier cri, beaucoup plus performants. Vous serez encore mieux protégée.

J'ai pensé, encore mieux surveillée, mais ce n'était pas le moment de faire du mauvais esprit. La gardienne m'a ensuite montré comment régler l'alarme, le chauffage, varier l'éclairage, actionner les stores. Je l'écoutais avec attention, en regardant ses doigts courir sur les claviers intégrés dans le mur.

– Pour ouvrir le placard, il faut appuyer là.

Le panneau s'est mis à coulisser, découvrant un placard immense, pareil à celui que j'avais admiré autrefois dans la chambre d'enfant, chez Lucienne et Fernand.

– C'est magnifique !

Elle a levé un sourcil.

– Ben dites donc, ça vous fait de l'effet. Vous aimez le rangement, sans doute ?

– Oui… oui. J'aime que chaque chose soit à sa place.

Elle a hoché la tête.

– C'est bien. Je supporte pas les gens désordonnés. Bon, passons au décor, à présent. Vous avez le choix entre « jungle », « lagon », « vallon » et « mille fleurs ». Le reste est en option.

Tout en parlant, elle tapotait le clavier, déclenchant sur les murs des projections d'images aux couleurs intenses, ouvrant sur leur surface des perspectives immenses : dunes de sable à l'infini, fouillis d'herbes hautes ondoyant sous le vent, mer turquoise se fondant au loin dans un horizon bleu marine. Toutes ces couleurs, ces lumières. Même avec mes lunettes, c'était insupportable.

– Alors, qu'est-ce que vous choisissez ?

– Je crois que je vais garder les murs blancs.

Elle a eu un haut-le-corps.

– Vous ne voulez rien sur vos murs ?!

Fernand s'est raclé la gorge.

– Lila, on ne peut pas laisser les murs blancs. Dans les petits appartements, on choisit un décor, pour agrandir l'espace.

Je me suis aussitôt reprise, consciente d'avoir commis un impair.

– Oui… oui, bien sûr, pour agrandir l'espace. Ça tombe sous le sens.

– C'est déprimant, le blanc.

– Oui, oui, c'est déprimant, ai-je répété, soumise.

La gardienne me regardait à présent d'un air suspicieux. C'est là que j'ai remarqué ses yeux gris, fendus de pupilles verticales. J'ai pensé, il y a du serpent là-dedans, et je n'ai pu réprimer un frisson.

– Alors, qu'est-ce que vous choisissez ? a-t-elle demandé d'une voix devenue glaciale.

– En fait, je n'arrive pas à me décider. Est-ce que je peux avoir quelques jours pour réfléchir ?

– Moi, je demandais ça pour vous rendre service, histoire de vous faire les réglages. Mais après tout, vous pourrez bien vous débrouiller toute seule !

– Oui, je le ferai seule.

Elle a pincé les lèvres d'un air méprisant. J'ai ajouté, en désespoir de cause :

– Merci de votre patience et de votre gentillesse.

Une formule toute faite que Fernand m'avait apprise. Mais ça n'a pas suffi à la dérider.

Après la visite, nous sommes passés chez Fernand. Je n'en avais pas trop envie, mais il a insisté. *Depuis le temps que tu n'as pas vu Pacha…* L'appartement sentait la tristesse. Après toutes ces années, Fernand n'avait rien changé au décor. Tout était encore plein de l'absence de Lucienne.

Pacha dormait sur le canapé blanc, enveloppé dans une couverture.

— Sans ça, il crève de froid, a murmuré Fernand.

Ma gorge s'est serrée.

— Je ne pensais pas que c'était à ce point…

— Trois ans que ça dure. Il ne mange presque plus. C'est un miracle qu'il soit encore en vie.

— Il n'y a vraiment rien à faire pour l'aider ?

— Les services vétérinaires disent qu'on ne peut pas grand-chose. Ils me conseillent d'abréger ses souffrances.

— Vous voulez dire… une euthanasie ?

Il a hoché la tête.

— Les cliniques pour animaux font ça très bien, avec autant de soin que dans les hôpitaux. Ils m'assurent que Pacha partirait sans se rendre compte de rien. Des mois qu'ils m'ont adressé le formulaire. Je n'ai plus qu'à le remplir.

J'ai contemplé la petite tête chauve aux yeux clos qui dépassait à peine de sous la couverture.

— Alors, qu'allez-vous faire ?

— Je me laisse encore un peu de temps – je veux dire, je *lui* laisse un peu de temps. C'est une décision difficile. C'est le chat de Lucienne, tu comprends ?

Bien sûr, je comprenais. Lentement, je me suis penchée sur Pacha, approchant la main de son museau glacé. Aussitôt, il a ouvert les yeux. C'était le même regard vert d'eau qu'autrefois, le même éclair à vous faire frissonner.

– Pacha…

Il a soulevé la tête. Tout son corps s'est tendu.

– Pacha, c'est moi. Tu te souviens, Pacha ?

Il a eu un miaulement faible et rauque.

– Ne bouge pas, mon doux.

Mais il voulait bouger. Péniblement, il s'est mis sur ses pattes, et la couverture, en glissant, a découvert son corps décharné.

– Oh, Pacha !

Il s'est traîné vers moi, jusqu'au bord du canapé. L'effort faisait saillir les veines de son cou.

– Mon tout beau…

J'ai ouvert les bras.

– Viens, Pacha.

Il a miaulé encore, museau levé, narines frémissantes. Il tremblait sur ses pattes, trop faible pour sauter. Je me suis accroupie, et je l'ai recueilli avec précaution. Il ne pesait plus rien. J'ai refermé les bras.

– Mon tout beau, mon tout beau.

J'ai posé la main sur son flanc, et senti sous ma paume sa vie qui palpitait avec son cœur battant, toujours, obstinément.

– Là, là, ça va aller.

171

Il a niché sa tête dans le pli de mon coude, et a fermé les yeux.

– C'est incroyable, a dit Fernand. Jamais je n'ai réussi à le prendre comme ça, depuis que… enfin… tu sais. Il ne laisse personne le toucher.

– Vous ne savez pas vous y prendre, voilà tout, ai-je fait en serrant Pacha plus fort, contre mon ventre.

Fernand a souri tristement.

– Sans doute… Tu veux boire quelque chose ?

– Non. Je veux seulement rester comme ça, un moment, avec lui.

Lorsqu'à l'heure du départ, j'ai reposé Pacha sur le canapé, il ne s'est pas réveillé. J'ai rajusté sur lui la couverture, avec le sentiment étrange de border un enfant épuisé.

– Reviens le voir souvent, a murmuré Fernand.

J'ai dit :

– Si vous voulez.

Il a souri, puis il est parti dans la chambre pour chercher nos manteaux. J'en ai profité pour voler une boîte dans le placard de la cuisine.

L'idée m'est venue le soir même, pendant que je me faisais un festin solitaire – le premier depuis trois ans. Il ne me restait plus qu'à trouver l'occasion d'en parler à Fernand.

Quelques jours plus tard, nous sommes retournés à mon appartement, pour voir comment placer les meubles que j'allais commander. Juste après la visite, Fernand m'a demandé :

– Lila, tu voudrais bien passer à la maison, pour faire tes adieux à Pacha ?

– Vous voulez dire…

Il a hoché la tête.

– Je me suis décidé. Le formulaire est rempli.

– Vous êtes sûr ?

– Absolument ! Cela ne rime à rien de le laisser souffrir.

– Fernand, il y a peut-être une autre solution.

Il a serré les poings, et secoué la tête.

– Fernand, écoutez-moi ! J'ai une proposition : confiez-le-moi.

Il m'a regardée sans comprendre.

– Vous savez combien je suis attachée à cette bête, et vous dites vous-même que Pacha a l'air de se sentir mieux lorsqu'il est avec moi. Pourquoi ne pas essayer ?

Il n'a rien répondu.

– Au point où nous en sommes, Fernand, confiez-le-moi. Si ça ne marche pas, si aucune amélioration n'intervient, il sera toujours temps de… de faire ce qui était prévu.

Il semblait toujours hésitant. Alors, j'ai ajouté, pour enfoncer le clou :

– Vous savez, je crois aussi que ce serait bon pour moi, d'avoir à prendre soin d'un animal. Ça me ferait une compagnie. J'en aurai bien besoin, quand je me retrouverai seule dans cet appartement.

173

Il a continué à réfléchir un moment, puis il a fini par lâcher :

– Tu as raison. Essayons.

La date de ma sortie était fixée au 31 octobre. Mais Fernand m'avait bien fait comprendre que mon départ du Centre ne serait pas synonyme de totale liberté. Pendant deux ans, j'allais être placée en *période probatoire*, surveillée et évaluée constamment – ce que Fernand appelait pudiquement un *suivi*. Le Centre ne lâchait pas aussi facilement ses anciens pensionnaires.

Je n'étais pas ravie à l'idée de les avoir sur le dos durant tout ce temps-là. Cela risquait de freiner mes projets. Mais d'un autre côté, je sentais que j'avais encore besoin d'eux. De leur contrôle. Des conseils de Fernand. Même si ça me faisait mal de devoir l'admettre.

Les dernières semaines ont été bien remplies. Les médecins du Centre m'ont fait subir un *check-up* complet, et m'ont posé l'implant contraceptif – je me suis évidemment bien gardée de leur dire qu'il y avait peu de chances qu'il serve à quelque chose.

Fernand m'a aidée à effectuer sur la toile les commandes de meubles, de vaisselle et de linge de maison. Tout était financé par la prime d'installation que m'accordait le Centre. Il me fallait aussi une garde-robe. Je n'avais aucune idée de ce qui convenait. Fernand a choisi pour moi des vêtements aux tons sobres, aux formes simples et strictes.

– Ça passe partout, et ça t'évitera de te faire remarquer ou de commettre un impair.

J'ai hoché la tête. Me fondre dans la masse, passer inaperçue, cela m'allait parfaitement. Il ne me restait plus qu'un détail à régler.

– Fernand, j'ai envie de mettre quelques plantes vertes sur le balcon. C'est possible, vous croyez ?

– Tu t'intéresses aux plantes, maintenant ?

– Et pourquoi pas ? C'est très beau, les plantes vertes. Très gai…

Il m'a regardée avec l'air de dire : *Toi, ma petite, je te connais trop bien pour ne pas me rendre compte que tu mijotes quelque chose.* J'ai souri avec ingénuité. Il avait beau flairer une entourloupe, je savais qu'il ne pourrait jamais soupçonner ce que j'avais en tête.

– Alors, vous êtes d'accord ?

Il m'a dévisagée quelques instants encore, guettant sur mon visage la clé de ce mystère. Puis il a eu une moue fataliste.

– Après tout, pourquoi pas. Des plantes vertes, ça ne peut pas faire de mal.

Et il a lancé la recherche « plantes vertes, jardinerie ».

Quand le jour du départ est enfin arrivé, je n'ai pas ressenti la joie que j'avais escomptée. Aucun soulagement. Aucune excitation. À la place, j'avais comme une gêne dans la poitrine – je crois bien que c'était du chagrin. Douze ans que le Centre me servait de maison, de prison, de cocon. L'habitude crée des liens que l'on ne défait pas impunément.

J'ai nettoyé ma chambre, plié les draps, les couvertures, rassemblé mes dernières affaires. Puis je suis allée saluer les surveillants et les éducateurs qui m'avaient prise en charge durant toutes ces années. C'est resté très formel, *au revoir et merci* – je ne regretterais personne, à part Takano. Avec lui, ce n'était pas la même chose : douze années de tripotages quotidiens nous avaient rapprochés.

– Au revoir, monsieur Takano.

– Au revoir, gringalette.

Il a toussoté, deux, trois fois, puis il m'a demandé :

– Tu me permets de te le dire encore ?

J'ai souri, en hochant la tête.

– Au revoir, gringalette. Et bonne chance à toi.

– Monsieur Takano, il faut que je vous avoue quelque chose : à la fin, vous ne me dégoûtiez presque plus.

– Oh, gringalette ! Tu ne pouvais pas me faire de plus beau compliment !

Je savais qu'il était sincère.

Après, je suis montée sur le toit une dernière fois. Il soufflait là-haut un vent de carnaval, à vous mettre la tête à l'envers. Je ne sais pas si c'est cela qui a balayé ma tristesse, ou simplement le fait de regarder l'horizon. J'avais dix-huit ans, j'allais enfin sortir, et je savais précisément où diriger mes pas. 124° est. *Ex libris veritas*. Au milieu des nuages qui filaient tout là-bas au-dessus des grandes tours de la Bibliothèque, se dessinait nettement le sourire de ma mère.

La navette est venue me prendre en fin d'après-midi pour me déposer au pied de mon immeuble. Dans l'appartement, j'ai trouvé les meubles et les objets disposés suivant mes instructions, les jardinières sur le balcon – deux longs bacs profonds plantés de fougères à feuillage persistant, que j'avais officiellement choisies pour leurs qualités décoratives.

Rien ne manquait dans l'armoire de la salle de bains, même le nouveau Sensor que j'avais reçu du Ministère de la Santé à l'occasion de mon dix-huitième anniversaire. Le réfrigérateur avait été garni de nourriture pour deux jours, mes vêtements neufs soigneusement empilés dans le placard, et j'avais rendez-vous le lendemain avec M. Copland, le directeur du service de numérisation de la Grande Bibliothèque, pour un premier contact. Tout était prêt pour ma nouvelle vie.

J'ai passé le reste de la journée à ranger les objets que j'avais emportés : mon grammabook, le dictionnaire, le kaléidoscope, le stylo, la boussole, la ramette de papier et la bouteille d'encre, dont les scellés étaient encore intacts. Et l'écharpe en soie de M. Kauffmann, que j'ai discrètement rangée dans la commode, sous une pile de tee-shirts.

Vers 19 heures, Fernand est passé me déposer Pacha, et tout le nécessaire : le certificat d'adoption, le carnet de santé, la caisse. Il avait ajouté trois boîtes de pâté.

– Je te les laisse. Qu'est-ce que j'en ferais, maintenant ?

J'ai pris les boîtes. Mes mains tremblaient un peu.

– Tu es sûre que tu sauras te débrouiller ?

– Ne vous en faites pas pour moi.

Je crânais. En fait, je n'en menais pas large, mais pour rien au monde je ne l'aurais avoué.

– Bon, je vais te laisser.

L'espace d'un instant, j'ai pensé trouver un prétexte pour le retenir un peu. Puis je me suis ravisée. J'entendais Pacha s'agiter dans son panier. J'ai serré contre moi les boîtes de nourriture. Il était temps.

– Au revoir, Fernand.

– Au revoir, Lila.

– Souhaitez-moi bonne chance.

Il a souri.

– Bonne chance, Lila K.

J'ai souri à mon tour, puis j'ai refermé la porte comme on tourne une page.

La Grande Bibliothèque

La navette devait passer me prendre à 8 h 15. J'avais rendez-vous à 9 heures. Je me suis habillée avec soin, en suivant les conseils de Fernand : ensemble noir et pardessus mastic, rien qui puisse attirer les regards. Pourtant, cette tenue banale me semblait aussi incongrue que le déguisement le plus exotique. C'était la première fois que je m'habillais en civil.

La navette m'a déposée sur la dalle à 8 h 43. J'ai franchi le porche trois minutes plus tard. Je ne sais pas pourquoi je vous donne ces chiffres. Sans doute, simplement pour vous dire que je m'accrochais aux minutes affichées au cadran de ma montre – les chiffres, ça m'a toujours calmée.

À l'entrée, j'ai montré mes papiers à l'automate – Lila K, noir sur blanc, je n'arrivais toujours pas à le croire –, puis j'ai franchi le sas de détection, et je me suis dirigée vers l'accueil.

En me voyant, la réceptionniste a eu un petit haut-le-corps, aussitôt réprimé. Je me suis demandé ce qui n'allait pas, dans mon allure ou mon comportement, quelle erreur j'avais pu commettre, mais je n'ai rien trouvé. La jeune femme a continué à me scruter, yeux légèrement plissés, blonde, les lèvres bien ourlées, soulignées d'un trait de pinceau couleur corail. J'ai remarqué ses pommettes, trop saillantes pour être naturelles – il y a des chirurgiens qui abusent, je vous jure.

– Bonjour, mademoiselle, je m'appelle Lila K. J'ai rendez-vous avec monsieur Copland.

Elle a jeté un bref coup d'œil à son listing, puis a hoché la tête.

– Prenez l'allée centrale, puis la deuxième à droite. Ensuite, l'ascenseur D, jusqu'au 75ᵉ étage. Je préviens monsieur Copland de votre arrivée.

– Je vous remercie, mademoiselle.

– Il n'y a pas de quoi, a-t-elle répondu dans un sourire qui a soulevé ses pommettes de façon incongrue, tandis que ses yeux dessinaient comme deux fentes, tranchantes et bleues. Je me suis détournée, mal à l'aise, et j'ai filé dans la direction indiquée. Juste avant d'obliquer vers le couloir de droite, j'ai jeté un coup d'œil vers le hall : la jeune femme me regardait toujours.

M. Copland m'attendait sur le seuil de son bureau. En me voyant, il a eu un sursaut léger, comme la femme de l'accueil. Je me suis demandé si c'était de la surprise ou de la répulsion. Réflexion faite, l'un n'empêchait pas l'autre. Pour me donner du courage, j'ai regardé discrètement ma montre : il était 9 heures précises. Il est toujours satisfaisant, je trouve, d'arriver à un rendez-vous exactement à l'heure. Mais cette fois-ci, cela n'a pas suffi à m'apaiser.

– Bonjour, mademoiselle K. Entrez, je vous en prie, a dit M. Copland.

Nous nous sommes serré la main. J'ai pris sur moi – je savais que c'était nécessaire et qu'il me faudrait souvent renouveler ce rituel répugnant et si peu hygiénique. Copland a fait semblant de ne pas remarquer la moiteur de ma paume. Il m'a invitée à m'asseoir, puis il a pris place à son tour. L'espace d'un instant, j'ai pensé que ce serait au-dessus de mes forces, cet entretien seule à seul, yeux dans les yeux, avec un inconnu. Un moment de faiblesse et de grande solitude. Heureusement, il y avait le bureau entre nous.

– Mademoiselle, je vous souhaite la bienvenue, a déclaré Copland avec cordialité. Fernand Jublin m'a beaucoup parlé de vous, vous savez.

– Non, je ne savais pas.

Je n'ai pas osé lui demander ce que Fernand avait raconté, au juste. De toute façon, le Centre lui avait déjà fait parvenir un dossier détaillé, avec l'historique intégral de mon grammabook – autant dire qu'il en connaissait un rayon sur mon compte.

– J'ai cru bon de vous convoquer à cet entretien afin de vous expliquer les grandes lignes de votre travail, et vous permettre de vous familiariser avec les lieux.

– C'est très aimable à vous.

– Comme monsieur Jublin vous l'a certainement déjà dit, vous allez occuper un poste de numérisation de documents papier – essentiellement des journaux. Votre tâche consistera à scanner ces documents en effectuant différents niveaux de codage, et en y intégrant une signalétique. C'est un travail relativement simple, mais qui nécessite un grand soin. Un poste de rang E. Aucune initiative, aucune responsabilité, sinon celle d'exécuter avec précision la tâche qui vous est assignée.

– Cela me conviendra tout à fait.

Copland a fait mine de consulter le grammabook posé sur son bureau.

– J'ai là un courrier de Fernand Jublin m'expliquant que cet emploi est selon lui bien en dessous de vos capacités. Il affirme que vous pourriez prétendre sans difficulté à un poste de rang A. Qu'est-ce que vous en pensez ?

– Je pense que Fernand Jublin me surestime. Le travail que vous me proposez me conviendra parfaitement.

– Nous en resterons donc là pour l'instant, mademoiselle. Mais sachez que si vous étiez désireuse de perspectives de carrière plus intéressantes, nous pourrions envisager de réexaminer votre situation.

– Je vous remercie, monsieur.

Il a hoché la tête.

– Dans quelques instants, je vous confierai à mademoiselle Garcia qui se chargera de vous faire visiter les locaux et de vous initier aux manipulations. Mais je dois auparavant vous informer, comme la loi m'y oblige, des risques d'allergies cutanées et de troubles respiratoires liés au maniement des supports papier. Je vous demanderai donc de respecter scrupuleusement les consignes de sécurité en vigueur dans le service : le port des gants est obligatoire, ainsi que celui du masque en cas de travail sur documents détériorés. Les consignes figurent sur la lamelle que vous remettra mademoiselle Garcia. Vous voudrez bien les lire attentivement, signer au bas du document, et nous le renvoyer dans les meilleurs délais.

– Je n'y manquerai pas, monsieur, ai-je murmuré, totalement sidérée par ce déferlement de précautions aberrantes. Ça n'a pas échappé à Copland. Il s'est raclé la gorge, comme s'il désirait s'éclaircir la voix.

– Fernand Jublin m'a expliqué que vous aviez disposé de livres anciens, plusieurs années durant.

– C'est exact, monsieur.

– Ces consignes doivent donc déjà vous être familières.

– C'est-à-dire que… non. Je ne prenais pas de précautions particulières, à vrai dire. Je manipulais les livres à mains nues.

Il m'a regardée, effaré.

– Le Centre a laissé faire une chose pareille !

– …

– Cela semble insensé. Faire prendre de tels risques à une enfant… Il y a de quoi déclencher un beau scandale !

– Je… je n'ai jamais eu aucun problème. Ni allergie, ni rien.

– Vous avez eu de la chance, mademoiselle, et le Centre également !

– J'en ai bien conscience, monsieur, ai-je répondu avec humilité – Copland était bien la dernière personne à contredire.

Il a rapidement mis fin à l'entretien. Après m'avoir renouvelé ses vœux de bienvenue, il m'a confiée à Mlle Garcia, une blonde au visage lisse et aux pommettes hautes. Elle était le portrait de celle de l'accueil, à croire qu'on les produisait en série. En me voyant, elle a eu, comme les autres, un très léger sursaut. Cette fois-ci, le doute n'était plus permis : j'avais certainement commis un impair dont je n'arrivais pas à déceler la nature. Je me suis promis d'en parler à Fernand dès que je le pourrais.

– Tenez, m'a dit la blonde, d'un ton tout juste aimable : votre badge. Il vous permettra d'accéder au 120ᵉ étage – c'est là que vous travaillerez. Le service de numérisation se répartit sur une quarantaine de niveaux, mais chaque employé ne peut accéder qu'à celui où se trouve sa cellule. Question de sécurité. Bon, maintenant, suivez-moi, je vais vous faire visiter.

On a pris l'ascenseur jusqu'au 120e étage. Je lui ai emboîté le pas dans le large couloir aux murs lambrissés. Au bout de quelques mètres, la blonde s'est arrêtée.

– Ici, c'est le bureau de monsieur Templeton, le directeur du service.

– Ce n'est pas monsieur Copland, le directeur ?

Elle a levé les yeux au ciel.

– Monsieur Copland est *directeur adjoint*. Le directeur, c'est monsieur Templeton. C'est marqué là, a-t-elle fait en désignant la plaque gravée, sur la porte. Vous savez lire ?

Je me suis sentie rougir.

– Monsieur Templeton est actuellement en mission dans la Zone. Il ne reviendra pas avant plusieurs mois. En attendant, si vous avez un problème ou quoi que ce soit, il faudra vous adresser à monsieur Copland. C'est bien compris ?

Elle commençait vraiment à me taper sur les nerfs, avec ses grands airs et sa gueule en plastique, mais j'étais décidée à jouer profil bas. J'ai pris un air soumis, presque apeuré : *Oui, oui, c'est entendu*. Je l'ai vue esquisser un sourire satisfait.

À travers les lamelles du store, j'ai jeté un coup d'œil au grand bureau vitré. Des documents papier étaient empilés un peu partout, sur la table, dans des vitrines, soigneusement protégés par des housses hermétiques. Sur une console, une collection de stylos anciens. Au mur, une série de portraits, hommes, femmes et enfants aux visages sans sourire qui m'ont tout de suite paru étrangement familiers.

– Bon, a grogné la blonde, je n'ai pas toute la journée. On va continuer, si ça ne vous dérange pas.

Je l'ai suivie, docile – ne jamais contrarier une femelle dominante. Le couloir était bordé de petites cellules vitrées dans lesquelles des employés, mains gantées jusqu'aux coudes, étaient occupés à scanner des pages de journaux. Pas un n'a levé les yeux.

– Les sanitaires sont là. Pour ses affaires personnelles, chaque employé dispose d'un casier à son poste de travail. Ici, vous avez une salle commune, avec des distributeurs de boissons et d'en-cas, mais le règlement interdit formellement de manger dans les cellules. Maintenant, suivez-moi, je vais vous montrer la vôtre.

Tout au bout, le couloir faisait un coude sur la droite, puis il continuait, quelques mètres encore, avant de s'arrêter brusquement sur une issue de secours. Il n'y avait là qu'une seule cellule, inoccupée.

– C'est un ancien placard qu'on a réaffecté. J'espère que ça vous plaît, a déclaré la blonde, légèrement moqueuse.

– Vous n'imaginez pas à quel point !

Elle m'a regardée, stupéfaite. Elle croyait que je plaisantais, j'imagine. Mais je ne plaisantais pas :

un cagibi, sombre et étroit, tout au fond d'un couloir, je ne pouvais rêver mieux. Peu de lumière, peu de passage, j'allais être tranquille. Bien sûr, il y avait la caméra sur le mur, face à la vitre. Mais vous savez comme moi qu'on peut toujours ruser avec une caméra.

Il m'a fallu moins de deux heures pour apprendre à me servir du scanner. La blonde m'a montré comment manipuler les documents, et effectuer les codages. Rien de très compliqué.

– Vous aurez chaque jour un certain nombre de pages à traiter – pas beaucoup, au début, le temps que vous preniez le coup de main. Chaque document est livré avec des consignes précises de coupe et de retouche. Il n'y a pas à réfléchir, seulement à appliquer.

J'ai hoché la tête. La blonde a poursuivi :

– Les coupes doivent obligatoirement être signalées.

Elle a appuyé sur une touche à droite du clavier.

– Vous voyez, l'encart s'insère automatiquement. Puis vous devez ajouter un rappel du texte de loi dont la référence figure immédiatement après la consigne de suppression. Il suffit d'aller le chercher dans le menu.

Je l'ai observée attentivement, pour mémoriser la manœuvre.

– Vous avez des questions ?

– Oui. Je voudrais savoir comment on se procure les documents sur lesquels nous devons travailler. Faut-il aller les chercher dans un endroit particulier ?

– Les documents sont conservés en réserve, au sous-sol. Les employés chargés de la numérisation n'y ont pas accès. Ce sont les magasiniers qui assurent le transport. Un magasinier par étage. Pour le nôtre, c'est Scarface.

– Scarface ?

– En fait, il s'appelle Justinien, mais ici, tout le monde l'appelle Scarface. Je vous préviens tout de suite, ça n'est pas un cadeau ! Mais c'est le protégé de monsieur Templeton, alors on est bien obligé de le supporter.

– Scarface…

Elle a eu un petit rire.

– Vous verrez, vous ne serez pas déçue.

Je n'ai pas vraiment compris ce qu'elle voulait dire, et je n'ai pas eu envie de le lui demander. Je n'avais pas besoin d'en apprendre davantage pour savoir que ce Scarface était d'ores et déjà pour moi la personne la plus importante de cette bibliothèque, celle sur laquelle devraient se concentrer tous mes efforts.

Fernand est passé chez moi le soir même, pour prendre des nouvelles. Pacha dormait sur le tapis, enveloppé dans sa couverture.

– Comment va-t-il ?

– Aussi bien que possible, je crois.

– Il mange ?

– Un peu. En le prenant contre moi, je parviens à lui faire avaler quelques bouchées de pâté, avec les doigts.

– Et il se laisse faire ? Moi, j'ai essayé plusieurs fois, il n'a jamais voulu.

– Je vous l'ai déjà dit : vous ne savez pas vous y prendre !

Il a eu un sourire amer.

– Tu y arrives, c'est l'essentiel. Bon... et toi ? Comment s'est passé ton rendez-vous avec monsieur Copland ?

– Très bien, Fernand, très bien. J'ai pu visiter le service ; on m'a tout expliqué. Je commence après-demain.

– Alors, tu es contente ?

– Oui, plutôt.

– Tu n'as pas eu de malaise ?

– Aucun. Je n'ai même pas eu besoin de mes anxiolytiques.

– Parfait. Mais inutile de jouer les héroïnes. N'hésite pas à les prendre en cas de nécessité.

– Ça m'abrutit, vous savez bien.

– Il vaut mieux être un peu abrutie que risquer une crise de panique en public.

– Ne vous faites pas de souci, Fernand, je sais ce que je fais.

Il a souri.

– C'est vrai. Tu te débrouilles à merveille, et je suis fier de toi.

– Fernand, il y a tout de même une chose dont

j'aimerais vous parler. C'est étrange. Je… je me fais peut-être des idées, mais… j'ai l'impression que tout le monde me regarde de travers.

– Comment ça, *de travers* ?

– Bizarrement, si vous préférez. Avec insistance. Pourtant, j'ai fait très attention, j'ai suivi vos conseils. Je me suis habillée sobrement, j'ai été très correcte. Je ne comprends pas.

Fernand a eu l'air vaguement contrarié.

– Tu as senti cela chez tout le monde ?

– Chez tout le monde, je ne saurais dire, mais enfin… Quand je suis allée à la Bibliothèque, il y a eu la femme de l'accueil. Après, il y a eu monsieur Copland. Comment vous expliquer… Il a sursauté en me voyant. Après, il s'est repris, mais ça ne m'a pas échappé. Et ensuite, la blonde qui m'a fait visiter l'étage. Et tout à l'heure, dans la rue, au pied de l'immeuble, un homme… Je… je vous assure que je ne me fais pas des idées !

Fernand est resté un moment silencieux.

– J'ai fait quelque chose de mal, vous croyez ?

– Ce n'est pas si étonnant.

– Vous voulez dire : ce n'est pas si étonnant que j'aie fait quelque chose de mal ?

– Mais non, Lila ! Ce n'est pas si étonnant qu'on te regarde. Tu es une personne remarquable.

– Comment ça, *remarquable* ?

Je l'ai vu hésiter un moment, légèrement s'empourprer.

– Tu attires les regards, Lila, parce que tu es…
enfin… ce qu'on appelle *une beauté*.

– Fernand, vous êtes sérieux ?

– Est-ce que j'ai l'habitude de plaisanter ?

– C'est vrai, j'oubliais. Donc, vous êtes sérieux.

Il a hoché la tête, puis il a murmuré, sans me
regarder :

– Tu es devenue une très belle jeune femme,
Lila. C'est… c'est normal qu'on te regarde.

– Mais… pourquoi vous ne m'avez pas avertie ?

Il a eu un petit rire.

– Les gens n'ont pas besoin qu'on le leur dise,
d'habitude. Ils s'en aperçoivent tout seuls.

– Fernand, ai-je fait affolée, comment je vais
m'en sortir, si les gens me dévisagent comme ça,
tout le temps ?

– Oh là, pas de panique. Ce n'est tout de même
pas un drame ! Continue de porter des tenues
sobres et couvrantes, comme je te l'ai conseillé.
Reste discrète. Et surtout, Lila, surtout, a-t-il
ajouté en martelant ses mots, évite autant que possible de croiser le regard des hommes.

J'ai suivi ses conseils à la lettre : pour mon premier jour de travail à la Bibliothèque, je me suis
vêtue d'un pull à col roulé noir et d'une longue
jupe grise. On pouvait difficilement faire plus aus-
tère, mais ça n'a pas suffi à me donner confiance.
Je me sentais inquiète et un peu oppressée. J'ai
pourtant résisté à la tentation d'avaler mes cachets
d'anxiolytiques : je savais que j'aurais besoin de

toute ma lucidité pour affronter les heures qui allaient suivre. En désespoir de cause, j'ai murmuré :

— Ce n'est pas facile, vous savez.

— Je sais, fillette, je sais.

— Vous ne pouvez pas m'aider ?

— Tu t'es toujours très bien débrouillée par toi-même.

— Vous n'étiez jamais loin.

C'était vrai : il n'était jamais loin. Il me suffisait de penser à lui quelques instants pour ranimer son esprit et sa voix.

— Vous êtes toujours là ?

Il n'a pas répondu. Alors, j'ai soupiré :

— D'accord, j'ai compris : je vais me débrouiller toute seule.

L'idée m'est venue juste après. J'ai marché jus-qu'à la commode, ouvert le premier tiroir, glissé la main sous la pile de tee-shirts. L'écharpe atten-dait là, si douce sous les doigts, une vraie caresse. Je l'ai tirée de sa cachette et nouée à mon cou. Puis je l'ai fait disparaître sous mon col roulé, insoup-çonnable. Je ne sais pas si ce sont ses couleurs, sa chaleur, ou le fait de savoir qu'un jour, il l'avait portée : j'ai souri dans la glace, soudain rassé-rénée.

— Merveilleux ! a-t-il dit. Je n'aurais pas fait mieux.

La navette m'a déposée à 8 h 34 au pied de la tour A. Je suis partie tout droit, tête baissée – il valait mieux faire vite et ne pas trop penser. J'ai pénétré le sas, présenté mes papiers, traversé le hall au pas de course, et, sans lever les yeux – je ne voulais pas risquer de croiser le regard de la jeune femme de l'accueil –, je me suis engouffrée dans l'ascenseur.

L'étage était encore désert. J'ai foncé jusqu'à mon cul-de-sac. Je me suis enfermée dans ma cellule, et là, j'ai attendu assise près du scanner, dos tourné à la vitre – si l'on ne veut voir personne, autant mettre toutes les chances de son côté.

À 9 heures précises, la porte s'est ouverte dans un fracas terrible. J'ai bondi en hurlant.

– Oh pardon, mamoizelle, je voulais pas vous faire peur !

Je n'oublierai jamais ce moment, je crois. C'était si brutal, si effrayant, ce visage. Toutes ces cicatrices. Il se tenait, penaud, derrière un grand chariot chargé de liasses empaquetées dans des housses hermétiques. Joues lacérées, lèvres déchiquetées par les morsures. Ses paupières couturées n'arrêtaient pas de cligner, agitées de soubresauts nerveux.

– Je m'excuse, mamoizelle. Ça va aller ?

J'étais bien trop effrayée pour répondre.

– S'il vous plaît, dites-moi quelque chose…

J'ai fini par trouver le moyen d'articuler :

– C'est… c'est vous, le magasinier ?

Il a souri, et c'était encore pire.

– Oui, mamoizelle.

193

J'ai fait un gros effort.

– Justinien, c'est bien ça ?

Il a hoché la tête avec vigueur.

– Mais vous pouvez m'appeler Scarface, si vous voulez. Ils aiment bien m'appeler comme ça, ici, à cause des cicatrices.

– Non, je préfère Justinien.

– C'est comme vous voulez, mamoizelle.

Il s'était reculé prudemment vers le seuil, comme s'il redoutait de m'effrayer à nouveau s'il osait un pas de plus. Il paraissait si désolé que je me suis soudain sentie ridicule. J'ai pris sur moi, et je me suis un peu approchée.

– Veuillez me pardonner, Justinien, je ne me suis pas présentée : je m'appelle Lila K, et c'est mon premier jour à la Bibliothèque.

Il a écarquillé les yeux, comme frappé d'une soudaine stupeur.

– Oh la la, ce que vous êtes belle ! Jamais j'avais vu une personne aussi belle avant vous !

– C'est… c'est gentil, merci, ai-je répondu, mal à l'aise.

Et d'instinct, j'ai reculé d'un pas. Il me contemplait à présent comme une idole, totalement fasciné.

– Vous êtes tellement belle !

J'ai senti un frisson courir sur mes épaules. Mais lui, continuait à me manger des yeux, en extase. De temps en temps, il se passait la main dans les cheveux pour ramener en arrière les mèches qui tombaient sur son front couvert de bleus. J'étais

194

au bord de l'évanouissement. Soudain, il a semblé revenir de sa sidération :

– Vous en faites pas, mamoizelle. Je vous remets votre travail pour la journée, et j'arrête de vous embêter.

Il a saisi une housse au sommet d'une pile, et l'a déposée sur la table.

– C'est pour vous. Les consignes sont sur le dessus.

– Merci, Justinien.

– Oh mais de rien, mamoizelle. Avec votre beauté dans les yeux, tout le plaisir est pour moi, je vous assure. Bon alors, bonne chance, pour cette première journée, et à demain.

– À demain, Justinien.

Je lui ai ouvert la porte. Il a poussé son chariot dans le couloir.

– Et encore pardon de vous avoir effrayée, a-t-il dit en me faisant un signe de la main.

C'est là que j'ai remarqué ses doigts tordus, et les plaies sur ses bras.

M. Kauffmann me répétait sans cesse que j'arriverais à bout de toutes les épreuves, parce que j'étais courageuse et tenace. Je ne sais pas s'il avait raison, mais il faut reconnaître que je me suis révélée bien plus forte que je ne l'imaginais. En quelques semaines, j'ai trouvé mes marques. Malgré les efforts épuisants que cela me demandait, et malgré mes angoisses, j'ai tenu bon. C'était peut-être de me retrouver tous les jours au cœur de la

Grande Bibliothèque qui me donnait cette force. Sentir ces livres autour de moi, dans les étages et les profondeurs du sous-sol, tous ces signes alignés, ces mots, ces phrases, avec, au milieu d'eux, la vérité – ou du moins, un fragment – qui me conduirait à ma mère.

Chaque matin, j'arrivais très tôt, pour ne croiser personne. L'étage n'était pas encore éclairé. Les veilleuses dessinaient le long des plinthes un chemin de lumière – assez pour me guider jusqu'à mon réduit au fin fond du couloir.

En passant, je jetais toujours un coup d'œil au grand bureau vitré. Dans la pénombre, les portraits me dévisageaient de leurs regards impassibles et intenses. Chaque fois, leur vue me réchauffait le cœur en même temps qu'elle faisait naître en moi une inexplicable tristesse.

À 9 heures, Justinien débarquait dans un fracas de tous les diables, en poussant devant lui son infernal chariot. Je m'étais fait une raison, je ne sursautais plus. Il me remettait les documents à numériser dans la journée, et reprenait dans l'armoire ceux sur lesquels j'avais travaillé la veille, qu'il redescendait en réserve une fois sa tournée terminée.

Il s'était bien calmé, depuis les premiers jours : il ne répétait plus, *ce que vous êtes belle*, à tout bout de champ, et se contentait désormais de me dévorer des yeux. Je m'étais calmée, moi aussi. J'avais fini par m'habituer à ses balafres et à ses plaies sans cesse renouvelées. J'avais compris que c'était inévitable : Justinien ne sentait pas la douleur ; il se faisait mal sans s'en apercevoir. Parfois, il lui arrivait même de s'écorcher les cornées, dans ses rêves, la nuit.

Nous prenions toujours le temps de bavarder quelques instants, avant qu'il ne reparte pour sa distribution. Je faisais mon possible pour lui soutirer quelques informations sur le fonctionnement de la Bibliothèque. Justinien n'était qu'un rouage modeste de cette organisation vaste et complexe ; il était néanmoins très au courant des procédures, et me fournissait sans le savoir de précieux renseignements.

Mais ce n'est pas uniquement pour cela que je faisais l'effort d'être aimable avec lui. Je l'appréciais vraiment – j'espère que vous me croyez. Je le trouvais doux et gentil, intelligent, à sa manière. Nos conversations, chaque matin, étaient un réconfort que j'attendais avec impatience – je n'avais qu'elles pour me tirer de ma solitude. Les autres employés me faisaient peur. Je les fuyais autant que je pouvais. Justinien partageait mes craintes.

– Ils sont pas trop gentils avec moi, quand monsieur Templeton est pas là. Ils m'embêtent. Des fois, ils me coincent les doigts dans la porte, pour s'amuser. Ça m'énerve, même si ça fait pas mal.

– Mais, Justinien, vous ne devez pas les laisser vous maltraiter ! Il faut le signaler.

– Il y a rien à faire : monsieur Templeton, il est pas là, et monsieur Copland, il peut pas me sentir. Mais vous tracassez pas, mamoizelle. De toute façon, je m'en fous à l'arrivée, parce que je suis poète.

Je l'ai regardé avec étonnement. Il a ri :

– Eh oui, moi j'écris des poèmes, le soir. J'ai beaucoup de talent, vous savez. J'écris des poèmes, alors c'est pas grave si les autres ils sont pas trop gentils. L'art console de tout, mamoizelle.

Il lui arrivait d'avoir ce genre de fulgurance, vous vous souvenez ? Comme si son esprit, si fruste d'habitude, se découvrait soudain le temps d'un éclair, vif, lumineux, avant de se voiler à nouveau. *L'art console de tout.* C'est pour cela aussi que j'aimais Justinien. Pour la surprise de ces petits miracles qui jaillissaient sans crier gare de son crâne cabossé.

Après son départ, je me mettais au travail, et je passais toute la matinée le nez sur mon scanner. À 13 heures, je descendais manger une salade sur l'esplanade, au pied du Mémorial – je n'avais pas encore le courage de me rendre au réfectoire réservé aux employés de la Bibliothèque. Fernand m'avait évidemment recommandé d'y aller :

– Ce sera une excellente occasion de nouer des relations.

Je lui avais répondu :

– Bien sûr, Fernand, bien sûr, l'idée est excellente. Laissez-moi seulement le temps de m'y habituer.

Et il avait hoché la tête d'un air compréhensif. C'était toujours ça de gagné.

Parfois, je profitais de ma pause pour me rendre en salle de lecture, effectuer quelques recherches anodines, afin de me familiariser avec le logiciel. Pour ce qui me tenait à cœur, je n'osais pas encore. Je savais que j'étais surveillée. Ce n'était pas le moment de commettre une imprudence.

À 14 heures, je retournais à mon poste en rasant les murs. Lorsque je croisais un collègue, je prenais soin d'être toujours polie, toujours fuyante aussi. Pas un n'accrochait mon regard.

À 17 heures, je rentrais chez moi en navette, épuisée, satisfaite. J'avais vraiment trouvé le travail idéal.

De temps en temps, je tombais sur la gardienne, et c'était chaque fois une épreuve, à cause de sa laideur et de son air mauvais. Depuis que j'avais refusé qu'elle effectue pour moi les réglages sur les murs de mon appartement, elle me battait glacial. J'avais beau me montrer extrêmement polie – *bonjour madame, bonsoir madame, bonne journée madame* –, impossible de la réchauffer. Une fois même, l'espace d'un instant, j'ai vu jaillir sa langue entre ses lèvres minces, longue, brune et bifide, avec ce sifflement si caractéristique des bestioles à sang froid. En me voyant sursauter, elle a souri, visiblement heureuse de m'avoir fait peur. C'est ce qui m'a décidée à le dire à Fernand.

– Tu ne dois pas t'affoler, m'a-t-il rassurée. Elle fait ça parfois, lorsqu'elle est énervée – c'est dans son caractère –, mais ça ne va pas plus loin. Jamais elle n'oserait agresser qui que ce soit.

– Comment pouvez-vous en être si sûr ?

– Elle sait pertinemment qu'au moindre incident, c'est l'euthanasie immédiate et crois-moi, elle ne prendra pas ce risque. Même les chimères ont l'instinct de survie.

– Tout de même, ce serait plus rassurant d'avoir un automate à la place de cette langue de vipère !

– Il en a été question plusieurs fois, mais cela coûte une fortune. Au total, la chimère est plus avantageuse, alors on la supporte… Cela dit, on ne peut tolérer qu'elle s'amuse à t'effrayer ainsi. Je vais prévenir le syndic.

La plainte de Fernand a produit son effet : la gardienne a eu droit à un rappel à l'ordre assorti de menaces parfaitement explicites, et elle s'est calmée *illico*. Fernand avait raison : même les chimères ont l'instinct de survie.

Cher Fernand, il était pénible, c'est vrai, mais je dois reconnaître qu'il était toujours là quand j'avais besoin de lui. Il venait me voir chaque samedi, en fin d'après-midi. Il répondait à mes questions, me donnait des conseils, m'aidait dans mes commandes. Je me demande comment je m'en serais sortie sans lui.

Le dimanche, j'allais faire un tour dans le quartier. C'était une épreuve, mais je savais que je n'avais pas le choix : jamais ils ne me laisseraient continuer, si je crevais de trouille chaque fois que je mettais un pied dehors. Et puis, il y avait ma mère. Je devais être capable de la rejoindre, où qu'elle soit. C'était une motivation encore plus puissante que ma crainte d'être réexpédiée dans le Centre.

Les premiers temps, je me suis contentée de tourner autour de l'îlot où était situé mon immeuble, dents serrées, lunettes de soleil vissées sur le nez. Ce n'était pas facile : j'avais beau essayer de m'abstraire du monde alentour, la foule finissait toujours par me rattraper. Brusquement, elle se densifiait, et c'était la panique. Je m'arrêtais au milieu du trottoir, yeux fermés, respiration bloquée, la main crispée sur le flacon d'anxiolytiques que je conservais toujours dans ma poche. En général, ça suffisait à me calmer : au bout de quelques instants, je reprenais mes esprits, ma marche à pas pressés au milieu des passants. Deux, trois fois, j'ai vomi, mais j'avais prévu le coup : je l'ai fait dans un sac en papier, et quasiment personne n'a remarqué.

À la maison, j'étais très vigilante. Je m'efforçais d'ouvrir le placard le moins souvent possible, afin de couper court à toute tentation. Je mangeais lentement, sans jamais sauter un repas, et sans jamais laisser paraître la moindre trace de dégoût. Chaque soir, je nourrissais Pacha, bouchée après bouchée. Chaque soir, il en réclamait un peu plus. J'étais tentée, parfois, de me lécher les doigts, en douce, mais je résistais. Je ne voulais prendre aucun risque avec la nourriture. Je savais qu'ils me surveillaient.

Le deuxième mois a pris fin sans que je commette le moindre faux pas. La Commission de contrôle a émis un avis très favorable. *Continuez vos efforts. Vous êtes en bonne voie.* Ils ne croyaient pas si bien dire.

Pacha reprenait peu à peu du poil de la bête. Il parvenait désormais à avaler chaque soir une demi-boîte, et commençait à se couvrir d'un duvet mordoré aussi doux et léger que du velours de soie. C'était bon de le voir retrouver des couleurs. Tranquillement, j'attendais mon heure.

J'en savais à présent un peu plus sur Justinien. Il vivait seul, dans un foyer, non loin de la Bibliothèque. Il avait perdu très tôt ses parents dont il n'avait, de son propre aveu, pas le moindre souvenir, ce qui ne l'empêchait pas de m'en parler souvent, comme de héros lointains brutalement disparus. Je n'arrivais pas à savoir comment ils étaient morts – là-dessus, Justinien n'était jamais très clair, ni très cohérent : selon les jours, il parlait de crash aérien, d'incendie ou d'enlèvement par des terroristes de la Zone. J'ai compris assez vite qu'il fabulait. Ça ne m'a pas dérangée. Je lui cachais moi-même suffisamment de choses pour ne pas m'en offusquer.

Un jour que je déjeunais seule sur l'esplanade, il est venu me rejoindre.

– Je peux passer un moment avec vous ?

Je n'avais aucune envie que l'on nous voie ensemble. Cela risquait d'attirer l'attention, et de desservir mes projets. Mais comment refuser ? Alors, j'ai répondu :

– Oui… oui, bien sûr.

Et il s'est assis, sans façon, l'air radieux.

– Je suis content de vous voir. Je pensais pas vous trouver là.

– Je viens souvent ici, à l'heure du déjeuner. Mais c'est la première fois que je vous y rencontre.

– D'habitude, j'ai pas le temps de faire une pause à midi. Il y a trop de travail en réserve. Je viens le soir.

– Tous les soirs ?

– Oui. J'aime bien cet endroit.

Il a tendu la main vers le Mémorial.

– Mes parents, ils sont là.

J'ai levé vers le monolithe un regard stupéfait. Tous ces noms, des centaines, lettres dorées sur le granit noir.

– Vous voulez dire que le nom de vos parents est inscrit là, Justinien ?

Il a fait oui de la tête.

– Justinien, je me rends compte que je ne vous ai jamais demandé comment ils s'appelaient…

– Ça, je sais pas : j'ai oublié, parce que je suis amnésique. Mais je sais qu'ils ont leur nom sur la pierre, là.

J'ai repensé à ce qu'il m'avait raconté de la mort de ses parents : le crash, l'incendie, l'enlèvement par les terroristes. Ça n'était peut-être pas si incohérent, après tout : la destruction de la quatrième tour avait été tout cela à la fois.

Je suis restée quelques instants à scruter son visage tourné vers la stèle. Ses yeux suivaient la liste des noms, illisibles à une telle distance. Il avait l'air paisible. Je me suis dit que c'était le moment.

– Vous savez, Justinien, moi non plus, je ne connais pas le nom de mes parents.

– Alors ça, c'est triste.

– Oui, c'est triste.

Son regard s'est soudain illuminé.

– Mais alors, ça nous fait un point commun, vous et moi !

– Oui, Justinien, je crois qu'on peut le dire.

– J'aime bien les points communs. Ça rapproche les gens, et par les temps qui courent, ça n'est pas si courant, que les gens se rapprochent. Vous pouvez pas savoir comme ça me fait plaisir !

– Moi aussi, Justinien. Moi aussi.

J'avais quitté le Centre depuis maintenant trois mois. Je savais que j'étais moins surveillée, désormais. Fernand me l'avait laissé entendre à mots couverts. La Commission de contrôle concentrait son attention sur les personnes à risque, les *cas*, les fortes têtes. Et comme on ne peut pas être partout, elle relâchait du coup un peu sa surveillance sur ceux qui ne faisaient pas d'histoires. Une fille sans histoires, c'est précisément ce que j'étais – du moins, c'est ce que j'avais réussi à leur faire croire, depuis que j'étais sortie. Le rapport du troisième mois était encore plus élogieux que les deux précédents. *De remarquables efforts d'adaptation. Des progrès dans tous les domaines. Continuez.* Puisqu'ils m'y invitaient, je n'allais pas me gêner.

Quelque temps après, je me suis rendue en salle de lecture, au moment de la pause déjeuner. J'ai fait mine de consulter deux ou trois articles sans intérêt, histoire de pouvoir justifier ma présence si l'on m'interrogeait. Puis je me suis connectée au logiciel. Je savais précisément ce que j'avais à faire.

Mon dossier ne m'avait révélé ni le nom de ma mère ni son visage, c'est vrai. Mais il m'avait appris de quoi on l'accusait, et à quel moment on l'avait arrêtée. C'était plus qu'assez pour retrouver sa trace.

Dans le moteur de recherche, j'ai entré les dates : 16 et 17 novembre 2095 – le jour et le lendemain de mon admission au Centre. Puis la zone géographique – secteur *extra muros*. Et enfin, les mots clés : *mère, enfant, maltraitance, martyre*. Ça m'a fait mal, je peux vous le dire – comme si j'admettais qu'elle était responsable de toutes les horreurs qu'on m'avait fait subir. Mais, aux yeux du monde, c'était bien elle, alors, pas moyen d'y couper.

Ces critères de recherche restaient vagues, je le savais. La Zone est un territoire si vaste, et d'une telle violence. Même sur une période aussi courte que deux jours, je risquais de tomber sur d'autres cas, ce qui ralentirait considérablement mes investigations. J'ai hésité quelques secondes encore, puis je me suis décidée : dans les mots clés, j'ai ajouté *placard*. Puis j'ai bloqué ma respiration, et lancé la recherche.

Les réponses se sont immédiatement affichées – trente-six références en tout –, avec le message signalant que les articles n'avaient pas encore été numérisés. Trop récents, ou peut-être, trop sensibles. Il est rare que ce qui touche à la Zone soit en accès direct. *Pour toute demande de consultation, adressez-vous à la Commission de lecture qui examinera votre requête dans les meilleurs délais (formulaire à télécharger et à nous retourner dûment complété, accompagné d'une lettre de motivation).* Les tarifs étaient joints, dégressifs en fonction du nombre d'articles réclamés.

J'avais prévu le coup. Depuis le début, je préparais le terrain, et j'avais bon espoir d'arriver à mes fins. La tête me tournait – le manque d'oxygène – et les lignes à l'écran s'incurvaient légèrement, mais pas question de reprendre haleine avant d'avoir fini. J'ai copié toutes les références sur une lamelle. Cela n'a pris qu'une fraction de seconde. Puis je me suis déconnectée. C'était fait. Après toutes ces années d'attente, une fraction de seconde et je touchais du doigt la réponse. Elle était dans mon poing serré sur la lamelle, quelque part, dans l'un de ces articles. Le nom de ma mère, enfin. Il ne me restait plus qu'à convaincre Justinien.

Au fil de nos conversations, j'avais réussi à en apprendre beaucoup sur la Bibliothèque, et je m'étais rendu compte que les réserves étaient relativement peu surveillées : une seule personne assurait le contrôle des caméras disséminées dans les étages de stockage, en sous-sol. C'était peu, compte tenu de l'armée de magasiniers qui les parcouraient en tous sens du matin jusqu'au soir. En fait, le dispositif de sécurité censé éviter la fuite des données misait essentiellement sur la surveillance continue des scanners, et sur le marquage électronique des originaux : impossible de voler un document papier ou d'en faire une copie illicite sans être aussitôt repéré. La seule chose que les concepteurs du système ne semblaient pas avoir envisagée était qu'on puisse remonter clandestinement des documents du sous-sol, les lire, et les conserver simplement en mémoire. Et c'est précisément ce que je comptais faire.

– Que se passerait-il, Justinien, si vous sortiez un jour des réserves un article ne figurant pas sur la liste qui vous est remise chaque matin ?

– Mais je remonte jamais des documents qui sont pas sur ma liste ! Je fais toujours bien attention à pas me tromper.

– Mais si vous *décidiez* un jour de le faire, est-ce que vous le *pourriez* ?

– Pourquoi je ferais ça, mamoizelle ? C'est pas mon genre.

– Je me doute, Justinien. C'est une simple hypothèse…

– De toute façon, c'est pas possible, parce que c'est interdit. Il y a madame Cléry dans sa petite cabine, qui contrôle tout sur les caméras de surveillance. Si elle me prend à faire une bêtise, elle le dira à monsieur El Kassif, le directeur de la sécurité. Et là, ce sera fini pour moi !

Il tremblait, à présent, en se griffant les bras avec fureur, affolé par le tour qu'avait pris notre conversation.

– Arrêtez, Justinien, vous vous faites mal !

– J'ai jamais mal, mamoizelle. J'ai peur, seulement. Ça oui, j'ai peur.

Là, j'ai compris que les choses seraient sans doute moins simples que je ne l'avais espéré.

Heureusement, il y avait Pacha pour m'aider à tenir. Il était à présent tout à fait rétabli, et faisait plaisir à voir, le pelage tout neuf, luisant d'un éclat bleu. Ça me manquait beaucoup de ne plus avoir à le nourrir moi-même. Alors, quand je faisais glisser le pâté dans sa soucoupe avec la petite cuillère, je m'arrangeais toujours pour m'en mettre un peu sur les doigts. Je les portais ensuite discrètement à ma bouche, dos tourné à la caméra. C'était ma seule faiblesse.

Pacha se jetait sur la nourriture avec une avidité surprenante, comme s'il avait voulu rattraper d'un seul coup toutes ces années de deuil. Il semblait insatiable, en voulait toujours plus. Pendant que je mangeais, il venait se frotter à mes jambes, miaulant pour quémander un peu de mon dîner. Je lui passais discrètement des boulettes de viande, des morceaux de poulet ou de criquet grillés. Il les croquait avec délice. Rien ne pouvait me réconforter davantage que d'entendre s'activer sous la table ses canines voraces de petit fauve affamé. De ce côté-là au moins, tout se déroulait comme prévu.

Je continuais à rêver, chaque matin, devant les portraits tristes du grand bureau désert. De temps en temps, je notais un changement : une pile de documents déposée sur le bureau, enveloppée dans sa housse, ou bien l'installation d'une vitrine supplémentaire, bourrée de livres anciens. Une fois même, un nouveau portrait au-dessus de la console – un homme au visage pâle et au front tatoué d'une étoile.

– Monsieur Templeton, il est revenu ce weekend, pour faire le point avec monsieur Copland, me disait parfois Justinien. Il a beaucoup de travail dans la Zone, mais il prend tout de même le temps de passer me voir à mon foyer, chaque fois qu'il revient. Ça veut dire qu'il tient à moi. C'est important, je trouve, quand quelqu'un tient à vous. Vous êtes pas d'accord ?

– Si, Justinien, bien sûr.

– Je lui ai parlé de vous, vous savez.

J'étais mal à l'aise de savoir qu'il se répandait ainsi sur notre relation, en racontant combien j'étais gentille avec lui, et sympathique, et tout. J'avais peur d'éveiller les soupçons.

J'aurais sans doute attendu très longtemps avant d'oser évoquer à nouveau devant Justinien ces histoires de réserves et de documents clandestins, s'il ne m'en avait lui-même offert l'occasion.

Nous déjeunions ensemble sur l'esplanade, comme nous le faisions désormais chaque fois qu'il parvenait à se libérer – c'était heureusement assez rare. L'hiver touchait à sa fin, et pourtant, la lumière de midi ressemblait encore à celle d'un crépuscule. Mais il ne faisait pas froid. Il m'a tout à coup demandé :

– Comment elle était, votre mère ?

– Je ne sais pas, Justinien.

– Comment ça, vous savez pas ?

– J'ai oublié.

– Comme moi avec mes parents ?

– Comme vous, si l'on veut. À ceci près que vous avez le nom de vos parents gravé là, sur la stèle, mais que vous n'arrivez pas à le retrouver. Alors que moi, je saurais sans doute reconnaître le nom de ma mère, si je pouvais consulter les articles où l'on a écrit son histoire.

– On a mis le nom de votre maman dans le journal ?

– Oui, Justinien. Dans plusieurs articles, même.

J'ai plongé la main dans ma poche pour en retirer la lamelle, que je gardais toujours avec moi.

– Toutes les références sont là-dessus.

Il a écarquillé les yeux.

– Mais pourquoi vous allez pas les lire, ces articles, alors ?

– Ils ne sont pas encore numérisés, donc, pas accessibles.

Il s'est tortillé, mal à l'aise.

– Vous pouvez faire une demande auprès de la Commission de lecture, si vous voulez.

– Je sais bien, Justinien. Seulement, c'est très long, et puis, pour tout vous dire, je préfère que la Commission ne soit pas au courant de mes recherches.

Il a hoché la tête d'un air pénétré.

– Je comprends : on a tous nos petits secrets, n'est-ce pas ? La vie est pleine de mystère.

Au bout d'un certain temps, il m'a dit à voix basse :

– J'ai compris ce que vous voulez que je fais, vous savez. Je suis pas un idiot.

J'ai détourné les yeux, incapable de soutenir son regard.

– Je ne vous demande rien, Justinien.

– Je voudrais bien vous aider, croyez-moi, mais c'est pas possible.

J'ai pensé, c'est fichu, et soudain, je me suis sentie stupide d'avoir imaginé qu'il accepterait de se compromettre rien que pour mes beaux yeux. Machinalement, j'ai sorti de ma poche mes lunettes de soleil.

– Vous m'en voulez, de pas vous aider ?

– Je ne vous demande rien, ai-je répété en essayant de ne pas faire trembler ma voix.

– Oui, mais quand même…

– Vous respectez le règlement, Justinien, c'est normal. Qui pourrait vous en vouloir pour cela ?

– Qu'est-ce que vous allez faire, maintenant, pour votre maman ?

– Pas grand-chose, j'en ai peur, ai-je répondu avec amertume.

Il a commencé à se griffer les bras avec frénésie, comme chaque fois qu'il était angoissé. Je n'ai pas cherché à l'arrêter. Je me suis contentée de regarder la lamelle dans le creux de ma main.

– Je vais ranger ça dans le tiroir de mon bureau, et après, on n'en parlera plus.

– Le tiroir de votre bureau, a-t-il murmuré, comme s'il faisait un gros effort de mémorisation.

Je me suis dit qu'il y avait peut-être un espoir.

Les semaines ont filé sans que rien ne se passe. Je vérifiais chaque matin dans le tiroir du bureau si la lamelle était toujours en place. Elle l'était. Je refusais pourtant de me décourager. Je n'en avais pas les moyens.

Tous les week-ends, j'allais courir sur la coulée verte, à l'emplacement de l'ancien périphérique. J'avais eu beaucoup de mal, au début. L'atmosphère confinée de l'anneaudrome me manquait – décidément, je n'aimais pas le grand air. La présence des promeneurs et des autres coureurs m'angoissait si fort que, les premières fois, j'ai rebroussé chemin dès la porte Dauphine. *Ce n'est pas grave*, m'a dit Fernand. *Persévère. Tu vas voir, tu vas t'habituer.* C'était vrai : bientôt, j'ai réussi à faire abstraction du monde tout autour, et je me suis remise à filer aussi vite qu'autrefois sur l'anneaudrome. Je me disais, tu cours vers ta mère. Pense à cela : c'est vers elle que tu cours. Pour l'heure, ce n'était qu'une image, mais sûrement qu'un jour, ce serait pour de bon.

J'ai été convoquée début mai pour les évaluations du premier semestre – trois jours de tests et d'entretiens destinés à faire un point complet sur le processus de réinsertion. J'ai été parfaite – Fernand m'avait si bien appris à faire semblant. J'ai dit : *Tout va bien, mon travail me plaît, mon appartement est très confortable. Avec les autres, j'ai encore du mal, mais je sens que c'est de mieux en mieux.* Bref, j'ai été *conforme* : rien qui dérange, rien qui dépasse. Ça leur a beaucoup plu. *Bilan très positif*, ont-ils ajouté dans le dossier. Je me sentais épuisée mais ravie. Je l'aurais été encore plus si j'avais pu deviner toutes les conséquences.

Je n'avais pas prévenu Justinien que j'allais être absente. Je n'avais pas envie de lui parler de cette histoire de période probatoire et de contrôle sociopsychologique – *on a tous nos petits secrets, n'est-ce pas ?* Je me disais que je trouverais

213

toujours un mensonge après coup, en guise d'explication.

Quand je suis retournée à la Bibliothèque, il m'a accueillie comme une ressuscitée.

– Je suis tellement content, mamoizelle ! J'ai cru que vous reviendrez pas. Les autres, ils m'ont dit que vous étiez morte.

Il en pleurait de joie, et c'était une pitié de voir toutes les griffures qu'il s'était faites au cou, les entailles sur le dos de sa main.

– Les autres vous ont fait marcher, Justinien. J'étais seulement… seulement un peu malade.

– Malade ! Mais pourquoi ?

– Je… je ne sais pas. Ce sont des choses qui arrivent. Ce n'était pas très grave.

– Malade de chagrin ?

– Non, Justinien, cela n'a rien à voir.

– Le chagrin, ça peut rendre malade. J'ai de l'expérience, faut pas croire.

– Justinien, je vous assure que ce n'est pas…

– C'est à cause de votre mère, n'est-ce pas ?

Je ne savais plus quoi dire. Il s'est mis à se tordre les doigts, si fort que j'entendais craquer ses jointures.

– Justinien, arrêtez !

Il ne m'a pas écoutée – sous son crâne, c'était la tempête. Il a continué à se tordre les doigts dans tous les sens. Quand j'ai vu se déboîter l'une de ses phalanges, j'ai crié :

– Justinien !

Il s'est penché vers moi, le regard suppliant.

– Vous pouvez bien me l'avouer, que c'est à cause de votre mère. De toute façon, même si vous dites rien, je connais la nature humaine.

Son visage tout près du mien, ses cicatrices en gros plan, sa morve au nez. De dégoût, j'ai fermé les yeux.

– C'est le chagrin de pas savoir, pour votre maman, qui vous a rendue malade, j'en suis sûr.

Dans sa voix lamentable, tremblait sa mauvaise conscience. Il était prêt, je le sentais, à deux doigts de céder. J'ai gardé les yeux bien fermés, pour ne pas me déconcentrer. Il y a des instants qu'il faut savoir saisir sans se poser de questions. Serrer sa chance, lorsqu'elle se présente alors même qu'on ne l'attendait plus, l'étreindre de toutes ses forces. La lamelle était là, dans le tiroir du bureau. Je l'ai entendu répéter :

– Je suis sûr que c'est ça…

Lentement, j'ai incliné la tête, et j'ai soufflé comme on passe aux aveux :

– Comment avez-vous deviné, Justinien ?

Voilà comment je suis parvenue à mes fins : en portant la mauvaise conscience de Justinien à un degré si insupportable que, pour la faire cesser, il préférait encore braver les interdits et sa peur d'être pris. Je sais ce que vous pensez : que je me suis servie de lui. Disons que j'ai su tirer parti d'un quiproquo que je n'avais nullement prémédité. Je l'avoue, et j'en ai un peu honte. Un peu, seulement. Parce que, pour tout vous dire, je n'ai pas l'impression d'avoir eu vraiment le choix.

Le lendemain, en ouvrant mon tiroir, je me suis rendu compte que la lamelle avait disparu. Il n'y avait plus qu'à attendre.

Ça n'a pas été long. Quelques jours plus tard, en me remettant la liasse de documents pour la journée, Justinien m'a soufflé :

– Il y a quelque chose pour vous tout en dessous. Quelque chose de spécial… Vous comprenez ?

J'ai hoché la tête, lentement. J'avais beau l'espérer, je n'osais pas le croire.

– Surtout me dites rien. Vaut mieux pas en parler.

J'ai juste murmuré :

– Merci.

Ma voix ne ressemblait plus à rien.

Il a souri.

– Moi tout ce que je veux, c'est que vous êtes heureuse.

Quand, de mes mains gantées, j'ai soulevé la liasse pour laisser apparaître le dernier document, je ne tremblais pas. Pourtant, il y aurait eu de quoi. Toutes ces années d'attente, cet espoir fou – pour trouver quoi, je ne savais pas trop, mais après les photos du dossier, je me doutais bien que ce ne serait pas agréable. Cela faisait des mois que je m'y préparais : mon passé, comme une poignée de terre jetée en plein visage. Je n'ai même pas cillé, lorsque j'ai lu le titre *Scandale dans la Zone : une enfant séquestrée dans un placard.*

L'article racontait l'arrestation de ma mère : 16 novembre 95, 6 heures du matin. Une jeune zonarde, droguée, prostituée. La chambre dévastée. Les bouteilles d'alcool, les mégots sur le sol. Les draps souillés, mon corps martyrisé étendu sur le lit. Le placard plein d'immondices, les peluches entassées qui grouillaient de vermine. Je vous passe les détails.

Les quatre autres articles disaient tous la même chose : même horreur, et même cris d'orfraie, *scandale, c'est inimaginable, mais comment peut-on.* Sur l'un d'eux, une photo : ma mère sort de l'immeuble entre les hommes en noir. Ils la traînent ; ils la portent presque. La camisole fait une tache blanche. Ses cheveux emmêlés lui cachent le visage. Elle est pieds nus.

Je mentirais en disant que ça ne m'a pas secouée. On a beau se préparer à tout, c'est toujours pire à l'arrivée. Ensuite, ce n'est qu'une question de point de vue : on peut choisir de voir le verre à moitié vide, ou le verre à moitié plein. J'ai choisi le verre à moitié plein – question de principes, et de survie aussi –, même s'il fallait le boire jusqu'à la lie.

Ils pouvaient bien écrire ce qu'ils voulaient – *le monstre, la tortionnaire, la mère indigne, dénaturée* –, je m'en fichais pas mal. Je savais ce que je savais, son amour, son sourire. Et surtout, il y avait ce cadeau sous mes yeux, au milieu des horreurs. Une joie si intense qu'elle m'en faisait presque oublier tout le reste. Écrit là, sur ce papier fragile, déjà jauni : son nom.

Elle s'appelait Moïra Steiner. Moïra Steiner, Moïra Steiner, Moïra Steiner. Je ne sais pas combien de fois je l'ai répété dans l'ombre de ma cellule, et ensuite le soir, chez moi, et les jours qui ont suivi. Je n'en revenais toujours pas de l'avoir retrouvé. Moïra Steiner, c'était un nom parfait, doux et mystérieux, un vrai nom d'héroïne. Je le disais sans cesse. J'avais besoin de le sentir dans ma gorge, dans ma bouche. J'avais besoin de l'entendre résonner à mon oreille, pour me convaincre de sa réalité. Moïra Steiner. Être sûre de ne plus jamais l'oublier.

Toute la journée, j'ai tenu bon : j'ai travaillé avec application. Il n'était pas question de se laisser aller. Je suis rentrée chez moi comme si de rien n'était. Pacha m'a fait la fête, et ça m'a fait du bien, parce que malgré ma joie, ça n'était pas facile.

Au dîner, je n'ai rien pu avaler : j'ai donné au chat les boulettes de viande, en douce, avec le riz, le flan. J'ai mis les légumes verts dans la terre des fougères. Comme d'habitude. Puis je suis restée sur le balcon, à attendre la nuit.

Lorsque l'ombre a été bien installée, je suis rentrée. Je n'ai pas allumé la lumière. Ce n'est pas que je voulais me cacher – je savais bien que les caméras ne font pas de différence entre le jour et la nuit –, seulement, depuis que je vivais seule, j'avais pris l'habitude de me déplacer dans le noir une fois la nuit tombée. J'aime le noir : l'espace qui s'annule, les objets qui s'effacent, et cette douceur qui tombe sur les yeux, les apaise, les nettoie des scories de lumière que le jour y dépose.

Je suis allée à la cuisine. J'ai pris la boîte, sur l'étagère. Puis j'ai marché jusqu'au placard. J'ai tapé le code à tâtons. Le panneau a glissé sans bruit. Le sol était dégagé – j'avais toujours pris soin de ne pas l'encombrer. Je me suis allongée, la boîte entre les mains. Bien sûr, je connaissais les risques – à toute heure, un contrôle est possible –, mais cette fois, c'était plus fort que moi. Cela faisait trop longtemps que je résistais.

Lentement, le panneau s'est refermé. J'y étais. Mon placard bien clos, aussi doux, aussi sombre que je l'avais rêvé. Il sentait bon, et c'était merveilleux. J'ai ouvert la boîte. J'y ai plongé la main, et je me suis gavée comme jamais, à me lécher les paumes, à me sucer les doigts. J'avais besoin de ça, du pâté plein la bouche, du pâté aux larmes, à la morve, à la joie, à l'effroi, comme autrefois, dans mon cocon tiède. Lila et Moïra, Moïra et Lila.

C'est durant cette nuit que, pour la première fois, j'ai revu de ma mère autre chose qu'un visage flou, un sourire lorsqu'elle dit : *Viens t'asseoir, bébé, sur le lit près de moi.* J'ai revu des images terribles. Ne me demandez rien. Je ne veux pas en parler. Pour l'instant, je ne peux pas.

Si je vous racontais maintenant, vous ne comprendriez pas. Vous seriez comme les autres : sur elle vous jetteriez la pierre, l'opprobre, l'anathème. Elle ne mérite pas ça, je vous assure. Laissez-moi un peu de temps, et je vous dirai tout. Plus tard, c'est promis. Mes souvenirs, et son histoire à elle. Mes souvenirs avec son histoire, c'est la seule façon de bien raconter les choses et de bien les comprendre.

Le lendemain, Justinien m'a demandé :
– Ça va, vous êtes contente ?
– Très contente, Justinien. Merci, vraiment.
Son visage s'est illuminé.
– Bon alors les documents d'aujourd'hui, ils devraient vous intéresser !
Sous la liasse, il y avait encore deux articles. Le lendemain, il y en avait trois autres. Durant plusieurs semaines, je n'ai vécu que pour cela, ces feuillets qu'il remontait pour moi chaque jour des réserves. Les lire sans ciller, les apprendre par cœur. Regarder les photos. Et retrouver, enfin, le visage de ma mère.

La plupart des journaux reproduisaient les clichés pris au commissariat – face, profil, matricule. Ma mère a les yeux vagues, le visage ravagé. Sur la joue gauche, une longue balafre rose. L'ange de mes souvenirs s'en est pris plein la gueule. Rognées, ses ailes, envolée, sa beauté lumineuse. C'était si violent, si douloureux. Certains soirs, j'avais l'impression d'avoir reçu tant de coups que j'en étais sonnée. Mais cela ne changeait rien, j'en réclamais encore ; j'en voulais toujours plus, parce que c'était ma vie.

La nuit, dans le placard, les souvenirs affluaient par vagues. Parfois, c'était comme une lame de fond qu'on n'a pas vue venir ; il fallait s'accrocher. Deux, trois fois, j'ai dû prendre des cachets, parce que j'avais trop peur de me laisser emporter.

Heureusement, il y avait des moments de douceur et de bonheur intense, comme cette nuit où m'est revenue soudain la chanson qu'elle me chantait le soir pour m'endormir :

Summertime, and the livin' is easy
Fish are jumpin' and the cotton is high
Oh, your daddy's rich, and your ma is good-lookin'
So hush little baby,
Don't you cry

Elle est penchée sur moi.

One of these mornings you're gonna rise up singing
Then you'll spread your wings and you'll take to the sky

Elle me sourit, un sourire d'amour, le genre de sourire qui efface tout le reste.

But 'til that morning, there ain't nothin' can harm you
With Daddy and Mammy standin' by

Ma mère avait une très jolie voix, je vous l'ai déjà dit ?

Une fois passé en revue l'ensemble des articles, je suis retournée en salle de lecture pour faire d'autres recherches. Cette fois-ci, je suis allée droit au but : j'ai tapé *Moïra Steiner*, et le logiciel m'a livré plus de cinq cents références.

Contrairement à ce que je craignais, je n'ai eu aucun mal à convaincre Justinien. Ces quelques semaines d'activités clandestines passées en toute impunité l'avaient complètement rassuré. Il était euphorique, tellement heureux de pouvoir m'être utile, et peut-être plus encore, de sentir qu'il m'était devenu indispensable.

Il s'est mis à me remonter une dizaine d'articles par jour. Je les lisais en secret – ça n'était pas facile, car il fallait aussi assurer ma charge de travail. Souvent, je prenais du retard. Je le rattrapais en écourtant ma pause déjeuner, et en arrivant toujours plus tôt, chaque matin. Je sortais la liasse du placard, j'allumais le scanner, et tout en feignant de réviser soigneusement mon travail de la veille, je lisais les derniers articles.

Les journaux ont abondamment rendu compte du procès de ma mère – trois jours à l'issue desquels elle a été déchue de ses droits maternels, condamnée à seize ans de prison pour soustraction d'enfant, fausse déclaration, maltraitance sur mineur de moins de quinze ans, actes de torture, de barbarie, racolage, usage de stupéfiants, et incarcérée à la Centrale de Chauvigny, 17e district. La Zone, encore.

Cela faisait des mois que j'essayais de la chasser de ma mémoire, comme Fernand me l'avait conseillé, ne plus y penser, ou alors seulement comme un endroit abstrait, une utopie sinistre. La Zone, c'était loin, étranger à ma vie, et jamais plus je n'y mettrais les pieds. Je m'en étais si bien persuadée que, pas un instant, je n'avais envisagé que ma mère puisse s'y trouver.

Maintenant, je savais : Centrale de Chauvigny, 17ᵉ district, aucun doute possible. Ma mère dans la Zone. C'était là qu'il me faudrait la rejoindre. J'en avais des sueurs, la peur au ventre. Mais jamais je n'ai pensé renoncer. J'avais surmonté trop d'épreuves, bravé trop d'interdits pour me laisser abattre. Je devais avancer, la peur n'y changeait rien.

Il me restait un peu plus d'un an avant mon émancipation, un an pour me préparer. Ce serait difficile – encore plus que je ne l'avais imaginé, mais j'allais essayer. J'étais confiante. Pourtant, je le sais maintenant, rien n'aurait été possible sans vous.

Milo

En arrivant un matin – très tôt, comme à mon habitude –, j'ai vu de la lumière filtrer à travers les stores du grand bureau vitré. Je me suis aussitôt figée, souffle coupé, incapable soudain de faire un pas de plus, tandis que les portes de l'ascenseur se refermaient lentement derrière moi. C'est idiot, n'est-ce pas ? J'attendais depuis si longtemps que ce bureau s'anime. J'aurais dû me réjouir et brûler d'impatience. Mais au lieu de cela, je sentais monter en moi comme une appréhension, l'envie que tout redevienne comme avant : bureau vide, silencieux, lumière éteinte, chaque objet à sa place – surtout que rien ne bouge. Et ce nom gravé sur la plaque, Milo Templeton, sans personne pour l'incarner. Oui, j'aurais bien aimé que tout revienne en arrière. J'avais peur d'être déçue.

L'étage était encore plongé dans la pénombre. Il n'y avait que la lumière des veilleuses courant le long des plinthes, et celle qui filtrait, là-bas, dans le couloir, du grand bureau vitré. Et moi, plantée sur le palier comme une imbécile transie, à compter les secondes en attendant que la tempête se calme.

À cinq cent quarante-sept, je me suis dit, ça suffit tu ne vas pas rester là durant des heures tôt ou tard tu seras bien obligée de rejoindre ta cellule alors autant y aller tout de suite. J'ai pris mon courage à bras-le-corps, une profonde inspiration, et je me suis mise en marche en serrant le flacon dans la poche de ma veste – c'est toujours très efficace, un peu comme si j'avalais un comprimé, mais sans les effets secondaires.

Arrivée à hauteur de la baie, je me suis approchée, lentement, sans un bruit. Il fallait que je regarde, c'était plus fort que moi. Que je sache. J'avais trop attendu, et peut-être aussi, trop rêvé devant ce bureau désert. J'ai glissé un regard entre les lamelles du store. Et là, je vous ai vu pour la première fois.

Penché sur le bureau, vous examiniez, l'air soucieux, de vieux journaux jaunis. Les rides sur votre front, c'est ce que j'ai remarqué en premier. Ces rides, c'était à peine croyable chez un homme si jeune – trente-cinq ans, d'après ce que disait la biographie succincte figurant sur le site de la Bibliothèque. Aucune photo ne l'accompagnait – contrairement à Copland, vous êtes un homme discret, et vous n'aimez pas vous répandre en clichés.

Je n'avais jamais spécialement cherché à vous imaginer – physiquement, je veux dire. Mais tout de même, je ne m'attendais pas à vous découvrir le visage si marqué. Entendons-nous bien : je ne dis pas que j'ai trouvé ça laid. Pas du tout. Seulement, c'était un peu troublant. Différent.

Tout de suite après, j'ai remarqué vos mains. Elles n'étaient pas gantées. Depuis M. Kauffmann, c'était la première fois que je voyais quelqu'un manipuler des documents papier sans aucune protection. Vous ne pouvez pas savoir combien ça m'a émue. Voilà sans doute pourquoi je suis restée si longtemps à vous observer en cachette. Je ne parvenais pas à me détacher de vos mains, de vos doigts feuilletant les pages.

Quand, soudain, vous avez relevé la tête, j'ai reculé d'un bond pour me dissimuler dans l'ombre du couloir. Collée au mur, respiration bloquée, je vous ai regardé scruter l'obscurité. Dans mon cerveau, c'était la débandade. La surprise – ou la contrariété – accentuait les rides sur votre front. Ça n'a fait qu'augmenter ma panique.

Vous êtes demeuré aux aguets, quelques secondes encore, puis vous avez eu un sourire étrange, avant de vous replonger dans la lecture des documents qui jonchaient le bureau. Je me suis enfuie comme une voleuse d'images.

Justinien est arrivé sur les coups de 9 heures.

– Monsieur Templeton, il est revenu !

– Oui, je sais, Justinien, ai-je répondu d'une voix que j'aurais voulue plus assurée – mais je n'étais pas encore tout à fait remise de mes émotions.

– Vous pouvez pas savoir comme ça me fait plaisir qu'il est revenu ! Ça me met du baume sur le cœur, du miel, du soleil, plein de rayons. Ça va changer, vous allez voir : maintenant, les autres, ils vont plus m'embêter !

– Je suis bien contente pour vous.

– Vous avez pas l'air d'aller bien.

– Si, si, ça va.

Il m'a fait un clin d'œil de sa paupière couturée.

– Vous en faites pas, je vous oublie pas. J'ai tout ce qu'il faut pour vous, comme d'habitude.

Je me suis efforcée de sourire.

– Merci, Justinien. Je ne sais vraiment pas ce que je ferais sans vous.

– Ça c'est sûr, je vous suis bien utile !

Puis il s'est approché pour me souffler à l'oreille :

– De toute façon, vous savez bien que je ferais n'importe quoi pour vous.

Mon travail de la matinée n'a pas été très efficace : j'ai multiplié les erreurs, oubliant les consignes, sautant des pages et scannant de travers. Lorsqu'aux environs de 11 heures, vous vous êtes arrêté dans le couloir à hauteur de ma cellule, j'ai fait mine d'être très concentrée sur mon scanner, et j'ai gardé les yeux obstinément baissés, jusqu'à ce que vous vous décidiez enfin à repartir.

J'ai quitté mon poste à 17 heures, sans même avoir jeté un coup d'œil aux articles que Justinien avait remontés pour moi. Dans le couloir, j'ai marché vite, en comptant les pas. Au dix-neuvième, tourner à gauche, au cent troisième, encore à gauche. Au cent vingt-deuxième, j'étais devant votre bureau. Passer sans regarder. Ensuite, tout droit sans respirer jusqu'à cent soixante-quinze, l'ascenseur.

Lorsque j'ai enclenché l'appel, mes doigts ont laissé une trace humide sur l'aluminium poli du bouton.

— Mademoiselle K !

J'ai sursauté.

— Vous avez une minute ?

Je me suis retournée, mortifiée. C'était Copland qui me hélait depuis le seuil de votre bureau.

— Mademoiselle K, il y a là quelqu'un qui souhaiterait vous rencontrer.

Je vous ai vu rejoindre Copland sur le seuil. Ça ne pouvait pas être pire. Je me suis mise en apnée, puis j'ai accroché un sourire à mes lèvres, et j'ai marché vers vous. Mais le sourire n'a pas fait illusion.

— Allons, n'ayez pas peur ! s'est écrié Copland. Nous n'allons pas vous manger !

Puis il a eu un petit rire guilleret, pas méchant, il n'empêche, ça n'a fait qu'augmenter mon malaise. Vous me regardiez gravement, sans partager l'hilarité de Copland. Je crois que j'aurais préféré vous voir rire, en l'occurrence – comme quoi, on n'est jamais content.

– Mademoiselle, laissez-moi vous présenter monsieur Templeton, directeur du service de numérisation, enfin revenu de sa *grande mission* dans la Zone, a déclaré Copland.

Il y avait dans son emphase une sorte d'ironie que j'ai trouvée assez désagréable.

– Milo, voici mademoiselle K, qui nous a rejoints il y a maintenant un peu plus d'un an, après votre départ chez les *sauvages* de la Zone.

Je n'en revenais pas de la désinvolture avec laquelle il s'adressait à vous. Cela frôlait la provocation, mais vous êtes demeuré impassible. Copland vous toisait, l'air mi-amusé mi-féroce et, pendant un instant, vous êtes restés tous les deux à vous sourire en chiens de faïence, comme si je n'existais plus. Puis Copland s'est repris, et il a poursuivi sur un ton volubile :

– Mademoiselle K occupe ici un *emploi réservé*. Et elle s'est révélée une employée modèle.

Je me suis sentie rougir, un peu par modestie, surtout parce que j'avais conscience de ne pas mériter le compliment.

– Détail qui ne manquera pas de vous réjouir, Milo, j'ai ouï dire que mademoiselle K s'entendait à merveille avec votre protégé... comment s'appelle-t-il, déjà... Justinien, c'est bien ça ?

Enfin, je crois qu'on lui donne un autre nom parmi les employés… Peu importe. Figurez-vous que mademoiselle K l'a pris sous son aile. C'est touchant, n'est-ce pas ? Le pauvre garçon en est transfiguré. Enfin, si l'on peut dire…

Ignorant le sarcasme, vous avez murmuré :

– Oui, il m'en a parlé.

Copland a insisté :

– Sérieusement, mademoiselle, qu'est-ce que vous lui trouvez, à ce pauvre garçon ?

– Je… je… j'aime ses apophtegmes.

– Ses apophtegmes, ah, ah ! Ses apophtegmes ! s'est esclaffé Copland.

Vous me regardiez à présent avec intensité. J'ai rougi, en piquant du nez.

– Vous l'aurez compris, Milo, mademoiselle K est une personne tout à fait *atypique* et pleine de ressources ! Outre un sens de la repartie dont elle vient à l'instant de nous offrir un exemple éclatant, elle possède une culture impressionnante, et des capacités vraiment exceptionnelles, sans aucun rapport avec les fonctions subalternes auxquelles elle se trouve affectée. Vous lirez son dossier, et vous me direz ce que vous en pensez.

Vous avez hoché la tête pensivement, sans me quitter des yeux :

– Je ne suis pas étonné de ce que vous m'apprenez, cher Félix. J'ai déjà pu constater par moi-même que mademoiselle K était dotée d'un *grand sens de l'observation.*

231

– Ah, très bien, très bien ! a répondu Copland, qui n'y comprenait rien, tandis que je rougissais un peu plus.

Vous avez ajouté dans un demi-sourire :

– Je suis enchanté de faire enfin votre connaissance, mademoiselle.

Là-dessus, j'ai bredouillé une banalité de circonstance pour dire que j'étais ravie, moi aussi. Les présentations étaient faites. Nous nous sommes serrés la main, brièvement. Ça ne m'a pas dégoûtée, je devais vous le dire.

Maintenant, je peux bien l'avouer : dès le début, vous m'avez attirée – dès le début, je veux dire, avant même notre rencontre. À cause des livres dans votre bureau, des stylos sur la console, des portraits accrochés aux murs. Ça ne m'a pas empêchée de garder mes distances. Vous parler, créer un lien, aurait été contraire à mes principes. On sait où ça commence, jamais où ça s'arrête, et je ne voulais prendre aucun risque, vous comprenez ? De toute façon, je ne pouvais pas me permettre de me disperser. Je savais que, pour réussir, je ne devais jamais perdre de vue mon but, ce voyage qui me conduirait à ma mère. Je devais m'y préparer. Il n'y avait que cela qui comptait. Pour vous comme pour les autres, je n'avais pas de place.

Parfois, lorsque je travaillais, il vous arrivait de venir m'observer à travers la vitre, comme lors du premier jour. Durant de longues minutes, vous restiez en retrait, dans le couloir, les yeux fixés sur moi. Je feignais d'être trop absorbée par ma tâche pour vous apercevoir, mais ça ne m'empêchait pas de me poser des questions. Pourquoi faisiez-vous cela ? Est-ce que vous me preniez pour une bête curieuse ? Soupçonniez-vous mes petits arrangements avec Justinien ? Étiez-vous amical ou méfiant ? Pour le savoir, il aurait sans doute fallu que j'ose vous regarder dans les yeux.

On aurait pu continuer longtemps tous les deux, vous à m'observer en silence, moi à vous fuir en me torturant de questions sans réponses. On aurait pu continuer *ad vitam æternam*, sans que jamais nos regards ne se croisent. Mais on ne choisit pas toujours, n'est-ce pas ? Parfois, c'est le hasard qui décide pour nous. Ensuite, selon les conséquences, on appelle ça *la chance*, ou *le mauvais sort*. Ou les deux à la fois.

En arrivant dans ma cellule, un matin, je me suis rendu compte que j'avais perdu mon écharpe. Elle avait dû tomber sans que je m'en aperçoive dans l'ascenseur, au moment où j'avais retiré mon pull. Ou peut-être dans le couloir. Heureusement, il était encore tôt ; l'étage était quasi désert. Si je me dépêchais, j'avais de bonnes chances de la récupérer avant qu'on ne la trouve.

Je suis aussitôt revenue sur mes pas en courant. À gauche, le grand couloir, encore à gauche, j'avais très mal au ventre. Soudain, j'ai stoppé net : vous étiez là, sur le seuil de votre bureau, mon écharpe à la main.

– C'est à vous ?

J'étais tellement effrayée que j'ai failli dire non. Puis j'ai repris mes esprits, et murmuré un oui d'une voix très étrange, et un peu ridicule.

– C'est une très belle écharpe. On n'en voit pas beaucoup dans ce genre.

– C'est… c'est un cadeau.

– Eh bien, on ne s'est pas moqué de vous, avez-vous répondu en me tendant l'écharpe, juste avant d'ajouter :

– C'est bizarre, je l'ai trouvée là, juste devant ma porte.

– C'est que j'ai… j'ai jeté un coup d'œil à votre bureau, ce matin, en arrivant. J'avais pris cette habitude, quand vous n'étiez pas là, et…

– Et on ne se défait pas si facilement d'une habitude, n'est-ce pas ?

Je me suis sentie défaillir. En désespoir de cause, j'ai lâché :

– J'aime beaucoup votre bureau.

Je vous ai vu lever un sourcil étonné qui a accentué les rides sur votre front.

– C'est… c'est à cause des livres, ai-je ajouté, comme pour me justifier.

– Les livres, bien sûr. J'ai lu votre dossier.

Vous m'avez dévisagée longuement, en silence. Puis vous m'avez soudain demandé :

– Je viens justement de récupérer un ouvrage ancien, assez intéressant. Cela vous plairait-il de venir y jeter un coup d'œil ?

– C'est très gentil à vous, mais… j'ai beaucoup de travail en retard, et il faut absolument que j'aie le temps de tout rattraper avant 9 heures, et…

– Cela ne prendra que quelques minutes, vous savez. Si vous aimez les livres…

Je vous ai regardé, indécise. C'était tellement tentant. Et puis, comment refuser sans paraître grossière ? Alors, j'ai accepté, et vous avez souri.

Le livre était sur le bureau, enveloppé dans sa housse hermétique. Je m'en suis lentement approchée. Soudain, c'était comme autrefois, lorsque M. Kauffmann arrivait dans ma chambre en poussant devant lui son caisson à roulettes, la même excitation en découvrant le titre – *San Francisco Museum of Art, the Complete Collections* –, la même fébrilité en défaisant la housse, le même trouble, quand ma main s'est posée sur la couverture. J'ai aussitôt chaussé mes lunettes de soleil.

– Vous avez mal aux yeux ?

– C'est la lumière…

– Voulez-vous que je baisse l'intensité des éclairages ?

– Non, non, surtout, ne vous dérangez pas. C'est moi qui… Je ne supporte pas la luminosité. C'est… c'est idiosyncrasique.

– *Idiosyncrasique*. Je vois.

– Je vous en prie, ne faites pas attention. Avec mes lunettes, tout va très bien.

– Alors, je n'insiste pas. Tenez, avez-vous ajouté en posant près de moi une paire de gants, voyez cette merveille.

– Ça ne vous ennuie pas si je le consulte à mains nues ?

Vous avez esquissé un sourire.

– Non, ça ne m'ennuie pas.

Je me suis mise à feuilleter les pages, aussi émue par la beauté des planches que par le simple fait d'effleurer le papier.

– Alors, comment le trouvez-vous ?

– Magnifique. Et c'est si étrange de penser que la plupart de ces œuvres n'existent plus.

Vous avez hoché la tête en silence. J'ai continué à regarder le livre. Je sentais que vous m'observiez, et ça me gênait un peu. Heureusement, il y avait mes lunettes de soleil. J'ai pris quelques minutes, encore, pour admirer l'ouvrage, puis je l'ai refermé à contrecœur.

– Vraiment extraordinaire. Je peux vous demander où vous l'avez trouvé ?

– Dans la Zone, mademoiselle, comme tous les documents que vous voyez ici.

– Dans la Zone ! Ils ont des livres, là-bas ?

– Ce ne sont pas des sauvages, vous savez, malgré ce que certains peuvent raconter. Toutes les bibliothèques n'ont pas brûlé lors des émeutes de 91.

– Vous voulez dire qu'on lit encore sur documents papier, au-delà de la frontière ?

– Oui, la plupart du temps. À quelques rares exceptions près, rien n'a été numérisé. C'est précisément cela l'objet de mes *grandes missions*, comme dit monsieur Copland : faire un état des lieux et proposer un plan de numérisation.

– Tous ces livres papier, en libre accès ! Je n'imaginais pas…

– Ça ne va pas durer. D'ici quatre ou cinq ans, le gouvernement aura équipé l'ensemble de la population en grammabooks, et collecté les livres demeurés en circulation. Question de santé publique.

– Vous semblez en douter.

– Je ne me permettrais pas, mademoiselle. Ce ne serait pas prudent. Pour l'heure, tout ce qui m'importe, c'est de procéder d'urgence aux opérations de numérisation dans la Zone, afin d'éviter la fermeture des bibliothèques.

Je ne m'attendais pas à ce que la conversation prenne un tour aussi grave. Je ne savais plus quoi dire. En désespoir de cause, j'ai tourné mon regard vers les portraits accrochés sur le mur en face du bureau – je les avais tant de fois contemplés. Cette vision familière et réconfortante m'a aidée à garder contenance.

– Vous aimez ?

– Oui, beaucoup.

– Vous ne savez pas le plaisir que vous me

faites, mademoiselle. Ce n'est pas si souvent que l'on apprécie mes photographies.

– C'est vous qui avez réalisé ces portraits ?

– Oui, mademoiselle. Ce sont des gens que j'ai croisés lors de mes missions dans la Zone.

La Zone, encore et toujours. Vous avez pointé le doigt vers le portrait d'une femme à l'air las, le visage marqué, les cheveux en bataille.

– Elle s'appelait June Parkman, et elle avait trente ans quand j'ai pris cette photo.

– Trente ans ! Elle en paraît cinquante.

– Les gens vieillissent vite dans la Zone, mademoiselle. Bien plus vite qu'ici.

J'ai pensé au visage abîmé de ma mère dans le box des accusés. Elle n'avait pas trente ans et paraissait encore plus vieille que June Parkman. J'ai senti qu'il était temps de partir.

– Je vais vous quitter, maintenant. Merci de m'avoir permis de regarder le livre.

– Je vous en prie, cela m'a fait plaisir. Avant que vous ne partiez, je tenais à vous dire une chose encore : merci, pour Justinien.

– Merci ? Mais… pourquoi ?

– Vous savez, Justinien n'a pas eu l'occasion de croiser dans sa vie beaucoup de personnes telles que vous. Des personnes capables de l'apprécier malgré ses tares, ses tics, ses cicatrices. Alors, cela vaut bien un merci.

J'ai hoché la tête, consciente, une fois de plus, de ne pas totalement mériter le compliment qui m'était adressé, mais aussi soulagée : j'avais désormais l'assurance que Justinien ne vous avait pas parlé de nos petits arrangements.

Revenue à mon bureau, j'ai ouvert l'armoire pour y prendre les documents qu'il m'avait remis la veille, les *officiels* dessus, les clandestins dessous. Parmi eux, il y avait un article relatant l'incendie d'un centre commercial du 14e district, lors des *événements*. Je l'ai relu en attendant 9 heures et l'arrivée de Justinien.

Lorsqu'il est entré, il avait l'air lugubre, le genre d'air qu'un garçon comme lui ne peut pas se permettre.

– Ça ne va pas, Justinien ?

– Nan, ça va pas !

– Qu'est-ce qui vous arrive ?

– Je vous ai vue, tout à l'heure, avec monsieur Templeton...

– Ah, bon ? Moi, je ne vous ai pas vu.

– C'est sûr, vous étiez trop occupée !

– Je ne comprends pas, Justinien.

– Je me comprends, c'est l'essentiel... Vous aviez l'air drôlement contente. Qu'est-ce que vous lui disiez ?

– Mais enfin, Justinien, ça ne vous regarde pas !

Il a eu un rire méprisant.

– C'est bien ce que je pensais. Ça me déçoit, je dois dire. Je m'imaginais pas ça de vous !

– Qu'est-ce qui vous prend, bon sang ?

– L'autre jour, vous avez pas voulu venir déjeuner avec moi sur la dalle. Vous aviez pas le temps, soi-disant. Mais pour parler avec monsieur Templeton, vous avez bien le temps ! J'ai compris, vous savez.

– Justinien. Laissez-moi vous expliquer…

Il s'est détourné.

– C'est pas la peine. J'ai compris, je vous dis. Je suis pas un idiot.

– Ce matin en arrivant, j'ai perdu mon écharpe dans le couloir. Monsieur Templeton l'a ramassée. Ensuite, il m'a invitée à venir bavarder quelques instants dans son bureau. Il n'y a vraiment pas de quoi vous mettre dans cet état !

Il est resté un moment sans rien dire, puis il a reniflé :

– Votre écharpe ? Quelle écharpe ?

– Celle-là, regardez, ai-je fait en tirant l'écharpe de la poche de mon imperméable.

– C'est pas à vous. Je l'avais jamais vue avant.

– C'est parce que je la porte toujours sous un pull, pour que personne ne la voie.

– Je vous crois pas. C'est monsieur Templeton qui vous l'a offerte, et vous voulez pas me le dire !

– Mais enfin, Justinien, c'est absurde ! Pourquoi est-ce que je vous mentirais ?

– J'en sais rien, mais je sens que c'est pas net. Il faut pas me prendre pour un imbécile.

– Ça suffit, maintenant ! Vous êtes ridicule !

Sans un mot, il a pris sur le chariot la liasse de documents qu'il avait préparée pour moi. Il a récupéré les documents de la veille, puis s'est mis à pousser le chariot vers la porte. Juste avant de sortir, il m'a regardée un moment, et m'a lancé, amer :

– Quand je pense à tout ce que j'ai fait pour vous.

Durant les jours qui ont suivi, il m'a fait la tête, s'abstenant de remonter le moindre article en dehors de ceux qui figuraient sur la liste officielle. Sa façon à lui de me punir. De me punir de quoi ? De vous avoir parlé ? Je n'arrivais pas à le croire. Je me sentais dépassée.

Tout cela m'a confortée dans ma résolution de me tenir autant que possible à l'écart des relations humaines. Trop irrationnelles, trop compliquées. J'avais bien trop à faire pour perdre du temps avec ça.

Tous les jours, après le travail, je partais courir sur la coulée verte. Je m'étais habituée au bruit et aux autres coureurs. À présent, je réussissais à faire comme s'ils n'étaient pas là. Mais dans la rue, c'était une autre histoire : dès que je quittais mon quartier résidentiel pour pousser au-delà, vers les zones plus fréquentées, la panique me tombait dessus au milieu du trottoir, la sueur dans le dos, les nausées. Je devais revenir sur mes pas, piteuse, chancelante et démoralisée. Quant à prendre le tube, pas question d'y songer. Il faudrait bien, pourtant, que j'arrive à vaincre ma peur de la ville, si je voulais un jour parvenir au but que je m'étais fixé.

Justinien est redevenu aimable du jour au lendemain. Un matin, il est entré, tout sourire, dans ma cellule.

– Qu'est-ce qui vous arrive, ce matin, Justinien ? Vous n'êtes plus en colère ?

– De quoi vous voulez parler ?

Il semblait sincèrement étonné, comme s'il avait tout oublié.

– Vous ne vous souvenez de rien, vraiment ?

Il a secoué la tête. J'ai soupiré :

– *La vie est pleine de mystère*, n'est-ce pas ?

– C'est ce que je dis toujours, mamoizelle, a-t-il répliqué enthousiaste. Puis, clignant de l'œil droit :

– J'ai les trucs pour vous, comme d'habitude.

J'ai souri.

– Merci.

J'ai pris les documents, et je l'ai laissé partir, sans chercher à pousser plus avant. L'essentiel, après tout, était que nous soyons enfin réconciliés. La vie est pleine de mystère.

J'ai perdu mon écharpe pour la seconde fois quelques jours plus tard. Quand je me suis rhabillée vers midi pour partir déjeuner, je ne l'ai plus trouvée. J'étais sûre pourtant que je l'avais bien sur moi en arrivant. Je ne m'étais absentée qu'une seule fois, sur le coup de 10 heures, pour aller aux toilettes. Quelqu'un avait dû en profiter pour entrer dans ma cellule et me la dérober. J'ai tout de suite pensé à Justinien, bien sûr. Avec vous, il était le seul à connaître l'existence de cette écharpe. Puis je me suis dit que cela pouvait être n'importe qui. Il suffisait qu'un des employés de l'étage, me voyant passer dans le couloir, en ait profité pour s'introduire dans mon bureau et fouiller mes affaires, par malveillance ou par curiosité. Il suffisait que, tombant sur l'écharpe, il ait décidé de se l'approprier.

J'aurais pu signaler le vol, bien sûr, et demander le visionnage des bandes de surveillance. Mais cela aurait attiré l'attention sur moi à un moment où, plus que jamais, je souhaitais me faire oublier. Je préférais encore renoncer à trouver le coupable plutôt que prendre le moindre risque. Et c'est ce que j'ai fait, la mort dans l'âme. Je dis *la mort*, car avec cette écharpe, c'était, une fois de plus, un peu de M. Kauffmann qui m'était arraché.

Depuis la scène que m'avait faite Justinien, je conservais comme une appréhension. Il avait beau se montrer charmant et serviable à nouveau, je me méfiais. Je n'avais pas oublié la phrase qu'il m'avait lancée du fond de sa colère : *Quand je pense à tout ce que j'ai fait pour vous.* Je me demandais de quoi il serait capable si je lui donnais l'occasion d'une nouvelle crise. Alors, j'ai pris mes précautions : je vous ai évité, comme dans les premiers temps, comme s'il n'y avait jamais eu cette conversation entre nous, ce livre que vous m'aviez laissé feuilleter, les portraits, votre bienveillance polie, comme si tout

243

cela n'avait pas existé. Je me suis arrangée pour ne jamais vous croiser, afin de ne pas avoir à vous parler. J'ai rasé les murs, et fui à votre approche. Je vous ai ignoré chaque fois que vous êtes venu m'observer pendant que je travaillais. Mais ça n'a pas suffi. Il faut croire que ça devait arriver.

Cela s'est passé un 20 mars, vous vous souvenez ? Bien sûr, vous vous souvenez. Justinien venait de débarquer, avec son sourire du matin, et son clin d'œil froissé en me tendant les documents.

– Il y a tout ce que vous voulez, comme d'habitude !

Nous sommes restés à bavarder quelques instants. Il avait l'air heureux, et je me sentais bien. Lorsque vous êtes entré, nous avons sursauté.

– Je vous ai fait peur. Je vous prie de m'excuser.

– Non, non, ce n'est rien, ai-je bredouillé en serrant contre moi la liasse de documents, tandis que Justinien se mettait à trembler.

– La porte était ouverte, alors j'ai pensé… Je suis vraiment désolé de vous avoir dérangés.

– Il n'y a pas de problème, je vous assure.

Comme pour me contredire, Justinien s'est mis à se cogner violemment la main contre l'un des montants du chariot. Vous avez aussitôt réagi :

– Justinien, il ne faut pas faire ça. On en a déjà parlé, tu te souviens ?

Il a hoché la tête et il s'est arrêté. Mais il tremblait toujours.

– Je ne vais pas vous ennuyer très longtemps, mademoiselle. Je voulais seulement vous demander si vous pouviez venir dans mon bureau ce soir, après votre travail. C'est au sujet de votre rapport d'évaluation des dix-huit mois.

– Ah oui, le rapport.

– Comme vous le savez, je suis tenu de vous faire passer un entretien et de rédiger une appréciation – simple formalité, mais autant tout accomplir dans les règles, n'est-ce pas ? Dix-sept heures, cela vous va ?

– C'est d'accord, monsieur, je viendrai, ai-je répondu, embarrassée, en regardant Justinien du coin de l'œil.

Il n'a pas réagi. Il semblait ailleurs. J'ai même cru qu'il n'avait pas entendu. Vous avez souri :

– À ce soir, alors. Dix-sept heures.

– À ce soir, monsieur.

– Bonne journée, Justinien, avez-vous lancé en partant.

Il n'a pas répondu.

À ma grande surprise, il est revenu me voir un peu avant 17 heures. D'habitude, à cette heure, cela faisait longtemps qu'il était redescendu aux réserves pour préparer les livraisons du lendemain. En me voyant rassembler mes affaires, il m'a demandé d'un air désappointé :

– Vous partez déjà ?

245

– Eh bien, oui. J'ai fini mon travail.

– J'ai quelque chose à vous montrer, avant que vous partez.

– Ça ne va pas être possible. Je suis un peu pressée.

– Mais vous avez fini votre travail, c'est vous qui l'avez dit !

– Oui, mais j'ai autre chose à faire, là, tout de suite. Je n'ai pas le temps. Demain, peut-être. Ou un autre jour.

– Pourquoi vous pouvez pas ?

– Je… j'ai rendez-vous, vous vous souvenez ? Ce matin, monsieur Templeton m'a demandé de venir le voir dans son bureau, après le travail, pour un entretien.

Son visage a pris une expression étrange, à la fois stupéfaite et furieuse. Il s'est soudain mordu la lèvre avec violence, découpant dans sa peau un large croissant rouge.

– Arrêtez, Justinien, vous vous faites du mal !

– C'est vous qui me faites du mal, à me prendre pour un con ! Pourquoi vous voulez pas de moi ?

– Justinien ! ai-je crié, affolée, en faisant un pas en arrière.

– J'ai été gentil avec vous, pourtant. Alors pourquoi vous voulez pas ?

– Justinien, arrêtez !

Mais il était devenu incontrôlable. Il s'est approché de moi. J'ai encore reculé, jusqu'à l'armoire.

– C'est parce que je suis pas beau que vous voulez pas de moi ?

– S'il vous plaît, arrêtez !

Il n'écoutait plus.

– Pourquoi vous m'aimez pas comme je vous aime ? Pourquoi ?

Il s'est collé à moi. Cette pression sur mon corps, c'était insoutenable, et le sang qui dégoulinait de sa lèvre abîmée sur son menton. Quand il a essayé de m'embrasser, je l'ai repoussé de toutes mes forces – l'affolement, le dégoût, je n'ai pas pu m'empêcher. Je l'ai vu basculer en arrière, entraînant dans sa chute la chaise métallique. Je me souviens du bruit qu'elle a fait en tombant, ce fracas, comme une apocalypse, une catastrophe dont on ne revient pas.

Lorsqu'il s'est relevé, encore tout étourdi, j'ai hurlé :

– Allez-vous-en !

Il a voulu faire un pas vers moi.

– Allez-vous-en !

– Mamoizelle, pardon, je sais pas ce qui m'a pris ! Pardon ! a-t-il supplié, lamentable.

Le choc l'avait fait revenir de son égarement, mais c'était à mon tour de ne rien vouloir entendre.

– Allez-vous-en !

– S'il vous plaît, mamoizelle…

– Allez-vous-en, je vous dis, espèce de sale monstre !

Je ne sais pas ce qui m'a pris, je vous assure. La peur, évidemment, qu'il essaie à nouveau. Et tout

247

ce sang sur son visage, qui barbouillait ses cica-trices. Je n'en pouvais plus, c'est tout, il me soule-vait le cœur. *Espèce de sale monstre*. Je l'ai dit comme on vomit ; on ne peut pas s'empêcher. Il l'a pris en pleine face. J'ai vu s'agrandir ses yeux, sa bouche se déformer de manière curieuse. Il s'est mis à trembler, violemment. C'était terrible, ces soubresauts sur ce corps déjà si malmené. Mais j'étais trop terrorisée pour compatir.

Finalement, il a joint les mains. Je ne sais pas ce qu'il cherchait à dire, pardon, pardon, sans doute, mais à quoi bon : le mal était fait. Des deux côtés, il était fait. Cette évidence nous sidérait l'un l'autre. Après un dernier *pardon*, je l'ai vu tourner les talons, et se précipiter dans le couloir avant de s'enfuir par l'escalier de secours.

J'ai couru droit vers l'ascenseur, où je me suis engouffrée. J'étais tellement bouleversée que je n'ai même pas pensé au rendez-vous que vous m'aviez fixé. Quand bien même j'y aurais pensé, de toute façon, je n'aurais pas pu m'y rendre. Je suis rentrée chez moi en navette. J'ai avalé cinq comprimés d'anxiolytiques, et j'ai sombré.

Quand je suis arrivée le lendemain à la Biblio-thèque, j'avais le cœur en berne et la tronche en biais, à cause des médicaments et de tout ce que j'allais devoir affronter, à commencer par vous. Je n'avais même pas pris le temps de préparer une excuse pour expliquer ma défection de la veille. C'est dire si je me sentais mal.

Dans le couloir, j'ai reconnu la blonde qui s'était chargée de la visite la première fois que j'étais venue à la Bibliothèque. Elle avait l'air surexcité. Lorsqu'elle a vu que je me dirigeais vers votre bureau, elle m'a lancé :

– À votre place, j'éviterais. Monsieur Templeton est avec la police.

– La police ?

– Vous n'êtes pas au courant ? C'est Scarface. Il est mort.

– Qu'est-ce que vous dites ?

– Scarface est mort. Plus en vie, si vous préférez.

– Ce... ce n'est pas possible !

– Vous n'avez qu'à demander au chef de l'équipe de nettoyage. C'est lui qui l'a trouvé, hier soir, au pied de l'escalier de secours. Il paraît qu'il n'était vraiment pas beau à voir. Remarquez, c'est comme d'habitude ! a-t-elle ajouté en gloussant.

Elle semblait fière de son bon mot, la garce. Je me suis détournée pour ne pas la gifler, puis j'ai couru m'enfermer dans ma cellule.

Je ne vous parlerai pas de mon chagrin, de mes remords, de mes larmes. Je vous parlerai seulement de ma terreur, quand j'ai réalisé que Justinien n'était plus là pour récupérer les documents dans l'armoire. Parmi eux se trouvaient cinq articles clandestinement remontés des réserves.

Vers 10 heures, après le départ de la police, vous êtes passé dans les cellules annoncer que le travail était suspendu pour la journée, compte tenu des circonstances. Les employés pouvaient rentrer chez eux. J'étais la dernière, tout au bout du couloir. Quand vous avez poussé ma porte, vous n'avez eu que deux phrases, un peu sèches :

– Mademoiselle, il faut que nous parlions. Suivez-moi, s'il vous plaît.

Je vous ai suivi dans votre bureau ; je ne sais même pas comment je me suis débrouillée pour marcher jusque-là. Vous m'avez fait asseoir, et vous êtes allé actionner le store de la baie vitrée.

– Vous craignez la lumière, je crois.

J'ai dit oui d'une voix étranglée. Mais j'ai tout de même gardé mes lunettes de soleil. Il y a eu un silence. Un supplice. Puis vous êtes venu vous asseoir face à moi.

– Je vous ai attendue, hier.

– Je… je ne me sentais pas très bien.

– Cela peut arriver. Mais tout de même, vous auriez pu prévenir.

– Je vous prie de m'excuser. Je suis vraiment désolée.

– Dites-moi, mademoiselle, le fait que vous ne soyez pas venue à notre rendez-vous pourrait-il avoir un lien avec la mort de Justinien ?

C'était si lucide, si redoutable, que ça m'a mis l'estomac à l'envers et tout le tremblement. J'ai dû appuyer la main sur le bord du bureau pour ne pas vaciller.

– Allons, mademoiselle, dites-moi ce qui s'est passé. C'est important.

J'ai fermé les yeux derrière mes lunettes noires, et je me suis mise en apnée.

– Dites-moi, avez-vous répété.

J'ai hoché la tête, et j'ai levé la main pour vous faire patienter. Il fallait d'abord arriver à cent vingt. Cent vingt, deux petites minutes, pour rassembler toutes les miettes de courage que je pouvais grappiller. J'aurais volontiers continué au-delà – cent quatre-vingts, deux cent quarante, trois cents, pour un début de vertige –, mais je sentais vos yeux posés sur moi. Je ne pouvais pas me permettre de trop vous faire attendre. Alors, j'ai repris mon souffle, et je me suis lancée. Je vous ai tout raconté : la visite surprise de Justinien, sa colère, comment il avait essayé de m'embrasser, comment je l'avais repoussé, sa lèvre saignante, ses excuses, et l'insulte, *sale monstre*, et sa fuite affolée. C'était si cruel, si triste que je ne sais toujours pas comment j'ai pu trouver le courage et les mots pour le dire.

Vous êtes resté longtemps sans réagir. Puis vous avez fini par murmurer :

– Justinien a fait ça !

Vous sembliez consterné.

– C'est si grave, mademoiselle, si grave. Pourquoi n'avoir rien dit ?

– Je ne sais pas. Je n'étais pas en état. Il… il était si gentil, d'habitude. Je n'arrive pas à le croire.

Vous avez secoué la tête d'un air désespéré.

– Tout cela est ma faute. C'est moi qui ai insisté pour le faire travailler à l'étage, contre l'avis de tous. Je n'imaginais pas qu'il serait capable de… Vous avez été si bonne avec lui. Jamais, de toute sa vie, il n'avait connu cela, vous savez. Voilà sans doute pourquoi… Je ne dis pas cela pour l'excuser, bien sûr. Juste pour expliquer comment…

Votre phrase est restée en suspens. Vous sembliez au-delà de la tristesse. Je vous ai regardé, confuse. Je pensais aux documents, dans l'armoire, et à la catastrophe qui s'annonçait pour moi.

– Vous vous faites des idées sur mon compte. Je n'ai pas été si gentille que ça avec lui.

– Qu'est-ce que vous voulez dire ?

– Ne m'en demandez pas plus. Vous comprendrez bientôt.

Puis je me suis levée. Je me sentais accablée, comme quand tout est perdu, qu'il n'y a rien d'autre à faire que se laisser porter lentement jusqu'au malheur. Vous n'avez pas cherché à m'arrêter. Vous m'avez seulement suivie des yeux, le visage très grave, vaguement soupçonneux. Juste avant que je ne pousse la porte, vous avez dit :

– Au revoir, mademoiselle.

– Au revoir, monsieur.

Je suis sortie. Le soleil inondait le couloir. On était le 21 mars. Le printemps commençait.

J'ai appelé Fernand : il est toujours très bien dans ce genre de circonstances – je veux dire, quand je vais mal. C'est là qu'il se sent le plus utile. Je lui ai raconté la mort de Justinien, sa mort, rien de plus – il n'avait pas besoin d'en savoir davantage, et, de toute façon, c'était bien suffisant pour lui expliquer mon état. Il a appelé le médecin, qui m'a fait une piqûre. La douleur s'est aussitôt calmée. Le médecin a également prescrit un arrêt de travail, quinze jours. Mais je savais que je ne retournerais plus à la Bibliothèque. Avec le scandale que provoquerait la découverte des documents clandestins dans mon casier, je n'étais même pas sûre qu'on me laisse en liberté.

Je suis restée alitée plusieurs jours, à ressasser mon chagrin et ma peur. Fernand m'appelait tous les soirs pour prendre des nouvelles. Je lui disais, *ça va*, pour m'en débarrasser.

– Tu veux que je passe te voir ?

– Non, Fernand, je préfère rester seule, si ça ne vous dérange pas.

En fait, ça n'allait pas du tout. Même avec les anxiolytiques, je n'arrivais pas à me calmer – comment voulez-vous, avec cette catastrophe qui allait éclater d'une minute à l'autre.

Mais les jours ont filé sans que rien ne se passe : aucune convocation, ni descente de police. Pas l'ombre d'une inculpation. À croire que personne ne s'était rendu compte de rien.

À la fin de la première semaine, j'ai reçu un message adressé pour information à tout le personnel de la Bibliothèque. L'enquête sur la mort de Justinien était close. Elle concluait à un décès accidentel, suite à une chute dans l'escalier ayant occasionné une fracture du crâne. Trois lignes, affaire classée. De toute façon, qui se souciait de la mort de Justinien ?

Quand j'ai entendu retentir la sonnette, j'ai pensé que ça y était : tout était découvert, on venait me chercher. Je me suis traînée jusqu'au visiophone, et j'ai cru défaillir en voyant apparaître votre visage à l'écran. Heureusement qu'il y avait le mur – on se raccroche à ce qu'on peut.

– Bonjour, mademoiselle.

– ...

– Il faut que nous parlions.

L'heure de vérité. D'une certaine façon, je me sentais soulagée.

– Montez, c'est au dernier étage, ai-je répondu en appuyant sur le bouton commandant l'ouverture.

Puis je me suis mise en apnée.

Lorsque vous avez sonné à ma porte, j'en étais à cent dix. Je me suis dit, cent dix, c'est déjà ça, et je vous ai ouvert.

– Entrez, je vous en prie.

Je ne devais pas être très présentable, j'imagine, mais je n'y ai pas pensé ; j'avais d'autres soucis.

– Asseyez-vous, ai-je dit à tout hasard, en montrant le canapé.

J'ai vu votre regard parcourir la pièce, s'arrêter un moment sur le stylo d'argent, bien en évidence sur la commode. Je n'avais jamais osé l'utiliser – j'avais peur d'avoir des ennuis si je m'avisais de rompre les scellés sur le paquet de feuilles et la bouteille d'encre. Mais c'était bon, tout de même, de l'avoir sous les yeux. Puis votre regard est venu se poser sur Pacha qui dormait sur un coussin, tout près de la fenêtre.

– Quel chat magnifique ! Un abyssin, c'est ça ?

– Oui, c'est ça. Arc-en-ciel.

– Les plus rares. Les plus beaux ! Quelle sera la prochaine couleur ?

– On ne peut pas savoir. Les cycles sont aléatoires.

Il y a eu un silence. J'imaginais bien que vous n'étiez pas venu pour parler de mon chat, et j'attendais, fébrile, que vous vous décidiez.

– Comment vous sentez-vous ? avez-vous fini par demander.

– Je ne sais pas.

Vous avez hoché la tête en soupirant.

– Vous devez vous interroger sur la raison de ma visite.

– Pas vraiment. Enfin, je me doute.

– Il y a quelques jours, j'ai reçu un appel du foyer où vivait Justinien. Ils souhaitaient que je vienne débarrasser sa chambre. Justinien n'avait pas de famille, vous savez, alors, je m'occupais de

255

lui, de temps en temps, pour les démarches administratives et les questions pratiques. Bref… J'y suis allé. Et j'ai trouvé ceci, dans ses affaires.

De la poche de votre pardessus, vous avez retiré une enveloppe en tissu que vous avez ouverte. Les couleurs ont jailli, comme une fleur entre vos doigts : l'écharpe de M. Kauffmann.

– Je ne savais pas que vous la lui aviez offerte. J'ai pensé que cela vous ferait plaisir de la récupérer.

– Je ne lui ai rien offert ! C'est lui qui… qui me l'a…

– … volée ?

J'ai hoché la tête en silence. Vous sembliez bouleversé.

– Je suis désolé, vraiment. Tenez, reprenez-la.

J'ai secoué la tête.

– Je n'en ai pas envie.

– Vous y teniez, pourtant.

– C'est vrai, mais maintenant, je ne peux pas. C'est tout.

J'ai regardé l'écharpe, ses reflets, ses chamarrures. Ça n'était pas facile d'y renoncer, mais j'étais sûre de moi.

– Faites-en ce que vous voudrez. Jetez-la, donnez-la. Moi, je ne peux pas la reprendre.

– Si c'est ce que vous souhaitez…, avez-vous répondu d'une voix peinée.

J'ai chaussé mes lunettes de soleil.

– Je vous prie de m'excuser. La lumière, vous savez…

– Oui, bien sûr, votre *idiosyncrasie*.

Il y a eu un nouveau silence. Puis je vous ai vu contempler le grand miroir derrière lequel tournait la caméra.

– Vous avez mauvaise mine.

– Je sais.

– Nous devrions sortir faire quelques pas ensemble. Cela vous ferait du bien.

J'ai incliné la tête. Le message était clair : notre conversation n'était pas terminée.

Vous marchiez à grands pas, visiblement pressé de quitter le quartier. Je vous suivais, sans oser demander où vous me conduisiez. Nous n'avons pas tardé à dépasser mon périmètre habituel, et j'ai senti revenir l'appréhension. À chaque pas, elle pesait un peu plus. Je commençais à perdre pied. Vous continuiez de marcher, trop vite, sans un mot. Je n'arrivais plus à suivre. L'angoisse était là, à présent, qui me serrait le cou, à me faire rendre gorge. J'ai fouillé dans ma poche, et je me suis rendu compte que j'avais oublié le flacon d'anxiolytiques. Je me suis brusquement arrêtée au milieu du trottoir.

– Qu'y a-t-il ? Ça ne va pas ?

– Si… enfin… non. Laissez-moi seulement deux minutes. J'ai besoin d'une pause.

Je me suis mise en apnée. J'ai pris le temps de compter, sans penser à rien d'autre. Cent vingt, le minimum pour retrouver mes esprits. Une fois à cent vingt, j'ai rouvert les yeux. Vous me dévisagiez avec gravité, mais sans impatience. Vous m'accordiez le temps. C'est ce qui m'a décidée à pousser plus avant. À trois cent dix, je me suis sentie à peu près apaisée. J'aurais pu continuer, mais je ne voulais pas abuser de votre gentillesse – quand il faut y aller, il faut y aller. Alors, je vous ai dit : *Je suis prête.* Et nous sommes repartis.

Combien de temps avons-nous marché ? Une heure, au moins. Peut-être deux. J'avoue que j'avais perdu toute notion du temps – j'étais trop concentrée sur mes pas. Vous ne cessiez de faire des détours, de revenir en arrière, avant de repartir dans une autre direction, comme un promeneur ivre ou perdu. Pourtant je devinais que vous saviez exactement où nous allions.

Quand vous avez dit, *nous y sommes*, j'ai relevé la tête, sans trop oser y croire, encore tout étourdie de cette longue marche. Nous étions parvenus dans une petite impasse, étrangement délabrée, comme un coin oublié au milieu de cette ville si brillante et si lisse.

– Vous aimez ?

Je vous ai regardé, effarée, et j'ai vu s'esquisser sur vos lèvres un très léger sourire.

– Ici, rien n'a bougé depuis le siècle dernier : aucun micro, aucune caméra. Ça change de votre quartier, n'est-ce pas ?

Aucune caméra, cela semblait inconcevable. Pourtant, vous disiez vrai. J'ai frissonné. Ce n'est

258

pas que j'avais peur, mais c'était si étrange de penser que nous étions seuls – je veux dire, vraiment seuls, sans surveillance d'aucune sorte, ni protection. S'il nous arrivait quoi que ce soit, personne ne le saurait. C'était comme si, d'un coup, le monde était devenu moins sûr.

– Ça n'a pas l'air de vous plaire.

– Si, si…

Vous avez ri.

– Vous vous habituerez, vous verrez. De toute façon, je n'avais guère le choix. Il faut impérativement choisir ce genre d'endroit, voyez-vous, lorsqu'on veut évoquer des activités illégales.

Durant quelques instants, j'ai cru que j'allais mourir, vraiment, ou tomber dans les pommes – deux moyens parmi d'autres de fuir l'existence. Mais ça n'a pas eu lieu : je suis restée debout, un peu vacillante, c'est vrai, et le cœur en bataille, mais les deux pieds sur terre – il faut croire qu'avec le temps, j'étais devenue encore plus résistante.

– Vous les avez trouvés, c'est cela ?

– Si vous faites allusion aux documents clandestins que Justinien remontait pour vous des réserves, oui, je les ai trouvés.

J'ai rougi violemment.

– Mais alors, qu'est-ce qui… ?

– Tout est en ordre. Je tenais à ce que vous le sachiez.

– Vous voulez dire que vous ne m'avez pas… dénoncée ?

– Tout est en ordre, avez-vous répété. Vous n'avez rien à craindre.

– Pourquoi faites-vous ça ?

– Pour Justinien, sans doute. C'était son choix, après tout. Un peu pour vous, aussi. *La vie est pleine de mystère.* Vous aimiez cet apophtegme, n'est-ce pas ?

J'ai hoché la tête, incapable de prononcer un mot ; la voix de Justinien me revenait à l'oreille : *La vie est pleine de mystère, mamoizelle.* C'était vrai. J'ai fermé les yeux, un moment.

– Merci.

– Ne me dites pas merci. Dites-moi seulement pourquoi. J'aimerais comprendre.

– C'est que... je... je m'intéresse à la Zone.

– Au point de prendre de tels risques ?

– ...

– Vous ne me dites pas tout, n'est-ce pas ? Il existe une autre raison. Une raison plus précise.

Je suis restée un moment interdite, puis j'ai hoché la tête.

– Me direz-vous laquelle ?

– ...

– Vous n'avez pas confiance ?

– Ce n'est pas ça, mais...

– Alors, dites-le-moi.

Je me voyais mal répondre : *Non, vous ne saurez rien.* Après ce que vous veniez de faire pour moi, c'était tout bonnement impossible, et je n'avais pas le courage de vous mentir à nouveau. Alors, j'ai choisi de vous livrer une part de la vérité. Une part seulement. C'était déjà beaucoup.

– Je… je suis née dans la Zone. Voilà pourquoi.

Puis j'ai baissé la tête, mortifiée d'avoir dû trahir un secret que j'avais pris tant de soin à garder jusqu'ici. J'avais tellement honte, si vous saviez. J'ai ajouté, comme pour m'excuser :

– Je suis née *extra muros*, mais je n'ai aucun souvenir, enfin presque. Ça ne compte pas, pour ainsi dire. Maintenant, s'il vous plaît, ne me parlez plus de ça.

– Vous savez, mademoiselle, il n'y a aucune honte à venir de la Zone, avez-vous répondu tristement. J'espère sincèrement qu'un jour, vous comprendrez pourquoi.

Je vous ai regardé, incrédule, et vous m'avez souri.

– Venez, je vous raccompagne.

J'ai repris le travail le 5 avril. À l'étage, personne ne s'était aperçu de mon absence, et ça m'a fait plaisir. À la place de Justinien, il y avait une fille, Lucrezia, sans tics, ni cicatrices, normale apparemment. Je me suis demandé si c'était une de vos protégés, car elle était jolie.

Un peu avant la pause de 13 heures, vous êtes venu toquer contre la vitre de ma cellule. J'étais contente, mais ça ne s'est pas vu, parce que j'avais aussi très peur de vous revoir.

– Ça va, vous êtes remise ?

– Oui, je vais bien.

– Parfait. Si vous avez besoin de quoi que ce soit…

– La promenade…

– Comment ?

– Je voulais vous remercier pour la promenade. Jamais encore je n'étais allée aussi loin dans la ville, et… ça m'a beaucoup aidée. Je devais vous le dire.

– J'en suis heureux, Lila.

C'était la première fois que vous m'appeliez Lila.

Je n'exagérais pas en disant que cette promenade avec vous m'avait beaucoup aidée : elle m'avait brusquement jetée hors de mes frontières, contrainte de quitter le périmètre étroit où je m'étais jusqu'ici cantonnée. Le choc avait été moins violent que je ne le redoutais, et cela m'avait ouvert les yeux.

On passe sa vie à construire des barrières au-delà desquelles on s'interdit d'aller : derrière, il y a tous les monstres que l'on s'est créés. On les croit terribles, invincibles, mais ce n'est pas vrai. Dès qu'on trouve le courage de les affronter, ils se révèlent bien plus faibles qu'on ne l'imaginait. Ils perdent consistance, s'évaporent peu à peu. Au point qu'on se demande, pour finir, s'ils existaient vraiment.

J'ai commencé à sortir tous les jours, une heure ou deux, après le travail. Je ne cherchais pas à savoir où j'allais. Je marchais dans la ville, simplement pour m'habituer à l'inconnu – aux odeurs, aux bruits, au mouvement perpétuel des corps autour de moi. Toutes ces rencontres qu'il fallait éviter.

Ma beauté me jouait parfois des tours. Je faisais toujours ce que je pouvais pour la dissimuler – vêtements stricts, lunettes noires, jamais de maquillage –, mais ce n'était pas assez : elle se voyait encore, et les gens se retournaient souvent sur mon passage. Presqu'à chaque sortie, des hommes m'abordaient, des femmes aussi. Je ne répondais jamais ; je passais mon chemin cœur battant, parce que ce n'est jamais très agréable. Mais au moins, ils n'insistaient pas. Depuis le durcissement des lois sur le harcèlement sexuel, les gens ont appris à se tenir.

Le plus difficile pour moi, au bout du compte, a été de m'abandonner. Accepter l'errance, la surprise, l'inattendu. Me laisser aller. Jamais mon existence n'avait laissé de place à l'improvisation, et je me rendais compte que cette liberté était plus compliquée, plus angoissante aussi, que toutes les contraintes au milieu desquelles j'avais vécu jusqu'ici.

Je n'ai pas baissé les bras. J'ai tenu bon. Un pied devant l'autre, j'ai marché, marché encore, allongeant le parcours au fur et à mesure que s'étiraient les jours. Chaque promenade était une victoire sur les monstres : ils ne me sautaient plus au ventre et à la gorge, comme dans les premiers temps. Ils restaient à distance, pénibles et menaçants, toujours, mais reculant tandis que j'avançais. À présent, je savais les tenir en respect, et je parvenais à rester dehors jusqu'à la nuit. Il m'arrivait même de ne rentrer qu'à l'heure du couvre-feu.

Fin juin, j'ai pris le tube pour la première fois. J'ai vomi – il fallait s'y attendre. J'avais prévu le coup et emporté un sac, par respect pour l'environnement. Les gens ont fait comme si de rien n'était. Ils se sont juste écartés un peu en détournant les yeux. Ils devaient me trouver bizarre, avec mes haut-le-cœur et mes airs apeurés. Moi, je ne comprenais pas qu'ils ne fassent pas tous comme moi, la tête entre les jambes, les tripes et les boyaux dans un sac en papier.

J'ai persévéré, malgré tout. Jour après jour, j'ai bravé la foule entassée dans les rames, les odeurs mêlées, et l'obscène promiscuité. Je n'avais pas le choix, je devais y arriver. Et j'y suis arrivée, pour cela comme pour le reste, en apnée, la plupart du temps, et en serrant les dents pour ne pas défaillir au contact des corps, au frôlement des haleines.

Le tube était la dernière tanière où résidaient les monstres. À la fin de l'été, je les en avais chassés.

Vous passiez chaque jour bavarder un moment : *Comment allez-vous aujourd'hui ? Avez-vous fait de nouvelles promenades ? Et votre chat, de quelle couleur est-il, ce mois-ci ?* Ça me faisait du bien, cette attention que vous aviez pour moi, cette délicatesse. Et vos regards, aussi.

Au bout de quelques minutes, vous finissiez pas dire : *Je vous laisse à présent, j'ai assez abusé de votre temps*. Et chaque fois, je devais résister à l'envie de répondre : *Restez encore un peu*. Je vous laissais partir, au bout du compte. C'était bien mieux ainsi. Je pouvais continuer à me persuader que nos échanges étaient sans conséquence.

Depuis qu'il était au courant de votre visite à mon appartement, Fernand me posait beaucoup de questions à votre sujet. J'en disais le moins possible, et pourtant, j'avais le sentiment que c'était déjà trop. Il accueillait chacune de mes réponses par un silence hostile qui me mettait mal à l'aise. Un jour, j'ai eu l'imprudence de lui parler de vos rides – j'aurais mieux fait de me taire. *Pas d'injections !* s'est-il écrié, sidéré. Il ne voulait pas me croire, pas d'injections. Puis il a ajouté d'un air méprisant et vaguement menaçant :

– Ça dénote un état d'esprit.

Je ne comprenais pas. Alors, il a sifflé entre ses dents serrées :

– *Ton* monsieur Templeton se pose en esprit fort, en anticonformiste. Ça l'amuse, sans doute, de jouer les provocateurs ! Un conseil, Lila : méfie-toi de cet homme.

J'aurais pu l'envoyer sur les roses – de quoi se mêlait-il ? J'étais assez grande pour savoir ce que j'avais à faire. Mais je ne voulais pas le contrarier. Cela aurait été stupide de jouer avec le feu à quelques mois de mon émancipation. Alors, j'ai répondu :

– Ne vous inquiétez pas, Fernand. Je conserve mes distances.

Ce n'était pas un mensonge, après tout.

Je ne sais pas pourquoi je vous raconte tout ça, parce qu'en réalité, je me souciais assez peu des aigreurs de Fernand. Je demeurais fixée sur l'essentiel : mes promenades et la Bibliothèque. Lucrezia me déposait chaque matin les documents à traiter pour la journée. Tous se rapportaient à la Zone – une véritable aubaine, dont je me doutais bien qu'elle ne devait rien au hasard. J'éprouvais envers vous une grande gratitude, sans pour autant comprendre précisément pourquoi vous cherchiez à m'aider. *La vie est pleine de mystère.*

Une fois effectué le travail de coupe et de numérisation, je prenais le temps de lire avec soin chaque article. Peu à peu, j'ai commencé à avoir des doutes à propos de tout ce qu'on raconte sur la Zone, les émeutes, le terrorisme, les opérations de maintien de l'ordre. Les choses semblaient moins simples qu'on ne voulait bien le dire. Certains donnaient des faits une tout autre version que le discours officiel, allant même parfois jusqu'à soutenir la *résistance* – c'est ainsi qu'ils appelaient les mouvements terroristes. Tout était remis en cause. Toutes mes certitudes.

Jusque-là, je ne m'étais jamais vraiment posé de questions sur mon travail. J'appliquais les consignes, voilà tout : suppression pour incitation à la violence, à la perversion sexuelle, à la consommation de substances illicites, à des comportements alimentaires nuisibles à la santé. Suppression pour atteinte à la dignité du corps humain, ou au droit à l'image. Suppression pour propos discriminatoires. *Et cetera*. À première vue, rien de tout cela ne me semblait choquant. Et puis, de toute façon, lorsqu'on a un rythme à tenir, on n'a pas forcément les moyens de réfléchir. Mais maintenant que je prenais le temps de comparer chaque article avec ce qu'il en restait après sa numérisation, je me rendais bien compte qu'il y avait un problème. Trop de coupes, parfois si pernicieuses qu'elles en arrivaient à inverser le sens du propos, ou à le rendre totalement incompréhensible.

Je ne suis pas idiote. J'ai rapidement compris de quoi il retournait, et je vous avoue que cela m'a scandalisée. J'ai même failli venir vous en parler – je n'arrivais pas à croire que vous puissiez cautionner tout cela. Mais après réflexion, je me suis dit qu'il était inutile de me faire remarquer, surtout en me mêlant de politique. Après tout, peu m'importait la sale petite cuisine qui se touillait à la Bibliothèque. On pouvait bien continuer à couper, modifier, falsifier, ça ne me concernait pas : moi, je pouvais lire les originaux, savoir la vérité. C'était là l'essentiel, et tant pis pour les autres.

Chaque jour, je lisais les articles avec attention, et la même frénésie qu'autrefois les livres, dans ma chambre du Centre. Je gardais tout en mémoire – textes, dates, photos. C'était comme imprimé dans mon cortex : les émeutes de 91, le contrôle aux frontières, les filières clandestines. Toujours les mêmes images d'immeubles en flammes et de batailles de rue. Les corps dépenaillés jonchant le sol, et les hélicoptères survolant les ruines. Peu à peu, j'ai reconstitué l'histoire de ces années-là, ce qu'on ne m'avait jamais dit, et cela m'a bouleversée. J'avais encore à l'esprit les paroles que vous aviez prononcées, dans l'impasse, juste avant de me raccompagner : *Il n'y a aucune honte à venir de la Zone. J'espère sincèrement qu'un jour, vous comprendrez pourquoi.* Je crois bien que je commençais à comprendre.

À force de manger le gros de mes rations, Pacha était devenu énorme. *Tu le nourris trop*, ne cessait de répéter Fernand. *Fais attention, ou tu risques d'avoir des problèmes.* Il a fini par me faire vraiment peur : si l'Inspection vétérinaire se penchait d'un peu trop près sur le régime alimentaire de mon chat, elle ne tarderait sans doute pas à soulever le lièvre. Ça ne faisait pas mon affaire. Mais je ne me sentais pas la force de renoncer au pâté. Alors, j'ai tenté autre chose : un soir, j'ai ouvert la fenêtre, et j'ai posé Pacha sur le balcon.

– Allez, ouste, mon grand !

Il m'a regardée, perplexe.

– Allez, ai-je insisté, en le poussant en direction de la gouttière. Va vivre un peu ta vie !

Il semblait de plus en plus incrédule.

– Pars donc faire un tour. Ça fait du bien, tu verras !

Un frisson de vent est passé sur sa fourrure. J'ai caressé ses flancs, exerçant une pression légère.

– Va, mon chat.

Il a miaulé, un coup bref, je ne sais pas ce qu'il a voulu dire. Rien sans doute – les animaux sont plus bêtes qu'on ne croit. Puis il s'est avancé, lentement sur la corniche.

Pacha a très vite pris goût aux escapades. Je le lâchais chaque soir. Il rentrait au matin, fourbu, le poil en bataille, mais toujours altier, comme un seigneur parti s'encanailler dans les mauvais quartiers. *Tu dois en faire chavirer, des cœurs, mon tout beau*, disais-je en caressant son pelage orangé. Il inclinait la tête, et se mettait aussitôt à ronronner – comprenne qui pourra.

Tout s'est déroulé comme je l'espérais : en quelques semaines à peine, il a retrouvé sa sveltesse – un peu d'exercice et de stupre, voilà ce qui lui manquait. Le problème était réglé. On a pu continuer tranquillement à manger, lui ma part, moi la sienne. Je planquais fruits et légumes dans la terre des fougères, et vogue la galère. Tout était pour le mieux.

J'ai passé l'été à sillonner la ville, quartier après quartier : 1er arrondissement, le musée Notre-Dame ; 9e, les blés dorés sur les Champs-Élysées ; 32e, La Courneuve, avec son grand parc et ses belles villas années quarante ; 50e, la cité olympique, le fleuve et les berges envahies de baigneurs au mois d'août. L'air était doux. Je parvenais enfin à approcher la vie – celle des autres. Je sentais bien qu'elle n'était pas pour moi, mais au moins, je pouvais désormais la frôler sans tourner de l'œil ou me mettre à vomir. Ma peur n'était plus un obstacle.

Fernand était au courant de mes promenades, bien sûr. Il était intrigué, et me harcelait de questions : *Où es-tu allée, aujourd'hui ? Comment ça s'est passé ?* Je répondais toujours la vérité, pour le cas où il aurait effectué des vérifications. De toute façon, il était inutile de mentir – je ne faisais rien de mal, au contraire : j'essayais de *m'ouvrir au monde*, suivant les recommandations de la Commission. Plusieurs fois, Fernand a proposé de m'accompagner. J'ai dit : *Non, il faut que je m'habitue à me débrouiller seule.* Il n'a pas insisté.

Le premier samedi de septembre, j'ai pris le tube jusqu'à la frontière sud. C'était le plus loin que je pouvais aller sans risquer d'éveiller les soupçons. Le voyage qu'il me faudrait accomplir pour rejoindre ma mère me mènerait très au-delà, mais je me disais que c'était déjà bien de rejoindre la frontière pour repérer les lieux, les respirer. Je pensais que cela m'aiderait à me sentir plus confiante, quand viendrait le grand jour.

Je suis arrivée en fin d'après-midi. J'avais pris mes précautions – lunettes noires sur le nez et, dans ma poche, le flacon d'anxiolytiques, au cas où. Mais je n'ai pas eu à m'en servir. Tout était comme sur les images des actualités, exactement, propre et joli, en ordre : le mur interminable avec ses fresques abstraites et bariolées, les buissons d'hortensias roses et bleus, tous les vingt mètres un mirador surplombant un *check point*. De longues files de zonards s'étiraient sur la place en un ordre parfait, quasi géométrique. Les portiques de sécurité les happaient en un flot continu. Au-dessus, clignotait le message : *Toute atteinte à la fluidité du contrôle donnera lieu à des sanctions.* Tout se passait très vite, calmement, sans bavure : les hommes présentaient leur visage, leur carte de séjour ; les automates vérifiaient les cartes et scannaient les iris en deux secondes à peine. Pas le moindre grain de sable dans le grand engrenage. Je comprenais mieux que la ville parvienne, en quelques heures à peine, à se vider chaque soir de millions d'immigrés, qu'elle ravalait au matin, avant de les recracher à nouveau, le soir suivant.

On entendait au loin le bourdonnement des trains qui partaient à la suite depuis la Gare du Sud, emportant tous ces gens, chacun vers son district. Des centaines de trains rayonnant en tous sens à travers la Zone, pleins de corps, par milliers. J'ai pensé que bientôt je serais parmi eux, et j'en ai frissonné – je ne sais pas si c'était de fierté ou de peur. Aucune importance, de toute façon, parce que j'allais le faire. Je m'étais tant battue pour en arriver là. Pour la peur, je n'en étais plus à ça près. Elle et moi, on s'arrangerait à l'amiable.

On était fin septembre, il faisait encore chaud. Je déjeunais devant le Mémorial quand vous êtes venu me rejoindre.

– Vous permettez que je m'assoie un moment avec vous ?

– Bien sûr, ai-je balbutié, en replaçant fébrilement le couvercle sur la boîte en métal qui contenait mon pâté.

– Ne vous gênez pas pour moi, je vous en prie. Continuez de manger.

– Je… j'avais terminé.

– Vous venez souvent ici, n'est-ce pas ?

– Oui. J'aime bien cet endroit. C'est très calme, et puis, il y a ces noms gravés. Tous ces gens… J'essaie de penser à eux, de les imaginer, et… je ne sais pas pourquoi, cela me fait du bien. Souvent aussi, je pense à Justinien. À ses parents. Je me demande lequel de ces noms est le leur. Lui, disait qu'il avait oublié. Mais vous, peut-être pourriez-vous me l'apprendre ?

– Justinien vous a raconté que le nom de ses parents figurait sur la stèle ?

– Vous ne le saviez pas ?

— Mais Lila, Justinien n'avait pas de parents ! Justinien était une chimère !

— Une chimère !

— Je pensais que vous l'aviez deviné.

J'ai secoué la tête, abasourdie.

— Je vous assure, Lila : Justinien était bien une chimère. Une chimère ratée, comme elles le sont presque toutes, avez-vous ajouté dans un sourire amer. Cela se voyait, pourtant. Comment se fait-il que... ?

— Je... je ne sais pas... Je voyais bien qu'il avait des... problèmes, qu'il n'était pas comme tout le monde, mais malgré tout, je le trouvais... humain.

— Oui, vous avez raison : Justinien était très humain. Sans doute plus que certains d'entre nous.

Vous avez souri tristement.

— Il écrivait beaucoup. Des poèmes. Vous le saviez ?

— Oui, il me l'avait dit.

— Le jour où il est mort, il avait une lamelle sur lui. Peut-être étiez-vous au courant ?

— Non... non, je...

— La police m'en a fait parvenir une copie. Elle contenait ses poèmes. Je les ai lus ; ils sont très beaux. Je vous les donnerai, un jour, si vous voulez.

— Un jour, peut-être... mais pas maintenant. C'est encore un peu tôt.

— Bien sûr.

Nous sommes restés un moment sans rien dire, le temps de remettre de l'ordre dans notre peine. Le soleil projetait sur nous l'ombre du Mémorial. C'est vous qui avez rompu le silence :

– Je suis venu vous dire au revoir, Lila. Je repars pour la Zone. On me demande d'effectuer quelques ajustements dans la structure que j'ai mise en place lors de ma précédente mission.

– Ah…

– Je resterai absent durant un mois. Peut-être deux. Tout dépendra des directives du Ministère. Ça va aller, pour vous ?

– Qu'est-ce que vous voulez dire ?

– Je ne sais pas… Votre émancipation… C'est pour bientôt, n'est-ce pas ?

– Oui, dans un peu plus de trois semaines, en principe. Le 19 octobre. J'aurai vingt ans.

Vous avez hoché la tête, l'air pensif.

– J'ai quelque chose pour vous. Tenez, avez-vous murmuré en me tendant une pochette en toile grise. J'espère que cela vous plaira.

La pochette contenait une écharpe en soie multicolore. Les motifs étaient exactement les mêmes que sur celle de M. Kauffmann.

– C'est incroyable ! Comment avez-vous fait ?

– J'ai cherché. Assez longtemps, il est vrai. Mais on finit toujours par y arriver, lorsqu'on y met le temps.

Vos doigts ont effleuré l'écharpe.

– Elle ne remplacera jamais l'autre, c'est entendu,

mais j'ai pensé qu'elle vous serait utile, avec le retour des frimas.

Je ne savais pas quoi dire – j'étais tellement émue, un peu gênée aussi, parce que ça n'est pas rien d'accepter un cadeau. J'ai couiné un merci qui vous a fait sourire.

– Vous voulez bien la mettre, que je la voie sur vous ?

J'ai noué l'écharpe autour de mon cou, puis je l'ai soigneusement cachée derrière mon col montant. Vous avez souri à nouveau.

– Vous ne voulez pas la montrer ?

– C'est comme cela que je portais la précédente, alors vous comprenez…

– Il n'y a aucun problème ; faites comme il vous plaira.

Vous vous êtes levé.

– Je vais vous quitter, maintenant.

– Merci encore, monsieur.

– Je vous en prie : appelez-moi Milo.

– Alors, merci Milo. Et bonne chance pour votre mission.

– Bonne chance à vous aussi, avez-vous répondu d'une voix très étrange.

Vous êtes parti le lendemain. Je savais que vous alliez me manquer, mais, d'un autre côté, je me sentais soulagée. Pour ces dernières semaines avant mon grand voyage, j'avais plus que jamais besoin de rester concentrée sur mon but. Et puis, cela m'éviterait d'avoir à vous mentir.

Le 19 octobre, la Commission a officiellement prononcé mon émancipation. Durant les deux années qui venaient de s'écouler, je n'avais jamais cessé de fournir des gages d'équilibre et de bonne volonté, et bien qu'il me reste encore de gros progrès à accomplir en termes de socialisation, tout le monde avait noté les efforts que j'avais déployés pour me mêler à la foule, dans la rue, dans le tube. Pour couronner le tout, vous aviez rédigé avant votre départ un rapport dithyrambique concernant mon travail à la Bibliothèque. L'émancipation m'a été accordée à l'unanimité, avec les félicitations. Je me trouvais enfin délivrée de la tutelle des étroits.

Pour fêter l'événement, Fernand m'a invitée dans un restaurant chic. J'ai été parfaite, joyeuse, diserte. J'ai goûté à tout, et pris soin de ne jamais prononcer votre nom, pour ne pas gâcher l'ambiance. Mais j'avais votre écharpe sous ma robe chasuble.

À la fin du dîner, Fernand m'a dit :

– Je ne suis plus ton tuteur, maintenant. On peut avoir une relation normale. Je veux dire… comme des amis, tu vois ?

J'ai répondu :

– Oui, pourquoi pas.

Une relation normale, ce serait bien, ça change-rait.

Nous sommes allés récupérer nos manteaux au

vestiaire. Quand j'ai enfilé le mien, le premier bouton de ma robe s'est défait.

– Qu'est-ce que c'est que ça ? a demandé Fernand, en montrant votre écharpe.

– Une écharpe.

– Une écharpe, je vois bien ! Je voudrais juste savoir d'où elle sort !

– Un cadeau.

– De qui ?

Une fraction de seconde, j'ai pensé lui mentir. Et puis, je me suis dit, ça suffit je suis émancipée, il ne peut plus rien faire.

– Un cadeau de monsieur Templeton.

Il est devenu cramoisi.

– Je ne t'avais pas demandé de tenir tes distances ?

– Vous avez oublié de préciser quelle attitude je devais adopter s'il m'offrait un cadeau.

– Lila, cessons ce petit jeu, veux-tu ?!

– Je ne demande pas mieux.

– Écoute, cela fait un moment que j'essaie de t'avertir, mais on dirait que tu ne veux pas comprendre, alors, je vais y aller franchement. Je me suis renseigné sur monsieur Templeton. Il n'a pas que des amis au Ministère. Des bruits courent concernant ses missions dans la Zone. Certains affirment qu'elles dissimuleraient des activités moins légales, des trafics…

– *Des bruits courent*. Vous en êtes là, Fernand ? À prêter l'oreille aux rumeurs ?

Il ne s'est pas démonté.

– Jusqu'ici, Milo Templeton a bénéficié de soutiens de poids au Ministère, mais c'est en train de changer. Le vent tourne vite dans les hautes sphères, tu sais !

– Fernand, qu'essayez-vous de me dire, exactement ?

– J'essaie de t'avertir, c'est tout. *Ton* monsieur Templeton risque de gros ennuis. Crois-moi, Lila, méfie-toi de cet homme !

Je l'ai regardé sans répondre. Je le voyais soudain tel qu'il était : un pauvre type confit de solitude. Un type qui n'avait su garder ni sa femme, ni son enfant, ni son chat, ni rien, mais qui pouvait se targuer d'avoir ses entrées dans le cabinet du ministre. La belle réussite !

J'aurais pu le mépriser pour ça, lui dire, *Fernand, vous n'êtes qu'un minable*, mais je n'y arrivais pas. Parce qu'au fond, je le comprenais : cela faisait si longtemps que rien n'avait bougé dans sa vie ; forcément, il ne supportait pas qu'il se passe quelque chose dans celle des autres.

Nous sommes rentrés à pied, côte à côte, en silence, également navrés de cette soirée gâchée. Au bas de l'immeuble, il m'a tout de même proposé de monter chez lui, pour boire un dernier verre. Je lui ai dit que j'étais trop fatiguée. Il n'a pas insisté. Je suis rentrée chez moi.

Je n'ai pas dormi, cette nuit-là. J'ai pensé à ma vie, aux efforts accomplis pour en arriver là. J'ai pensé à tous ceux qui m'avaient aidée, parfois sans le savoir. M. Kauffmann, Lucienne, Fernand et Justinien. J'ai pensé à vous. Je me sentais fière et forte, enfin prête : je pouvais désormais marcher seule au milieu de la foule, prendre le tube, supporter le fracas des rames et la promiscuité, les odeurs, les éclairs de lumière qui jaillissaient parfois dans les tunnels. J'avais vingt ans, j'étais libre et je touchais au but.

La Zone

Cela faisait longtemps que j'avais fixé la date. Dimanche 23 octobre, quatre jours après mon émancipation. La date, c'est à peu près tout ce dont j'étais sûre concernant ce voyage. Pour ma mère, je ne me faisais pas d'illusions. Je n'avais pratiquement aucune chance de la voir ce jour-là, je le savais.

Toutes les études que j'avais lues allaient dans le même sens : plus la détention se prolonge, et moins les détenus profitent des parloirs libres. Au début, ils se sentent soulagés de trouver à qui parler. Ensuite, la plupart se fatiguent ; peu à peu, ils rentrent en eux-mêmes, se rétractent, se calfeutrent, comme des escargots scellant leur coquille d'une épaisse couche de mucus. Ils abandonnent. Cela faisait quatorze ans que ma mère était incarcérée, et sans doute déjà longtemps qu'elle avait dépassé le stade du silence.

Ça ne m'a pas empêchée de partir. J'avais besoin d'approcher sa prison, voir où elle était enfermée, scruter les fenêtres une à une. Me retrouver soudain si près d'elle, malgré les grilles, les murs, les miradors, ce serait déjà un peu des retrouvailles. Et puis, il y avait tout de même une chance, pour le parloir, infime, mais je devais la courir.

J'ai pris le tube jusqu'au terminal sud. Durant tout le trajet, je suis restée bien droite sur mon siège, yeux fermés, en apnée. Je n'ai repris mon souffle qu'une vingtaine de fois.

En sortant du tube, j'ai dû me frayer un chemin à travers la foule d'immigrés qui arrivaient en sens inverse – l'habituelle cohorte des heures de pointe. C'était prévu, je n'ai pas paniqué.

J'ai marché jusqu'au poste frontière. Je me sentais très calme. Je connaissais à fond la procédure, il n'y aurait pas de surprise. De toute façon, je ne faisais rien d'illégal.

Au *check point*, j'ai soigneusement rempli le formulaire. À la question : *motif du déplacement*, j'ai coché la case *tourisme*, puis je me suis dirigée vers le sas gardé par l'automate. J'ai glissé ma fiche dans le scanner, avec mon passeport. L'automate a souri.

– Levez la tête, s'il vous plaît, et ne bougez plus.

Il m'a regardée dans les yeux, a scanné mon iris.

– Tout est en règle, mademoiselle K. Bon voyage dans la Zone.

J'ai repris mon passeport, puis je me suis enga-gée dans le couloir qui menait Gare du Sud. Je n'ai pas eu besoin de consulter les panneaux lumineux : j'avais appris par cœur tous les horaires des trains pour le 17e district, et je savais où aller : voie 64, départ 8 h 19. J'avais beaucoup d'avance. J'ai tout de même pressé le pas.

Le wagon était presque désert. À part moi, une dizaine de personnes, tout au plus – c'est l'avan-tage de voyager à l'inverse des mouvements pen-dulaires. Je me souviens d'une femme d'un certain âge, avec une petite fille. Les autres, je n'ai pas fait attention. Je crois que j'avais besoin de me sentir seule au monde.

Pendant tout le voyage, je suis restée le front contre la vitre, à regarder défiler le paysage : d'abord les quartiers neufs – on ne voit pas la dif-férence avec *intra muros* –, puis les quartiers moins neufs, puis les ruines avec leurs bidonvilles, et tous ces gens qui fouillaient les gravats au pied des rares immeubles encore debout. De temps en temps surgissait, posée là, au milieu de cette éten-due de misère à ciel ouvert, une ville nouvelle soi-gneusement gardée, si luisante de métal et de verre qu'elle semblait irréelle. Puis tout recommençait, bidonvilles, gravats, à l'infini. Je n'arrêtais pas de me dire, c'est de là que je viens, c'est de là que je viens, effarée par cette laideur et cette désolation. Je m'y attendais, pourtant. J'avais vu des photos, bien sûr, des reportages, mais, on a beau faire, ce n'est pas la même chose quand ça vous saute aux yeux.

À hauteur du 10ᵉ district, des enfants s'amusaient à escalader de gros anneaux de béton multicolores, parmi les friches qui bordaient la voie. J'ai repensé au square où je jouais enfant, aux femmes assises sur les bancs, avec leur visage dévasté, leur sourire abîmé. Étrangement, cette vision n'a suscité en moi ni peur ni dégoût ; plutôt un chagrin doux, comme une nostalgie – *C'est de là que je viens* –, la sensation fugace d'un retour au pays.

Chauvigny est une ville nouvelle entièrement construite autour de sa prison. Aucun chemin n'y mène à part la voie ferrée, ce qui permet un strict contrôle de la circulation, et limite le risque d'y faire de mauvaises rencontres. Je trouvais ça rassurant. Le train est entré en gare à 9 h 36, comme prévu. Je suis descendue sur le quai dès l'ouverture des portes. La femme et la petite fille sont descendues aussi. Il faisait étonnamment chaud pour un mois d'octobre. À moins que ce ne soit l'émotion. J'ai ôté mon manteau, et je me suis mise en route.

Je n'ai eu aucun mal à trouver la prison – elle est si massive et si haute qu'on la voit de partout dans la ville. Hormis les marcheurs qui se dirigeaient comme moi vers la Centrale, il n'y avait personne dans les rues – à croire que les habitants avaient quitté la ville, ou alors, qu'ils se terraient chez eux. C'était toujours ça de gagné – moins on est de fous, plus on rit.

Un cordon de sécurité canalisait la file des visiteurs, dans laquelle j'ai pris place. L'attente a été longue. Ça ne m'a pas dérangée. J'attendais depuis des années ; je n'en étais pas à quelques heures près.

Il était plus de midi quand mon tour est enfin arrivé. Je n'ai pas tremblé en me présentant face à l'automate. Je savais ce que j'avais à faire.

– Vos papiers, s'il vous plaît.

J'ai levé le document à hauteur de ses yeux.

– C'est bon, mademoiselle K, tout est en règle. Veuillez maintenant préciser l'objet de votre visite.

– Je souhaiterais accéder aux parloirs libres.

– Parloir aléatoire ou personnalisé ?

– Personnalisé.

– Veuillez préciser l'identité de la personne demandée.

– Moïra Steiner.

– Veuillez épeler, s'il vous plaît.

– S-T-E-I-N-E-R.

L'automate est resté immobile durant un bon moment, le temps d'aller fouiller dans sa mémoire interne.

– Moïra Steiner n'est plus incarcérée. Sa détention a pris fin le 22 mars 2102, a-t-il débité d'une voix monocorde parfaitement assortie à son sourire artificiel.

– Vous... vous voulez dire qu'elle n'aurait pas effectué la totalité de sa peine ?

– C'est exact, mademoiselle.

Durant quelques instants, je n'ai plus su quoi dire. Puis j'ai fini par bredouiller, en désespoir de cause :

– Est-ce que… est-ce qu'il y a un moyen de savoir où je peux la trouver ?

– Absolument. Si vous le souhaitez, nous allons vous conduire à elle.

– Je… je ne comprends pas. Vous voulez dire qu'elle est encore dans l'enceinte de la prison ?

L'automate est resté figé quelques instants, avant de répéter :

– Si vous le souhaitez, nous allons vous conduire à elle.

J'ai compris que la question dépassait son seuil de compétence, et que je n'en tirerais rien de plus. J'ai dit, *merci, bonne journée à vous*, puis j'ai franchi le portillon de détection.

Un autre automate m'attendait déjà dans la cour, un modèle très ancien à l'épiderme étrangement parcheminé. Ses mains et son visage portaient les traces de réparations de fortune – tout un bricolage de rustines en métal et peau artificielle assez peu ragoûtant. Un vrai rebut en fin de parcours – je ne dis pas ça pour excuser la suite, mais enfin, c'est un fait.

– La visite pour Moïra Steiner, veuillez me suivre, je vous prie.

Je l'ai suivi, sans trop comprendre de quoi il retournait. L'automate boitait. Ça faisait à chaque pas un grincement léger au niveau de sa hanche.

Arrivé à une vingtaine de mètres du bâtiment principal, il a bifurqué vers la droite pour s'engager sur une longue allée couverte de gravier. Au bout de l'allée, une enceinte, fermée par un portail. Je me suis soudain sentie très mal à l'aise.

– Pouvez-vous m'expliquer où vous me conduisez ?

– Veuillez me suivre, je vous prie, a-t-il répété, exactement sur le même ton que la première fois.

– Vous êtes sûr que c'est la bonne direction ?

– Veuillez me suivre, je vous prie.

J'ai bien dû me résoudre à ne plus poser de questions.

Quand nous sommes arrivés devant l'enceinte, le portail s'est ouvert, lentement, et j'ai vu : les allées bordées d'ifs, immenses et parallèles, avec, de part et d'autre, les rectangles en ciment, alignés bien serré, lugubres, à l'infini.

– Il doit y avoir une erreur.

Ignorant ma remarque, l'automate s'est tourné vers moi, souriant. Ça lui faisait des rides affreuses au coin des lèvres.

– Moïra Steiner, allée 12, n° 6820, entre les repères 57 et 58. En cas de problème, n'hésitez pas à vous adresser au guichet.

– Il doit y avoir une erreur, je vous dis !

Il souriait toujours.

– En cas de problème, n'hésitez pas à vous adresser au guichet.

Puis il a pivoté sur lui-même en grinçant. Je l'ai retenu par le bras.

287

– Saloperie de machine ! Je veux voir ma mère !

Tout son corps s'est mis à vibrer. Je l'ai secoué en hurlant :

– Saloperie de machine, dites-moi où est ma mère !

– A… a… llée 12, a-t-il hoqueté, nu… numéro…

Soudain, il s'est figé. J'ai entendu comme un déclic à l'intérieur, puis je l'ai vu basculer en arrière, s'effondrer sur le gravier, yeux clos, lèvres entrouvertes. Une vibration est passée sur sa peau, une sorte de frisson. Il s'est mis à râler, quelques secondes à peine. Et il s'est éteint dans un souffle.

Après, je ne sais pas trop. Je me souviens seulement d'avoir écarquillé les yeux sur ces allées immenses, sur ces ifs taillés, ces centaines de tombes alignées, et tout semblait absurde. C'était comme si le monde s'était brusquement arrêté, vidé de sa substance au seuil du cimetière. Il n'y avait plus ni matière, ni couleur, ni sens. Que des ombres mêlées à du silence, les lignes des allées tordues entre les ifs, et le ciel qui bavait sur les tombes. Ma douleur avait tout envahi.

Je ne me rappelle pas avoir ouvert le flacon d'anxiolytiques, ni avoir avalé les comprimés. Mais enfin, il faut croire que je l'ai fait, puisqu'on m'a retrouvée une heure plus tard, inanimée à côté du cadavre de l'automate.

Quand j'ai repris connaissance, j'étais étendue sur un lit, entravée par des sangles. J'entendais le cliquetis léger d'une machine, tout près de moi.

J'ai tenté de soulever les paupières, mais c'était impossible. Une voix m'a dit :

– Ne bougez pas. N'essayez pas de parler. Vous êtes à l'hôpital. On s'occupe de vous.

Quand je me suis à nouveau réveillée, j'ai enfin réussi à ouvrir les yeux. Fernand était à mon chevet. Il avait son air bouleversé des grands jours.

– Comment te sens-tu ?

– Bien.

C'était vrai. Je ne sentais plus rien, sans doute à cause des drogues qu'on m'avait injectées. Fernand a posé la main sur le drap, pas très loin de la mienne. Je me suis tortillée, prisonnière des sangles.

– Tu vas rester flottante quelques jours encore.

– Ma mère…

J'ai vu son visage se crisper.

– Reste tranquille, Lila.

– Ma mère est morte !

– Je sais. Maintenant, ne dis plus rien. Tu dois te reposer.

De toute façon, j'étais trop fatiguée pour lui désobéir. J'ai refermé les yeux et sombré, une fois encore.

Ils m'ont maintenue dans les vapes une semaine entière ; ça n'était pas plus mal. Fernand venait me voir tous les jours. Il restait assis à côté du lit, la main posée près de la mienne. Parfois, j'essayais de parler, mais c'était comme si ma bouche était poissée de colle et ma langue soudée à mon palais.

Fernand me chuchotait : *Ne dis rien. Ne t'en fais pas. Je m'occupe de tout.*

Il s'est occupé de tout, en effet : prévenir la Bibliothèque, arroser mes fougères, vider le réfrigérateur et payer mes factures. Seulement, lorsqu'il a voulu récupérer le chat, il ne l'a pas trouvé. Pacha s'était enfui par la fenêtre ouverte. Il n'était pas rentré. Ça n'a pas inquiété Fernand : *On le retrouvera forcément, grâce à son émetteur. Il faut seulement attendre l'expiration du délai légal avant de pouvoir déclencher les recherches. Ensuite, ce ne sera qu'une question d'heures.*

La douleur est revenue dès qu'ils ont commencé à diminuer les doses de sédatifs. Je leur ai demandé de me soulager à nouveau, mais ils ont refusé : on ne pouvait pas prolonger plus longtemps les fortes doses ; cela devenait dangereux, paraît-il. J'ai protesté. Quelle bande d'abrutis. Je me fichais bien du danger. Tout ce que je voulais, c'était ne plus souffrir.

Je me suis débattue. J'ai appelé ma mère, gueulé comme un putois, sué, vomi, et pissé dans mes draps. Rien n'y a fait. Ils ont tout nettoyé, puis ils ont resserré mes sangles et refermé la porte, pour éviter que mes cris ne s'entendent dans tout l'étage.

J'ai supplié Fernand d'intervenir, pour les obliger à me droguer à nouveau. Je pensais qu'il accepterait de m'aider, mais il a refusé en reprenant les mêmes arguments. Trop dangereux, soi-disant. C'était clair, il était dans leur camp.

– Demandez-leur au moins de desserrer mes sangles !

– Je ne peux rien faire, Lila.

J'ai crié :

– Mais pourquoi on me garde attachée ?

– Pour te protéger.

– De quoi ?

– De toi-même. Tu as fait une tentative de suicide.

– Ce n'est pas vrai !

– Avaler tout un flacon d'anxiolytiques, ça n'a pas d'autre nom.

– Vous n'avez rien compris ! Je ne voulais pas mourir, seulement arrêter.

– Arrêter quoi ?

– Arrêter de souffrir.

– Écoute, Lila, ça n'est pas négociable : pour l'instant, on doit te garder ici, à l'hôpital. L'hôpital psychiatrique.

– Fernand, je vous en prie, faites-moi sortir de là !

Il a répondu d'une voix triste :

– Il n'en est pas question.

J'ai connu des jours difficiles. La plupart du temps, je restais seule avec cette douleur insensée, le souvenir du cimetière et des tombes alignées, et l'image de ma mère, ma reine morte, mon ange déchu. Toute ma vie venait se fracasser contre elle.

Tant que je l'imaginais vivante, respirant quelque part, le monde avait un sens, mon existence un but : la retrouver, la rejoindre. À présent, il n'y avait plus rien, que du vide ; j'avais perdu toute raison de vivre. Pourtant, étrangement, je ne voulais pas que ça s'arrête. Quelque chose résistait encore, je ne savais pas quoi.

À bien y réfléchir, heure après heure, jour après jour, attachée sur mon lit, j'ai fini par trouver : je ne voulais pas mourir sans comprendre ce qui m'était arrivé. Je ne pouvais me résoudre à cette absurdité. J'avais besoin de savoir pourquoi, malgré tout son amour, ma mère m'avait fait ça. C'est ce que j'espérais en venant à Chauvigny : un début de réponse, un commencement d'explication.

Maintenant qu'elle était morte, je ne voyais pas très bien comment ce serait possible, mais tout de même, il fallait essayer, chercher des témoignages, des documents, se battre encore un peu. Quand j'aurais les réponses, il serait toujours temps de décider si je continuais à me donner la peine de vivre.

À partir de là, je me suis montrée très calme. J'ai fait ce que j'ai pu pour étouffer mon deuil. Je l'ai mis de côté ; je l'ai gardé pour plus tard. Dans l'immédiat, l'important était de les convaincre que je n'étais ni folle ni suicidaire, et je me doutais bien que ce ne serait pas simple.

Fernand est venu me prévenir un matin que j'allais recevoir la visite de deux inspecteurs. Maintenant que j'étais un peu remise, les médecins avaient donné leur accord.

– Des inspecteurs ? Pourquoi ?

Fernand a toussoté en rapprochant son siège.

– Ton voyage dans la Zone… Ta visite à la prison de Chauvigny… Le Ministère cherche à comprendre comment tu as réussi à apprendre le nom de ta mère.

– …

– Il avait été effacé de tous les documents qui nous ont été remis. Il faut donc que tu l'aies obtenu par des procédés illégaux. Une enquête a été ouverte.

– Et vous approuvez, j'imagine.

– Comment peux-tu dire ça ?

– Vous n'avez pas l'air trop scandalisé, en tout cas, que l'on vienne m'interroger sur mon lit d'hôpital.

– Si je pouvais t'aider, je le ferais, crois-moi ! Mais c'est le Ministère.

– Ce n'est pas grave, Fernand, je comprends.

– Qu'est-ce que tu vas faire, Lila ? Qu'est-ce que tu vas dire ?

– Eh bien… la vérité. Je crois que je n'ai pas le choix.

– Tu seras sanctionnée, a-t-il répondu d'une voix étranglée.

– Je sais, mais que voulez-vous, c'est le Ministère, on n'y peut rien !

J'avais beau me montrer caustique, je n'en menais pas large. Je n'avais évidemment pas la moindre intention de dire la vérité. Encore fallait-il disposer d'une autre explication qui puisse être crédible. Les inspecteurs devaient passer le lendemain, en fin de matinée. J'avais moins d'une journée pour trouver un moyen de me tirer d'affaire.

On a raison de dire que la nuit porte conseil. Tout tient, je crois, à la puissance des rêves et des ténèbres : enveloppé d'ombre, le cerveau est plus vif, ou peut-être mieux apte à saisir les murmures des esprits venus pour l'inspirer. Je n'ai aucune certitude, bien sûr, concernant les esprits, mais cette idée me plaît. J'aime penser que cette nuit-là, allongée sur mon lit, entravée par les sangles, j'ai reçu la visite de mon cher disparu. Quand je l'ai entendu me chuchoter la réponse, j'ai demandé :
– Vous êtes sûr ? Ça ne vous dérange pas ?
– Penses-tu, fillette ! Je me réjouis, au contraire.

Les enquêteurs se sont présentés à 11 heures. Deux cafards en uniforme – redingote à boutons dorés, jupe-culotte anthracite, large ceinture de cuir –, qui tenaient leurs chapeaux bien bas : *Mademoiselle nous allons faire en sorte de ne pas vous déranger trop longtemps nous avons juste quelques petites questions à vous poser les choses seront vite réglées si vous coopérez.* J'ai dit, *oui messieurs je comprends*, l'air soumis et navré, et j'ai vu une lueur s'allumer dans leurs yeux.

Ils se sont assis près du lit, grammabook sur les genoux pour enregistrer ma déposition. Je n'ai pas perdu mon calme, j'avais tout préparé : je savais au mot près ce que j'allais leur dire.

Le visage bouleversé – il fallait qu'ils comprennent combien il m'en coûtait de leur faire ces aveux –, j'ai déclaré :

– Cela faisait longtemps, messieurs, que j'étais au courant, pour ma mère. Très longtemps, bien avant de quitter le Centre.

Ils se sont regardés, brièvement, l'air surpris, et j'ai vu frémir le petit bouc en pointe prolongeant leur menton.

– J'étais petite, messieurs, je n'avais rien demandé. Il m'a dit, *ta maman s'appelle Moïra Steiner*, qu'est-ce que j'y peux ? Puis il a ajouté : *Elle est en prison, à Chauvigny, dans le 17ᵉ district.* Il l'a fait pour mon bien, vous savez. Il pensait que c'était important pour moi de le savoir. Après, il m'a fait jurer de n'en parler à personne, parce qu'il n'avait pas le droit de m'avouer tout ça, et qu'il aurait de gros problèmes si les choses venaient à se savoir. J'ai gardé le silence, parce que j'avais juré, et parce que je ne voulais pas lui causer d'ennuis, vous comprenez ?

Ils m'ont regardée, sidérés.

– Mais… mais, mademoiselle, de qui nous parlez-vous ?

– De monsieur Kauffmann, mon tuteur. C'est lui qui m'a tout révélé.

Voilà la petite salade que j'ai servie bien fraîche à ces deux têtes de nœud. Plus je parlais, plus je voyais l'indignation déformer leur visage, tandis que leurs mains osseuses couraient sur le clavier de leur grammabook.

Pas un instant ils n'ont eu l'air de douter de ce que je leur racontais. M. Kauffmann avait déjà un lourd passif. J'imagine qu'à leurs yeux, cela rendait vraisemblable à peu près n'importe quelle nouvelle accusation. À la fin, l'un d'eux m'a demandé :

– Avez-vous une idée de la façon dont il a pu se procurer ces renseignements, mademoiselle ?

– J'étais petite, vous savez. Je n'ai pas cherché à savoir.

– Ce n'est pas grave. Vous nous avez déjà beaucoup aidés.

J'ai hoché la tête, comme pour dire merci. Ils m'ont gratifiée de leur beau sourire de croque-morts, puis se sont retirés sur la pointe des pieds, après quelques courbettes obséquieuses. J'ai fermé les yeux, épuisée. Du bout des lèvres, j'ai murmuré : *Merci*. Et, près de mon oreille, j'ai entendu vibrer un rire joyeux.

Lorsque Fernand a appris ce que j'avais raconté aux inspecteurs, il n'a pas fait le moindre commentaire. Je ne sais pas s'il l'a cru. Peu importe. Quand ils sont venus l'interroger à son tour, il a déclaré que tout était plausible : durant très longtemps, M. Kauffmann avait bénéficié de soutiens au Ministère, sans compter les réseaux plus ou moins clandestins avec lesquels il était en contact. Autant de moyens d'obtenir, s'il le souhaitait, des renseignements confidentiels. Bref, s'il a eu des doutes, Fernand n'en a rien dit, et il a choisi de soutenir ma version des faits.

Il continuait à venir me voir tous les jours, durant l'après-midi. Il m'apportait des fruits : *C'est bon pour la santé, c'est plein de vitamines.* J'ai toujours détesté les fruits – pommes d'amour, poires d'angoisse, c'est du pareil au même. Mais ce n'était pas le moment de créer la polémique ; alors je répondais : *Merci, Fernand, je les mangerai plus tard.* Puis je les refilais le soir aux infirmières.

Pacha a finalement été localisé *extra muros*. Il semblait incroyable qu'il ait pu parcourir une telle distance, et passer la frontière sans être repéré.

– Il se déplace sans cesse d'un district à l'autre, m'a expliqué Fernand. Il vagabonde. On peut le suivre à la trace, mais on risque de ne pas pouvoir le récupérer avant un bon moment. C'est la Zone, tu comprends.

– La Zone, quelle horreur ! Mon chat a mal tourné.

Il a hoché la tête, et j'ai vu, à son air contrit, qu'il ne saisissait pas mon ironie.

J'ai continué d'appliquer ma stratégie : je me suis montrée irréprochable, calme et aimable avec le personnel soignant, absolument docile. Je savais d'expérience que, dans un tel système, toute lutte frontale est perdue d'avance. Il valait mieux ruser.

Mes efforts ont payé : ils ont fini par desserrer les sangles. Puis, voyant que je ne donnais aucun signe d'agitation, ils les ont retirées. Ça m'a redonné de l'espoir.

– Vous voyez, Fernand, tout le monde ici est très content de moi. Quand pensez-vous que je pourrai sortir ? demandais-je chaque jour.

Il ne répondait pas. Je n'étais pas encore tirée d'affaire.

Cela faisait presque trois semaines que j'étais dans cet hôpital, et je commençais à m'ennuyer ferme. En dehors de Fernand, personne ne venait me voir – je n'attendais personne, à vrai dire. À part vous. Je savais que vous deviez être rentré de votre mission dans la Zone, et je m'étonnais de ne pas avoir de nouvelles.

– Est-ce que je pourrais avoir mon gramma-book ?

– Impossible, Lila : il a été saisi pour expertise.

– Comment ça ?

– Ils vérifient ta correspondance, tes lectures, et aussi tes recherches.

– Bref, ils fouillent partout.

– C'est la procédure.

– C'est dégueulasse.

– Ils cherchent seulement à comprendre ce qui t'est passé par la tête pour que tu en viennes à commettre une folie pareille.

Je n'ai rien répondu. Mais je me suis félicitée d'avoir eu la prudence de passer par la Bibliothèque pour effectuer les recherches sur ma mère. Les inspecteurs pourraient bien fouiller tant qu'ils voudraient la mémoire de mon grammabook, ils ne trouveraient rien. *Nada, niente*, peau de balle – toujours ça de gagné.

J'ai attendu encore quelques jours avant de revenir à la charge :

– Fernand, vous savez où en sont les choses, pour mon grammabook ?

Je l'ai vu se crisper.

– Tu es encore bien fatiguée, Lila…

– Vous ne répondez pas à ma question, Fernand : est-ce qu'ils en ont fini avec mon grammabook ?

– Je ne crois pas que les médecins soient d'accord pour…

– Foutaises ! Les médecins n'ont aucune objection : je pète le feu, et je crève d'ennui. Voulez-vous que je vous dise, Fernand ? Le problème ne vient pas des médecins, mais de vous : c'est *vous* qui cherchez tous les prétextes possibles pour confisquer mon grammabook !

Il s'est empourpré. Cher Fernand, cela fait partie de ses bons côtés, cette incapacité à peu près totale à dissimuler le fond de ses pensées. Ça ne l'a pas empêché, malgré tout, de résister encore une bonne semaine. Il se sentait rassuré, j'imagine, de me maintenir totalement coupée du monde, dépendante de lui. À sa merci.

Finalement, je l'ai eu à l'usure : lassé de se faire traiter de tortionnaire, et à court d'arguments, il s'est décidé à me rendre mon grammabook. Mon premier message a été pour vous :

Cher Milo, je vais bien. Comme vous le savez peut-être, j'ai été conduite au Centre psychiatrique du 14ᵉ arrondissement. J'espère pouvoir sortir bientôt, et j'attends avec impatience de reprendre mon service à la Bibliothèque.
Amicalement,
Lila K

Je n'avais pas osé vous demander de venir me voir, mais le cœur y était. Le soir même, j'avais votre réponse :

Chère Lila,
Merci pour votre message. Après ce que vous m'avez fait dire l'autre jour, je vous avoue que je ne m'y attendais pas. Je suis heureux d'apprendre que vous vous remettez.
Bien à vous,
Milo

Cher Milo,
Votre message me déconcerte. Qu'entendez-vous par « après ce que vous m'avez fait dire l'autre jour » ? Je n'ai jamais confié à qui que ce

soit de message à votre intention. Éclairez-moi, s'il vous plaît.

Chère Lila,
Je me suis présenté à l'hôpital il y a dix jours pour vous rendre visite. Mais vous aviez fait dire que vous ne vouliez plus me voir. Si tel était le cas, je respecterais bien sûr votre souhait. Mais je comprends d'après votre message qu'il y a eu une sorte de quiproquo.

Cher Milo,
Quiproquo. *Je ne sais si le mot convient pour dire que quelqu'un s'est permis de parler à ma place, sans me prévenir ni me demander mon avis. Mais si le mot convient, alors oui, il y a eu* quiproquo. *Venez me voir quand vous voulez.*

Chère Lila,
Je passerai demain, dans l'après-midi.

Je n'ai rien dit à Fernand. J'aurais peut-être dû. Il aurait été préparé.

Quand vous êtes arrivé dans la chambre, il s'est levé d'un bond – la surprise, sans doute, et l'hostilité, à coup sûr. Mais ça n'a pas eu l'air de vous impressionner. Vous l'avez salué d'un hochement de tête, puis vous vous êtes avancé vers le lit.
– Comment allez-vous ?
– Pas trop mal.

– Vous avez bonne mine.

– C'est parce que je suis contente que vous soyez venu !

Je le pensais vraiment, mais c'était aussi pour le plaisir de contrarier Fernand.

– Que disent les médecins ? Ils envisagent de vous garder encore longtemps ici ?

– Je ne sais pas. On ne veut rien me dire. Oh, Milo, vous ne pouvez savoir comme je m'ennuie, et comme j'ai hâte de revenir travailler !

– Je vous attends, Lila. Tout le monde vous attend.

Fernand est alors sorti du silence crispé dans lequel il s'était jusqu'ici cantonné.

– On ne sait pas encore si Lila retournera travailler à la Bibliothèque, a-t-il déclaré froidement.

Je lui ai lancé un regard stupéfait. Il vous dévisageait d'un œil mauvais.

– Il est question de garder Lila ici en long séjour. Sa tentative de suicide…

– Fernand, je n'ai jamais voulu me suicider. Je vous l'ai déjà expliqué !

– Quoi qu'il en soit, tu as besoin d'aide, c'est évident ! a-t-il répliqué avec hargne.

Jamais je ne l'avais vu dans cet état. C'était comme si votre présence l'avait rendu méchant.

– Ce n'est pas possible, Fernand ! Je veux sortir d'ici et reprendre le cours de ma vie. Je vais bien.

– Non, tu ne vas pas bien. Et jusqu'à nouvel ordre, tu resteras ici !

Cela faisait déjà un moment que je m'efforçais de faire bonne figure, mais là je ne pouvais plus, et c'est parti tout seul, comme un torrent derrière mes lunettes noires. *Lila lacrimosa.*

– Pourquoi tu compliques les choses ? a soupiré Fernand. Pourquoi tu ne veux pas faire confiance aux gens qui se soucient *vraiment* de toi ?

– Ne pourrait-on envisager une voie moyenne ? avez-vous demandé. Laisser Lila reprendre son travail à la Bibliothèque, tout en lui apportant le soutien d'une thérapie, si les médecins l'estiment nécessaire ?

Fernand vous a jeté un regard glacial.

– En l'occurrence, je ne crois pas que vous soyez le mieux placé pour donner des conseils.

– Fernand, qu'est-ce qui vous prend ? ai-je crié, effarée.

Mais vous avez dit calmement :

– Laissez, Lila, laissez, en posant sur mon bras une main apaisante.

J'ai à peine frémi. Fernand est devenu blême. Votre main sur mon bras, pour lui, c'était trop. Il s'est mis à hurler :

– C'est vous qui avez poussé Lila à faire cette folie, n'est-ce pas ? C'est vous, bien sûr !

– Fernand ! Je vous en prie, arrêtez !

Mais il a continué d'éructer :

– Une prison au fin fond de la Zone ! Lila n'aurait jamais entrepris ce voyage sans y être poussée. Elle a bien trop peur de la foule et du bruit. C'est vous qui l'avez poussée, j'en suis sûr ! C'est vous !

Il vous défiait, pâle, tremblant et débordant de haine. Vous êtes resté un bon moment à le dévisager calmement, puis vous avez répliqué d'une voix froide :

– J'ai cru comprendre que Lila aspirait depuis longtemps à retrouver sa mère. Je ne vois pas en quoi ce souhait relèverait de la folie.

– Sa *mère* ! Mais cette femme *n'était pas* sa mère. Elle a été déchue. Déchue, entendez-vous ?

– Il semblerait que Lila voie les choses autrement.

Fernand s'est remis à hurler :

– Vous voulez que je vous en parle, de cette *mère* ?

– Fernand, taisez-vous ! S'il vous plaît, taisez-vous !

Il ne m'a pas écoutée.

– Vous voulez que je vous montre ce qu'a fait cette *mère* ?

Je sanglotais à présent, les mains sur les oreilles. Mais j'avais beau appuyer de toutes mes forces, j'ai quand même entendu.

– Vous voyez ça ? a demandé Fernand en désignant ma clavicule gauche. Vous le voyez ? C'est une fracture jamais soignée qui s'est ressoudée de travers. On n'a pas réussi à savoir comment c'est arrivé – la mère de Lila n'a pas été très loquace lors de son procès. Elle n'a pas non plus su expliquer comment s'étaient produites les anciennes fractures – cinq aux côtes, trois aux phalanges de la main droite – dont on a retrouvé les traces en radiographiant le corps de sa petite fille ! Alors, qu'est-ce que vous en dites ?

Vous m'avez regardée, stupéfait, effrayé. J'ai détourné les yeux. Je ne pouvais plus m'arrêter de sangloter.

– Et ses mains ! Vous les voyez, ses mains ? Les brûlures, en cicatrisant, avaient collé les doigts les uns aux autres. Quand Lila est arrivée au Centre, les chirurgiens ont dû les séparer au scalpel. C'est ça que vous appelez une mère ?

Vous êtes demeuré silencieux. À travers mes larmes, je voyais votre air consterné, et c'était encore pire. Fernand avait cessé de vociférer. Il semblait épuisé, et comme anéanti par sa propre violence. Au bout d'un long moment, vous avez répondu d'une voix très calme :

– Je ne sais pas si c'est cela, une mère. Mais Lila a l'air de le penser, et il me semble que son avis, si aberrant qu'il vous paraisse, mérite d'être pris en compte.

Vos paroles étaient comme une eau glaciale versée sur la colère de Fernand.

– Vous m'accusez d'avoir poussé Lila à accomplir un voyage qu'elle n'aurait jamais osé entreprendre, selon vous, de sa propre initiative. Je n'ai qu'une chose à vous dire : si vous pensiez que Lila en était incapable, c'est peut-être que vous ne la connaissez pas aussi bien que vous l'imaginez.

Puis, vous tournant vers moi :

– Prenez bien soin de vous.

Vous avez posé la main sur mon bras, une seconde fois.

– Je reviendrai bientôt.

Et vous êtes sorti, sans ajouter un mot, et sans un regard pour Fernand.

Je me suis aussitôt recroquevillée sous les draps en lui tournant le dos. L'idée de rester seule avec lui m'était insupportable. *Allons, Lila, ne fais pas l'enfant !* Je n'ai pas bougé. *Parle-moi. Parle-moi, je t'en prie.* Il pouvait toujours courir. De toute façon, j'en étais incapable. Je me sentais comme après une catastrophe, quand tout est dévasté, qu'il ne reste plus rien, seulement le silence. Je n'avais qu'une envie : le voir s'en aller. Mais pensez-vous, il s'est acharné : *Je t'en supplie, parle-moi. Allons, dis quelque chose.* J'ai cru qu'il n'arrêterait jamais.

À 20 heures, l'infirmière est passée signaler la fin des visites. J'ai entendu Fernand ramasser son chapeau, son pardessus, et boucler la mallette dans laquelle il transportait son grammabook. Lorsqu'il m'a dit au revoir, je n'ai pas répondu.

Votre message est arrivé dans la soirée : *Quand puis-je passer vous voir sans déranger ?* Je me sentais soulagée que vous ayez encore envie de me parler, après tout ce que je vous avais caché de mon passé. Ça ne m'empêchait pas d'être inquiète. Je me demandais quel jugement vous portiez sur moi, maintenant que vous étiez au courant, pour ma mère. Je vous ai répondu : *Le matin, il ne vient jamais personne*. Ensuite, j'ai demandé une injection, pour dormir.

Ils n'y sont pas allés de main morte avec les somnifères : je dormais encore à moitié quand vous êtes arrivé.

– Comment allez-vous, depuis hier ?

– Je ne sais pas.

Vous vous êtes assis à mon chevet. Pendant un moment, vous m'avez dévisagée en silence, puis j'ai vu votre regard glisser jusqu'à ma clavicule. J'ai immédiatement rajusté le haut de ma chemise de nuit. Tout de suite après, j'ai pensé, je ne suis même pas coiffée – c'est idiot, n'est-ce pas ?

– Lila, pourquoi ne m'avoir rien dit ?

J'ai baissé les yeux, sans répondre.

– Je croyais pourtant vous avoir prouvé que vous pouviez avoir confiance en moi.

– Milo, je vous assure, ce n'est pas une question de confiance, mais… pensez-vous que cela soit facile ? Ces… choses… pensez-vous qu'on puisse les raconter comme ça, en passant ? Quand bien même j'aurais voulu, je… c'était impossible.

Vous avez hoché la tête, l'air peiné.

– Est-ce que vous me prenez pour une folle, vous aussi ?

– Je ne vous juge pas.

– Vous ne trouvez pas étrange que j'aie souhaité revoir ma mère, après… après ça ?

– Je ne vous juge pas, avez-vous répété.

– Je ne cherche pas à nier ce qu'elle m'a fait, vous savez. Tout ce que Fernand a raconté, je... je m'en souviens. C'est revenu peu à peu.

J'ai regardé mes mains posées à plat sur le drap, les fines cicatrices courant entre mes doigts.

– Quand bien même j'aurais oublié, mon corps en conserve suffisamment de traces.

Vous avez étendu les mains pour recouvrir les miennes. Je vous ai laissé faire, avec l'impression troublante que la chaleur de vos paumes aurait le pouvoir d'effacer mes cicatrices.

– Le plus étrange, voyez-vous, c'est qu'elle m'aimait. J'en suis sûre, Milo : ma mère m'aimait. De cela aussi, j'ai des souvenirs précis. Mais comment expliquer que, malgré son amour, elle ait pu...

J'ai senti une pression, infime et brève, de vos doigts sur ma main. Mais vous n'avez rien dit.

– Le plus difficile, c'est de ne pas savoir. Ne pas comprendre comment c'est arrivé. Voilà pourquoi je suis allée à Chauvigny : la voir, lui demander de m'expliquer, si elle était encore en état de le faire. Maintenant, je sais que ce ne sera pas possible, jamais, et c'est dur, vous savez. Sans elle, il me manque un bout de l'histoire.

– Et dans votre dossier, vous n'avez rien trouvé ?

– Mon dossier est vide, Milo. Tout ce qui concerne ma mère a été effacé. C'est la procédure, paraît-il, lorsqu'une mère a été déchue de ses droits. On efface sa trace. À la place de son nom, on met des croix. Si je pouvais consulter son dossier à elle, j'y trouverais certainement des éléments de réponse, des détails qui me permettraient de comprendre. Mais jamais on ne me laissera y accéder. Officiellement, elle n'est plus rien pour moi. Cela fait des années que tout lien juridique a été rompu entre nous.

— Cela vaut tout de même la peine d'essayer.

J'ai secoué la tête.

— Vous avez vu comment a réagi Fernand, hier, à la seule idée que j'avais essayé de revoir ma mère. Il me prend pour une folle. Imaginez sa réaction si je réclamais l'accès au dossier ! C'est sans espoir.

— Que comptez-vous faire, alors ?

— Sortir d'ici. Quitter cette maison de fous. Pour l'instant, je n'ai pas d'autre but. Ensuite, je ne sais pas.

— Lila, vous n'êtes pas seule. Je suis là ; je vais vous aider.

J'ai dit merci. J'étais touchée, sincèrement, même si je ne voyais pas très bien ce que vous pouviez faire pour moi, en l'occurrence. Vous vous êtes levé, brusquement.

— Vous partez déjà ?

— Oui. Je dois y aller.

— Vous reviendrez me voir ?

— Je ne sais pas si je pourrai. Je… il va falloir que je reparte pour la Zone.

— Mais vous en revenez à peine !

— Ce n'était pas programmé, à vrai dire, mais des contraintes nouvelles sont apparues. Je dois y aller, je n'ai pas le choix.

J'ai pensé aux paroles de réconfort que vous veniez de m'adresser, *je suis là ; je vais vous aider*, et j'ai souri avec amertume, en ramenant mes mains sous les draps. Je m'en voulais, soudain, de vous avoir laissé les toucher. Vous vous êtes raclé la gorge.

– On m'a demandé de témoigner dans l'enquête psychiatrique vous concernant. Ils veulent une déposition écrite. Comptez sur moi pour ne rien dire qui puisse apporter de l'eau à leur moulin.

– C'est très gentil à vous, mais je doute que cela suffise.

– Ne vous faites pas de souci concernant cette enquête. C'est une procédure plus formelle qu'autre chose. Ils n'ont pas assez d'éléments pour vous interner.

– Ce n'est pas l'avis de Fernand.

– Ne pensez plus à Fernand. Pensez à vous. Je suis sûr que tout va bien se passer.

J'ai soupiré :

– Quand serez-vous de retour ?

– Je ne sais pas encore.

– Je pourrai vous écrire ?

– Il vaut mieux éviter.

– Qu'est-ce qui se passe, Milo ?

– Rien d'important. S'il vous plaît, ne m'en demandez pas davantage.

J'ai jeté un coup d'œil à la caméra qui tournait, vigilante, juste au-dessus de nous, et j'ai compris que vous ne vouliez pas parler en sa présence.

Vous vous êtes penché sur moi, pour me chuchoter à l'oreille :

– Ne vous inquiétez pas. Nous nous reverrons rapidement, je vous le promets.

– Comment ?

– Vous souvenez-vous de l'impasse où je vous ai emmenée le jour où je suis passé à votre appartement ?

J'ai hoché la tête – j'y étais retournée plusieurs fois au cours de mes promenades, comme en pèlerinage.

– Sauriez-vous la retrouver, si un jour je vous y donnais rendez-vous ?

J'ai hoché la tête, à nouveau. Vous avez murmuré d'une voix presque inaudible :

– Si vous recevez d'aventure un message de Lucrezia demandant de vos nouvelles, et vous souhaitant un prompt rétablissement, rendez-vous dans l'impasse, à 20 heures, le jour même. J'y serai. Si, pour une raison ou une autre, vous ne pouvez y aller ce jour-là, rendez-vous le lendemain, même endroit, même heure. Vous avez bien compris ?

J'ai acquiescé.

– N'y allez pas directement. Faites comme moi des tours et des détours, c'est important. Ça affole les robots de surveillance ; ça brouille leurs programmes et perturbe les repérages.

– C'est compris. Mais Milo, pourquoi tout ce mystère ? Dites-moi ce qui se passe !

– Rien qui mérite que vous vous inquiétiez.

Je me doutais que c'était un mensonge, mais vous aviez l'air si sûr de vous, si apaisé, que j'ai choisi de faire semblant d'y croire.

Quand Fernand est revenu, en début d'après-midi, il avait sa tête des mauvais jours, celle d'après le départ de Lucienne, lorsqu'il arrivait le matin sans avoir fermé l'œil, avec cet air à vous mettre le cœur en morceaux. Mais je n'avais pas envie de me laisser émouvoir. Je lui en voulais trop de sa scène de la veille.

– Comment ça va, Lila ?

– À votre avis, Fernand ?

– Je sais que tu m'en veux.

– Je ne peux pas me le permettre.

– Quoi que tu penses…

– Je sais : tout ce que vous faites, vous le faites pour mon bien, même si j'ai parfois du mal à m'en apercevoir.

– Absolument.

J'ai fermé les yeux, sans répondre.

– Écoute, on n'arrivera à rien comme ça. Qu'est-ce que tu veux, Lila ? Qu'est-ce que tu veux vraiment ?

– Je veux sortir d'ici, ai-je répondu sans ouvrir les yeux.

– Tu penses que c'est raisonnable après… après ce que tu as fait ?

– Je me suis déjà expliquée là-dessus, mais on dirait que vous ne voulez rien entendre !

– Ce voyage insensé pour retrouver ta mère…

– Il y avait trop de questions sans réponse, Fernand. Je voulais savoir. N'importe qui comprendrait.

– Ce sera aux psychiatres d'en décider.

– La décision des psychiatres se fondera aussi sur les différents témoignages qu'ils recueilleront à mon sujet, c'est bien ça ?

– Exact.

– Vous étiez mon tuteur. Votre avis sera donc déterminant.

– Probablement.

J'ai rouvert les yeux.

– Qu'allez-vous leur dire, Fernand ? Que je suis une folle ? C'est ce que vous pensez, vraiment ?

Il m'a jeté ce regard fiévreux, exalté, qui me mettait chaque fois si mal à l'aise.

– Tu ne veux pas rester ici, n'est-ce pas ?

J'ai secoué la tête.

– Moi non plus, je ne veux pas que tu restes ici. Ce serait l'échec de tout ce que j'ai fait pour toi.

– Alors, vous êtes prêt à témoigner en ma faveur ?

– Oui, Lila, à une condition : que tu ne retournes pas à la Bibliothèque.

– Vous ne pouvez pas me demander une chose pareille !

– Non seulement je le peux, mais je le fais. La Bibliothèque, c'est de là que vient tout le mal. Ces livres, ces articles qui t'ont tourné la tête.

– Oh, Fernand, par pitié, n'accusez pas les livres ! Ayez un peu de courage : dites clairement que c'est à Milo que vous en voulez !

– J'allais y venir, justement – tu vois, je n'élude pas la question. Écoute, je... je ne sais pas ce qui s'est passé entre vous, mais il faut que tu comprennes une chose : ce type n'est pas net. Ses missions dans la Zone, les contacts qu'il a noués là-bas, les rapports qu'il a remis... Tout cela témoigne d'idées malsaines, politiquement. Les choses sont en train de changer, Lila. Le gouvernement s'est enfin décidé à faire le ménage au Ministère de la Culture, à tout reprendre en main. Milo Templeton vient de perdre quelques précieux appuis. Il ne va pas tarder à avoir des ennuis.

J'ai secoué la tête.

– Vous dites n'importe quoi !

– Ce type est dangereux, crois-moi. Il faut couper les ponts, t'arracher à son influence. Tu as déjà un passé assez lourd, Lila. Tu ne peux pas te permettre de te compromettre avec lui.

– ...

– Alors, c'est d'accord ? Je témoigne en ta faveur, mais tu prends l'engagement de démissionner de la Bibliothèque et de ne plus revoir ce Milo Templeton ? C'est d'accord, Lila ?

– Est-ce que j'ai le choix ? ai-je demandé, amère.

Il a pincé les lèvres.

– Non, tu n'as pas le choix.

Le 25 novembre, le Ministère a rendu publiques les conclusions de l'autopsie pratiquée sur l'automate que j'avais agressé : la mort était survenue suite à la rupture de plusieurs connexions cérébrales fortement corrodées. L'autopsie attestait par ailleurs un état de délabrement avancé : détérioration des organes, altération de la peau artificielle ayant entraîné une pollution des fluides, usure des cartilages et des principaux circuits, ostéoporose… Bref, on avait affaire à une machine en bout de course, dont la vie ne tenait plus qu'à un fil. Tout portait donc à croire que je n'étais pas directement responsable du décès. L'automate était mort de sa *belle mort*, si l'on peut dire.

Le 26, le Ministère a officiellement abandonné les poursuites qu'il avait engagées contre moi pour violences volontaires ayant entraîné la mort sans intention de la donner.

Le 30, les experts psychiatres ont remis leur rapport : selon eux, je ne représentais pas de danger pour moi-même, mais ils mentionnaient toutefois des *tendances obsessionnelles* et des *altérations passagères du jugement*. Ils m'autorisaient à quitter l'hôpital, moyennant une obligation de suivi psychiatrique mensuel, puis trimestriel.

Je ne vous dirai pas que j'étais enchantée à l'idée d'être soumise une fois de plus au contrôle d'une bande d'experts, mais enfin, du moment que je pouvais sortir de chez les dingues, j'étais prête à m'en accommoder. De toute façon, je commençais à avoir l'habitude des comités de spécialistes et autres commissions. Je ne me faisais pas de souci : je saurais comment m'y prendre avec tous ces connards.

J'ai regagné mon appartement le 1ᵉʳ décembre. Trois jours plus tard, Fernand est passé me voir.

– Lila, j'ai une triste nouvelle : Pacha ne rentrera pas. Nous avons perdu le signal il y a quelques jours. Il se trouvait alors dans le 10ᵉ district, Dieu sait ce qui a pu lui arriver, là-bas… Je suis désolé.

J'ai versé quelques larmes, même si je n'étais pas sûre que Pacha soit à plaindre. Mourir en vagabond dans une jungle urbaine, c'était une belle mort pour un chat de salon. J'enviais presque son sort. Lui au moins avait su gagner sa liberté.

Je n'avais toujours aucune nouvelle de vous, et je me rongeais les sangs en pensant à ce que Fernand m'avait dit, à l'hôpital : *Les choses sont en train de changer, Lila. Ton monsieur Templeton a perdu quelques précieux appuis.* Où en étiez-vous, à présent ? C'était si difficile de ne pas le savoir. Plusieurs fois, j'ai été tentée de vous contacter, mais vous m'aviez si expressément demandé de ne pas le faire que j'y ai renoncé. Je me suis contentée d'attendre en regardant grandir mon inquiétude.

Le 8 décembre, Fernand m'a annoncé que le Ministère venait de lancer un mandat contre vous pour entrave à l'action de la justice.

– Il était appelé à témoigner dans une affaire de trafic de documents. Il n'a pas répondu à la convocation.

– Il ne risquait pas de répondre : il est en mission dans la Zone !

– Il n'est pas en mission, Lila : il est en fuite – c'est en tout cas ce qui se dit au Ministère. Et je peux t'assurer qu'il aura des ennuis si jamais il remet les pieds *intra muros*.

Le message de Lucrezia est arrivé le lendemain, en fin de matinée :

Chère Lila,
Un mot pour vous dire que je pense bien à vous.
J'espère que vous vous remettez de vos mésaventures, et que nous vous reverrons très bientôt à la Bibliothèque. Recevez, avec mes amitiés, tous mes vœux de prompt rétablissement.
Votre dévouée,
Lucrezia

Ce mot, je l'avais ardemment espéré, et pourtant maintenant qu'il s'affichait sur l'écran de mon grammabook, je tremblais de l'avoir reçu. Je ne parvenais pas à croire que vous soyez revenu. Avec toutes les menaces qui pesaient sur vous, cela paraissait insensé.

Chère Lucrezia,

Merci pour votre message d'amitié, qui me touche profondément. J'en mesure chaque terme, et le conserverai précieusement en mémoire.

Je suis à présent tout à fait rétablie. Les circonstances me conduisent, hélas, à devoir abandonner mon poste à la Bibliothèque. Croyez bien que je le regrette, mais j'ai dû faire face à un choix difficile.

Chère Lucrezia, je vous souhaite bonne chance pour la suite. Prenez soin de vous.

Amicalement,
Lila

Je me suis mise en route vers 18 h 30. Je n'avais pas oublié la consigne : je me suis donné le temps d'effectuer mille tours et détours, afin d'être certaine de bien brouiller les pistes.

Quand je suis arrivée à l'impasse, un peu avant 20 heures, vous étiez déjà là. Vous portiez une barbe, à présent. Vos cheveux avaient poussé, et vos rides s'étaient accentuées. Mais c'était vous.

– Pourquoi êtes-vous revenu, Milo ? C'est de la folie !

– Moi aussi, je suis très heureux de vous revoir.

– Comme si c'était le moment de faire de l'humour ! Vous êtes en danger !

– Allons, pas d'affolement. Ils n'ont rien contre moi.

– Ils n'ont pas besoin d'avoir des charges précises pour vous placer en détention, vous le savez aussi bien que moi ! Pourquoi avoir pris tant de risques ?

– J'avais à faire *intra muros*, figurez-vous. Une rencontre importante, avec une très belle jeune femme, dans un endroit tranquille. Le genre de rendez-vous qui ne se refuse pas.

– Vous n'êtes pas drôle !

– Vous souvenez-vous la promesse que je vous ai faite, à l'hôpital ?

– ...

– Je vous avais promis de vous aider, vous vous souvenez ?

Vous avez sorti de votre poche une lamelle.

– Qu'est-ce que c'est, Milo ?

– Tendez-moi votre main.

Vous avez déposé la lamelle dans le creux de ma paume, puis vous m'avez doucement fermé le poing.

– Le dossier de votre mère.

Ça n'a pas fait un pli, je me suis mise à trembler.

– Comment avez-vous fait ?

– Je me suis débrouillé.

– Mais c'était impossible !

– Il faut croire que non. Vous savez, Lila, j'ai des ennemis, c'est vrai, mais j'ai aussi beaucoup d'amis.

– C'est tellement incroyable, tellement inespéré. Comment vous remercier ?

– En trouvant les réponses aux questions qui vous tourmentent. En faisant votre deuil.

J'ai hoché la tête, lentement.

– J'espère de tout cœur que vous y parviendrez. Ensuite, il sera peut-être temps de commencer à vivre.

J'ai baissé les yeux, sans répondre, parce qu'en vérité, rien n'était encore décidé, pour la suite. Rouvrant le poing, j'ai demandé, en regardant la lamelle :

– Quand dois-je vous la rendre ?

– Vous pouvez la garder ; il s'agit d'une copie. Conservez-la soigneusement cachée. Lisez-la aussi discrètement que possible, sans jamais l'intégrer à la mémoire de votre grammabook. Une fois que vous en aurez pris connaissance, détruisez-la. Inutile de vous expliquer les ennuis auxquels vous vous exposeriez si on la découvrait en votre possession. Pardonnez-moi de présenter les choses sous un jour si dramatique, mais je veux m'assurer que vous avez bien conscience des risques, afin que vous preniez toutes les précautions.

– Ne vous en faites pas, Milo, j'ai l'habitude.

Nous sommes restés un assez long moment à nous regarder, sans rien dire. Puis vous avez fini par demander :

– Vous ne reviendrez pas à la Bibliothèque, n'est-ce pas ?

– Non, j'ai démissionné. Je n'ai pas eu le choix. Cela faisait partie du marché pour ma... libération.

– Vous avez eu raison. Si cela a pu favoriser votre sortie de l'hôpital, il n'y avait pas à hésiter. Bien. Je vais devoir y aller.

– Quand pourrai-je vous revoir ?

– Je ne sais pas, Lila. Les choses sont encore trop incertaines.

– Vous repartez bientôt ?

– Ce soir même.

– Et si jamais vous ne pouviez pas revenir ?

– Alors, c'est vous qui viendriez me rejoindre dans la Zone. Vous le feriez, n'est-ce pas ?

J'ai dit :

– Oui, bien sûr, je le ferais.

Et c'était vrai, Milo : je m'en sentais capable.

Ensuite, je ne sais pas ce qui m'a pris – la gratitude, ou l'angoisse de devoir vous quitter –, j'ai eu comme un élan, un élan spontané : je me suis blottie contre vous. Je ne comprends pas comment j'ai pu faire ça, franchement, je ne comprends pas. Vous m'avez enlacée, et c'était si violent que cela m'a fait peur. Mais il était trop tard pour reculer. J'ai baissé les paupières, et je vous ai laissé faire.

Vos lèvres sur mes cheveux, sur mes tempes, sur mon front, ça ne m'a pas dégoûtée, Milo, pas du tout, au contraire. C'était doux à un point que je n'imaginais pas. J'ai frémi. Cela faisait si longtemps que je n'avais pas connu la joie d'être touchée. Quand votre bouche s'est posée sur la mienne, j'ai entrouvert les lèvres, sans répugnance, sans réticence aucune. C'était comme un miracle. Je sentais le sang battre à l'intérieur de moi, chaque contraction de mon cœur, votre peau, votre langue, votre souffle, nos chaleurs réunies, et pour la première fois depuis bien des années, j'avais l'impression d'être... comment dire ? Vivante, il n'y a pas d'autre mot. Vivante, enfin.

Lorsque vous avez desserré votre étreinte, je vous ai regardé, hébétée. Je n'arrivais pas à croire que ce soit déjà fini.

– On m'attend. Je ne peux pas me permettre d'être en retard. Vous comprenez ?

– Bien sûr.

J'ai avancé les mains pour ajuster le col de votre manteau. J'avais besoin de vous toucher encore. Lorsque j'ai senti sous mes doigts cette douceur soyeuse autour de votre cou, j'ai écarté un peu l'un des pans du manteau. C'est là que j'ai vu l'écharpe.

– Vous n'en vouliez plus, et elle était si belle... Je n'ai pas voulu la jeter. J'espère que vous ne m'en voulez pas.

J'ai secoué la tête. J'avais les larmes aux yeux.

– Non bien sûr, non. Vous avez eu raison. Elle vous va très bien. Je... je crois que personne ne pouvait la porter mieux que vous.

Vous m'avez souri.

– Il faut vraiment que j'y aille, à présent. Attendez un quart d'heure avant de vous mettre en route, vous voulez bien ?

J'ai fait oui de la tête.

– Au revoir, Lila.

– Au revoir, Milo. Soyez prudent.

– Ne vous faites pas de souci. Nous nous reverrons bientôt.

Je vous ai regardé partir, tête baissée, mains dans les poches. La lumière des réverbères vous éclairait à peine, comme si les ténèbres, déjà, vous dévoraient. Et cela ressemblait tant à une image de dernière fois, Milo, que je me suis dit, ce n'est pas possible, je le reverrai, j'en suis sûre. C'est fou les chemins que peut prendre l'espoir.

Le dossier Moïra

Ils vous ont arrêté le soir même, alors que vous vous apprêtiez à passer la frontière avec de faux papiers. Je l'ai appris le lendemain, par Fernand. Un de ses bons amis du Ministère l'avait mis au courant.

– Personne ne comprend pourquoi il est revenu *intra muros*, alors qu'il était parvenu à se mettre à l'abri dans la Zone. Autant se jeter directement dans la gueule du loup ! Sans doute avait-il de bonnes raisons de prendre de tels risques. Les enquêteurs du Ministère ne tarderont pas à découvrir lesquelles. Ils savent très bien s'y prendre pour rendre les gens loquaces.

Fernand s'efforçait de conserver un ton neutre, mais son visage reflétait une satisfaction si intense que c'en était écœurant.

– Je t'avais bien dit qu'il n'allait pas tarder à

avoir des ennuis. C'est arrivé encore plus tôt que je ne l'imaginais !

Il a eu un petit rire nerveux, comme un éclair de joie mauvaise. C'était son heure de gloire, son triomphe. Je me suis levée, brusquement, et j'ai couru vomir dans les toilettes.

Tandis que je me rinçais la bouche à l'eau claire, je l'ai vu apparaître sur le seuil de la salle de bains, l'air désemparé.

– Ça ne va pas ?

– Quelle perspicacité, vraiment ! ai-je répondu, amère, en m'essuyant les commissures.

Pauvre Fernand, je lui ai gâché son plaisir, d'un seul coup. Il n'avait plus du tout envie de rire.

Je suis retournée au salon, et je me suis laissée tomber sur le canapé. Il est venu s'asseoir sur la chaise, juste en face de moi. Il semblait contrarié et honteux, mais ça ne me rendait pas sa présence plus supportable.

J'ai ouvert le tiroir de la table basse pour y prendre le kaléidoscope. Puis après avoir relevé mes lunettes, je l'ai collé à mon œil pour regarder Fernand. Sa gueule en miettes avec des arcs-en-ciel, c'était toujours ça de pris.

– Qu'est-ce que tu fabriques ?

Je n'ai pas répondu. Je me suis contentée de faire tourner le tube afin de varier la décomposition.

– Bon sang, Lila, tu ne veux pas arrêter tes bêtises ?

– Oui, vous avez raison.

J'ai posé le kaléidoscope sur la table, refait glisser mes lunettes sur mon nez, et j'ai commencé à dévisager Fernand sans rien dire. Il semblait de plus en plus mal à l'aise. C'était bon. Après de longues minutes d'un silence pesant, il a fini par lancer d'une voix sourde :

– Tu tiens tant que ça à lui ?

– Ça n'est pas ce que vous croyez.

– Je ne crois rien.

– Monsieur Templeton a été gentil avec moi. Il a toujours… il m'a protégée, à sa façon. Alors, si vous tenez absolument à l'entendre : oui, il compte beaucoup pour moi. Tout comme vous, d'ailleurs.

– Pas tout à fait comme moi.

Je n'ai rien répondu. Il pouvait penser ce qu'il voulait, après tout, quelle importance. Je me suis blottie dans le canapé en serrant un coussin contre moi.

– Tu crois que ça va aller ?

– Que voulez-vous que je vous dise ?

– Tu… tu veux que je reste avec toi ce soir, pour te tenir compagnie ?

– Fernand, arrêtez, je vous en prie, ou je vais finir par croire que vous avez le sens de l'humour !

Il a encaissé en silence.

– Je peux faire quelque chose pour t'aider ?

– Franchement, Fernand, je crois que vous en avez assez fait. Si vous pouviez seulement vous en aller.

Il a baissé la tête en serrant les mâchoires. J'imagine que, d'une certaine façon, il savait qu'il l'avait mérité. Au lieu de s'en aller comme je l'en priais, il a marché jusqu'à la baie vitrée, et il s'est planté là, les mains derrière le dos.

– Fernand, qu'est-ce qu'il y a ?

Il n'a pas répondu. Il semblait perdu dans une réflexion intense et douloureuse.

Fernand a beaucoup de défauts, mais, au fond, il n'est pas méchant. Chaque fois qu'il essaie de l'être, il s'en mord les doigts, parce qu'en vérité, il n'a pas les moyens de sa méchanceté. Elle le rend malade, après coup. Il serait prêt à tout pour se faire pardonner.

– Lila, je ne peux pas supporter de te voir dans cet état.

Je n'ai pas réagi.

– Si monsieur Templeton compte autant pour toi, je…

Il s'est interrompu, quelques instants, puis il a respiré profondément, avant de se lancer :

– Comme tu le sais, j'ai mes entrées au Ministère. Je vais essayer… je vais faire mon possible pour… pour avoir de ses nouvelles.

– Vous êtes sérieux, vraiment ?

– Oui, Lila. Je vais le faire.

Les semaines ont passé. Fernand m'appelait tous les jours. Il n'avait aucune nouvelle de vous, j'en étais presque folle. Lui, disait qu'il n'y avait rien d'anormal : durant les premiers temps qui suivent une arrestation, la police ne laisse rien filtrer. C'est l'usage, paraît-il, et cela permet de tout imaginer.

– Il faut être patient. On finira par apprendre quelque chose, je te promets. En attendant, tu dois trouver de quoi t'occuper, te changer les idées. Sinon, tu ne vas pas réussir à remonter la pente.

Il avait raison, je le savais, et je savais aussi ce que j'avais à faire. C'est pour moi que vous étiez revenu *intra muros*, pour me donner la lamelle contenant le dossier de ma mère. Elle était cachée là, dans la terre des fougères. Elle m'attendait, avec les réponses. C'est ce que vous vouliez, n'est-ce pas, que je trouve les réponses ?

Je me doutais que j'étais très surveillée, comme toutes les personnes sous suivi psychiatrique. Alors, j'ai choisi la nuit – c'est là que je courais le moins de risques de me faire repérer.

Chaque soir, je me couchais à l'heure habituelle, et je m'endormais en serrant dans ma main mon petit réveil de poche. À 2 heures, le vibreur me réveillait. J'allais entrouvrir la fenêtre ; puis tendant la main vers le bac à fougères, je saisissais la lamelle glissée sur le côté. Ensuite, je faisais mine de me rendre aux toilettes – si jamais les gardiens me guettaient, ils ne s'inquiéteraient pas de mon déplacement.

Le placard m'attendait, avec mon gramma-book. Lentement, je faisais coulisser le panneau, et je m'allongeais là, dans l'ombre bienheureuse.

J'attendais que tout soit clos à nouveau, totalement hermétique, pour glisser la lamelle dans le grammabook, et commencer à lire.

Un peu avant l'aube, j'arrêtais ma lecture. Je retournais cacher la lamelle dans la terre des fougères, puis je me recouchais. Je ne dormais pas plus de deux, trois heures – dormir trop longtemps, c'était prendre le risque d'éveiller les soupçons. De toute façon, cela me suffisait.

En fin de matinée, j'allais courir sur le périphérique, pour donner le change, dire que j'avais fait quelque chose de ma journée. Fernand était content :

– C'est bien que tu te remettes à sortir, à courir. C'est très sain.

Oui, c'était sain. Et si cela pouvait donner l'impression que j'allais mieux, que demander de plus ?

Chaque nuit, je revenais me nicher dans l'ombre du placard. Je prenais parfois avec moi une boîte de pâté – il m'en restait encore quelques-unes. Je les gardais pour les grandes occasions, quand je sentais que ma lecture devenait trop difficile.

Cela a duré près d'un an. C'est le temps qu'il m'a fallu pour consulter les 6 765 pages du dossier de ma mère. Des centaines de documents : comptes rendus, témoignages, procès-verbaux, carnet de santé, relevés bancaires, casier judiciaire, correspondance, *curriculum vitæ*, minutes du procès, livret carcéral, rapport d'autopsie…

J'ai tout lu avec avidité, sans omettre la moindre pièce, dans l'espoir que cette lecture aride et douloureuse m'aiderait à trouver les réponses. Mes espoirs ont été comblés, Milo. Je vais vous raconter.

Le premier document figurant au dossier de ma mère est une déposition effectuée le 3 mai 69 auprès de la gendarmerie de Cormeil-sur-Marne, 3e district, par une certaine Marie Duncan, vingt-huit ans, femme de ménage au centre commercial de Cormeil. Elle déclare avoir découvert, le matin même, un bébé déposé dans le local à poubelle du centre commercial. Le bébé, de sexe féminin, était enveloppé dans une couverture rose, le cordon ombilical lié par un lacet de chaussure. Il semblait en parfaite santé.

Ma mère est donc ce qu'on appelle une *enfant trouvée*. Ça n'était pas si rare, paraît-il, à l'époque. C'était juste après la création de la frontière et l'édification du mur. Les gens avaient peur de l'avenir. Surtout, il était plus facile d'obtenir un certificat de résidence *intra muros* lorsqu'on était sans enfant.

Le bébé a été conduit au Centre pour Mineurs du 3e district, pas très loin de l'endroit où on l'avait découvert. Le 4 mai, il a été déclaré à l'état civil sous le prénom de Moïra. Le nom de famille est resté en blanc, comme c'est l'usage.

C'est étrange, je ne me suis jamais imaginé de famille en dehors de ma mère. Je n'ai jamais pensé que je pouvais avoir quelque part des oncles, des tantes, des grands-parents. Pour moi, il n'y avait qu'elle. L'intuition était bonne : Lila K, née de père inconnu et d'une mère enfant trouvée. Mon arbre généalogique ne ressemble pas à grand-chose, il faut bien le reconnaître. Deux rameaux coupés court. Le destin a eu la main lourde, côté sécateur.

Ma mère a passé les quinze premières années de sa vie au Centre pour Mineurs de Cormeil. Enfance sans histoires. Scolarité assez médiocre, si j'en juge d'après ses bulletins de notes, mais des dons certains en musique, notamment en chant. Les enseignants parlent d'une enfant rêveuse et solitaire. Ils signalent des problèmes de concentration.

En 85, la restructuration de l'Assistance Publique entraîne la fusion de plusieurs établissements pour mineurs. Tous les pensionnaires de Cormeil sont transférés à Grigny, 5e district. Ma mère a seize ans. Les rapports des psychologues et des éducateurs font état de désordres alimentaires et de tendances au repli sur soi, mais soulignent par ailleurs qu'elle se soumet sans problème à la discipline du Centre. Résultats scolaires toujours aussi médiocres, sauf en chant, où elle obtient les félicitations et les encouragements des professeurs.

Parmi les documents figurant en annexe, j'ai trouvé cette note rédigée par elle en juin 85 :

Moïra, liste des mère et des père possible. Suivent une dizaine de noms d'actrices et de célébrités avec lesquelles ma mère croit s'être découvert une ressemblance – même bouche, mêmes yeux, mêmes pommettes... À la fin, le nom de John Steiner. Elle a ajouté juste après : *Pas vraiment de ressamblanse. J'aimerè seulemen que se soit lui.*

Ce sera lui, en effet. Deux ans plus tard à sa majorité, lorsqu'on lui demande de se choisir un nom, elle opte pour celui de Steiner : Moïra Steiner, fille secrète d'un des plus grands chanteurs de variétés de sa génération. Je n'ai pas réussi à savoir quelle mère elle s'était finalement choisie, dans ses rêves.

En juin 87, ma mère est engagée comme serveuse dans un bar du secteur *intra muros* (39ᵉ arrondissement), un emploi pour lequel elle a bénéficié du principe de discrimination positive appliqué aux pupilles de la Nation. Grâce à ce travail, elle dispose d'un permis de séjour limité en zone *intra muros*. Apparemment, ce statut lui convient. Aucune trace dans son dossier de démarches en vue d'obtenir une carte de résident permanent.

En 88, elle quitte le Centre pour Mineurs pour habiter, toujours à Grigny, un deux pièces qu'elle conservera jusqu'en 92. Son travail lui permet de vivre correctement.

Trouvé dans les documents figurant en annexe :
Moïra Steiner, rève et anbission au 1ᵉʳ janvier 89 :
— perdre l'axen de la Zone, sentrèné a imité celui d'intra muros
— avoir lèr distingué, attension a lapparense
— aprendre des choses (culture général, conaissanse de la vie, cour du soir)
— un jour, voyagé (Italie, Amérique)
— trouvé l'amour
— avoir deux enfant : une fille et un garson. Si jamè un seul enfant : une fille.

La grossesse de ma mère a été détectée au début de juillet 89, lors d'un contrôle de routine organisé par la médecine du travail. Le rapport médical précise : *La patiente déclare ignorer qu'elle était enceinte. Elle déclare également ignorer le nom du père. Cette grossesse ayant été entamée sans autorisation préalable, elle devra être interrompue, sous réserve que le délai légal de vingt semaines ne soit pas dépassé. En cas de dépassement du délai légal, la poursuite de la grossesse sera conditionnée par l'état de santé du fœtus, conformément à la législation.*
L'échographie effectuée le 6 juillet révèle un fœtus de sexe féminin d'environ vingt-quatre semaines. Quinze jours plus tard, l'analyse

détaillée du caryotype indique : *Aucune anomalie décelée*. L'administration autorise la poursuite de la grossesse, mais préconise une surveillance médicale très stricte, en raison de l'absence de tout renseignement concernant la lignée paternelle.

La procédure engagée contre ma mère pour violation de la loi sur la conception est interrompue début août, après que les expertises ont mis en évidence la défectuosité de l'implant contraceptif qui lui a été posé deux ans plus tôt, avant sa sortie du Centre pour Mineurs de Grigny. Les interrogatoires continuent néanmoins. Les services sociaux veulent savoir pourquoi ma mère n'a pas signalé sa grossesse. Mais elle maintient ses premières déclarations : elle ne s'est rendu compte de rien. De fait, les médecins sont bien obligés de reconnaître qu'à plus de cinq mois de grossesse, ma mère n'a pas pris un gramme. Son ventre est resté plat. Elle dit : *C'est comme s'il n'y avait rien.*

Elle ne m'attendait pas, c'est sûr. Mais ça ne veut pas dire qu'elle n'a pas voulu de moi, au bout du compte. Au-delà de la surprise et du bouleversement, je crois qu'elle a été heureuse d'apprendre qu'elle allait avoir un enfant. Ses relevés bancaires le prouvent : le 24 juillet, elle achète trois brassières roses, taille un mois, dans une boutique chic du secteur *intra muros*. Le 24, Milo. La veille, l'examen génétique a révélé la normalité du fœtus, et confirmé qu'elle pouvait poursuivre sa grossesse. Des brassières hors de prix. Est-ce que ce n'est pas une preuve qu'elle était heureuse de m'attendre ? Ce n'est pas tout : entre juillet et octobre, elle multiplie les achats de matériel de puériculture et de vêtements pour bébé. Une vraie fortune. J'ai le nom de tous les modèles, les tailles, les prix. Je pourrai vous montrer, si vous voulez.

Je suis née à terme, le 19 octobre 89, à l'hôpital de Grigny. J'ai retrouvé dans le dossier de ma mère le compte rendu d'accouchement qui se trouvait déjà dans mon propre dossier. Mais cette fois-ci le nom de *Moïra Steiner* y figure en toutes lettres. Il y a aussi une photo – je ne sais pas qui l'a prise, sans doute un de ces photographes qui passent de chambre en chambre pour immortaliser les jeunes accouchées avec leurs nourrissons, et vendre leurs clichés un prix exorbitant. Ma mère me tient avec précaution en se penchant un peu, pour mieux me présenter à l'objectif. Elle sourit. Elle semble à la fois fière et fragile. Je porte une des brassières roses achetées le 24 juillet.

Tout s'est bien passé, au début. J'étais sa princesse, sa merveille. Elle dépensait pour moi presque tout ce qu'elle gagnait. J'ai les factures, Milo : vêtements, médicaments, nourriture, jouets... Je n'ai manqué de rien. J'ai aussi tous les comptes rendus des visites médicales. Elle n'en manquait aucune. J'étais en bonne santé : développement psychomoteur normal ; un peu plus petite que la moyenne, mais très éveillée. Elle était une mère exemplaire. Et

336

elle aurait certainement continué de l'être, s'il n'y avait pas eu les *événements*.

Les troubles ont débuté en septembre 90. Rien à voir avec les émeutes qui ont embrasé la Zone quatre mois plus tard, mais tout de même, je comprends que les gens aient eu peur, d'autant que les forces de l'ordre n'y sont pas allées de main morte avec la répression. C'est cela, j'imagine, qui a décidé ma mère à déposer début octobre une demande de résidence permanente en zone *intra muros*. Elle a rempli toutes les cases de son écriture appliquée, fourni toutes les pièces : bulletins de salaire, carnet de santé, casier judiciaire, recommandation de l'employeur, attestation de moralité. Dans la case *motif de la demande*, elle inscrit : *Je veu une vi meyeur pour moi et pour ma fille.*

En décembre 90, le Ministère de l'Immigration lui fait savoir que sa demande a été jugée recevable au terme de l'examen préalable. Il ne reste plus qu'à attendre l'accord définitif et la validation par le Conseil. Ce n'est qu'une formalité. Encore deux mois, et elle aura sa carte de résident permanent.

Les grandes émeutes ont éclaté dans les tout premiers jours de janvier 91. Je n'avais pas quinze mois, et pourtant, il me reste des souvenirs – il paraît que c'est possible en cas de traumatisme.

337

Je me souviens des cris, tout en bas, dans la rue, des coups de feu, des explosions qui faisaient vibrer l'immeuble et jetaient des reflets rouges sur les murs de la chambre. Je me souviens aussi des hélicoptères qui volaient nuit et jour au ras des toits, promenant sur les façades des faisceaux lumineux qui éclairaient crûment l'intérieur des maisons.

Durant près de cinq semaines, les gens sont restés cloîtrés. On avait fermé la frontière. Tous les transports étaient paralysés. Cinq semaines sans travail, sans revenus. Pour ma mère comme pour beaucoup d'autres, une vraie catastrophe.

Lorsque tout a été terminé, les émeutes réprimées, la moitié de la Zone en ruine, il y a eu le plan de sécurité, le renforcement du contrôle aux frontières et les restrictions migratoires. Les gens d'*intra muros* cherchaient à se protéger, on ne peut pas les blâmer. Mais pour ma mère et moi, cela a tout changé.

En mars 91, ma mère reçoit du Ministère de l'Immigration un courrier l'informant que le plafond de ressources exigé pour pouvoir résider *intra muros* vient d'être relevé. En vertu de quoi, il se voit contraint de rejeter sa demande. Le courrier précise : *Vous conservez néanmoins le permis de travail et de résidence temporaire dont vous bénéficiez à ce jour.*

Ma mère est allée trouver son patron pour solliciter une autorisation de travailler la nuit. Bien sûr, elle n'ignorait pas que c'était interdit pour les femmes seules avec enfant à charge. Mais elle espérait pouvoir s'arranger. Son patron a refusé. Il a déclaré au procès : *Elle l'a très mal pris. Elle a dit qu'elle allait demander une dérogation. Moi, je trouvais ça choquant, qu'elle veuille laisser son enfant la nuit pour venir travailler. Vraiment choquant.* Il n'a pas été le seul. Toutes les bonnes âmes s'y sont mises. Comme si ma mère se réjouissait à l'idée de faire ça ! Les abrutis. Ce n'est pourtant pas difficile à comprendre ; il suffit de compter : avec six nuits de travail au lieu de six journées, elle doublait son salaire. De quoi satisfaire à nouveau aux critères de revenus.

C'est là qu'ont commencé ses soucis financiers. Elle n'avait pas été payée pendant les cinq semaines où elle n'était pas allée travailler. Ça faisait un sacré manque à gagner, mais elle aurait pu s'en sortir si elle avait fait attention. Seulement, elle n'a pas su. Elle a continué à m'acheter des vêtements, des babioles et des produits de soin – il y en a plein ses relevés. Entre mai et début juillet, elle reçoit trois avertissements de sa banque. Ils menacent de saisir son salaire. Elle finit par comprendre que ça ne peut plus durer. En juillet 91, elle quitte le deux pièces de Grigny pour s'installer plus loin vers l'ouest, à

Coblaincourt, dans le 13ᵉ district, une zone nettement moins favorisée, mais encore desservie par le
train. Le loyer est deux fois moins élevé qu'à
Grigny. J'ai sous les yeux le plan de l'appartement : séjour, chambre, kitchenette, salle de bains.
Pas de placard.

Ils sont venus me chercher le 3 février, aux premières lueurs du jour. Ils m'ont montré le mandat :
*Mademoiselle vous allez devoir nous suivre nous
avons quelques questions à vous poser habillez-
vous rapidement s'il vous plaît.* Ils souriaient,
calmes, courtois, et c'était encore plus inquiétant.
Mais au moins, ils ne m'ont pas touchée.

Ils m'ont conduite à la Conciergerie, dans une
grande pièce sans fenêtre, au sous-sol. Ils m'ont
fait asseoir à une petite table sur laquelle se trouvait posé un projecteur énorme. Éteint. J'ai tout
de même demandé s'ils m'autorisaient à conserver
mes lunettes de soleil, à cause de mon intolérance
à la lumière. Ils ont ri.

– Ne craignez rien, mademoiselle : nous n'avons
pas l'intention d'utiliser ce projecteur. Il fait juste
partie du décor.

Puis l'un d'eux a retiré mes lunettes et les a
déposées sur la table.

– Détendez-vous. Il ne s'agit que d'un entretien
de routine. Ensuite, nous vous laisserons partir.

Ils m'ont demandé de leur parler de vous, de vos activités. Ils voulaient que je leur dise tout. J'ai répondu que je ne savais rien.

– Pourtant, vous étiez proches, vous et monsieur Templeton. Intimes, même.

– Je ne dirais pas cela.

Comme pour me contredire, ils m'ont fait visionner un enregistrement qui nous montrait marchant dans la rue côte à côte, lors de notre première et seule promenade. Ils étaient contrariés parce que les robots de surveillance avaient perdu notre trace au cours de vos tours et détours.

– Sauriez-vous nous dire où vous êtes allés ce jour-là, mademoiselle ?

– Je ne m'en souviens pas. Nous avons marché très longtemps. C'était la première fois que j'allais si loin dans la ville. Je ne connaissais pas les quartiers.

Ma réponse n'a pas eu l'air de leur faire très plaisir. Ils se sont tournés vers un homme qui se tenait en retrait dans un coin de la pièce.

– C'est plausible, a-t-il dit. À cette date, elle n'avait encore jamais quitté son îlot autrement qu'en navette.

Ils ont hoché la tête d'un air résigné, puis ils sont repartis à l'attaque :

– Vous avez oublié votre itinéraire, soit. Mais peut-être avez-vous conservé le souvenir de ce que vous vous êtes dit ?

– Pas précisément. Nous avons dû parler de ma santé, j'imagine. J'avais été souffrante, et monsieur

Templeton était passé prendre de mes nouvelles. Une simple visite de courtoisie, rien de plus.

Ils m'ont dévisagée d'un air peu convaincu.

– Monsieur Templeton est arrivé chez vous à 14 h 22, ce jour-là. C'est l'heure affichée sur la vidéosurveillance de l'entrée, regardez, là, sur l'écran.

Puis ils m'ont montré l'enregistrement où nous nous disions au revoir devant mon immeuble. L'affichage indiquait 18 h 36.

– Plus de quatre heures. C'est un peu long, pour une visite de courtoisie, vous ne trouvez pas, mademoiselle ?

Ils m'ont ensuite fait visionner une foule d'autres bandes : celles qui nous montraient ensemble sur la dalle, près du Mémorial ; celles de nos conversations dans votre bureau, ou au détour d'un couloir à la Bibliothèque, celles de vos visites à l'hôpital, avec le coup de sang de Fernand. Ils avaient tout. Sauf nos rendez-vous dans l'impasse.

Je n'ai pas réussi à savoir ce qu'ils suspectaient au juste, ni de quoi ils vous accusaient. Quand je les ai interrogés, ils ont rétorqué : *C'est nous qui posons les questions mademoiselle nous allons tout reprendre point par point si vous le voulez bien.*

J'ai répondu : *Oui, je veux bien.* Vous me connaissez, Milo : je suis une coureuse de fond dotée d'une intelligence supérieure. Je savais que ces abrutis n'avaient rien contre nous, alors, je ne me suis pas démontée. Durant plus de six heures, j'ai résisté sans défaillir au feu de leurs questions.

Lorsque l'enregistrement était inaudible ou brouillé – c'était souvent le cas, surtout en extérieur –, ils demandaient des précisions sur la teneur de la conversation. J'ai dit la vérité chaque fois que je pouvais – inutile de mentir, quand c'est sans intérêt. Pour le reste, je n'ai rien dit. Rien de compromettant. Je n'ai eu aucun mal à inventer. Il m'a suffi de puiser dans le stock de dialogues standard que Fernand m'avait fait apprendre autrefois.

Un enregistrement, surtout, retenait leur attention : celui de votre dernière visite à l'hôpital, quand vous m'aviez chuchoté à l'oreille les consignes pour vous retrouver dans l'impasse.

– Monsieur Templeton vous en a raconté, des choses, mademoiselle ! Et il semblerait bien qu'il n'ait pas eu envie que cela soit enregistré... Vous vous souvenez de ce dont il s'agissait ?

J'ai rougi violemment, et fait mine d'hésiter. Puis j'ai fini par murmurer avec réticence :

– C'étaient... c'étaient des choses... personnelles. Des mots... gentils.

Ils ont souri, goguenards.

– C'est bien vous, mademoiselle, qui prétendiez au début de l'entretien que monsieur Templeton et vous n'étiez pas très intimes ?

– Ce n'est pas ce que vous croyez, ai-je répondu, rougissant de plus belle.

À voir leur air réjoui, j'ai compris que j'étais très crédible en sainte-nitouche prise la main dans le sac. Ce n'est pas que cela m'amusait, mais je savais qu'il était important de leur offrir cette victoire. Ma confusion comme lot de consolation. Parce qu'au bout du compte, je n'avais rien lâché.

Ils ont continué encore une heure ou deux, histoire de se donner l'impression qu'ils avaient la situation bien en main. Mais je sentais qu'au fond, ils n'y croyaient pas trop. J'avais réussi à les convaincre que je n'avais rien d'intéressant à leur apprendre.

Lorsqu'ils m'ont relâchée, dans le courant de l'après-midi, je me sentais épuisée, mais si fière de les avoir entubés, ces cancrelats. Surtout, je pensais à vous : où que vous soyez, je savais que ma résistance vous avait protégé. J'ai appelé Fernand pour qu'il vienne me chercher. Puis je me suis évanouie sur le trottoir.

La dérive de ma mère a commencé dès notre arrivé dans le 13e district. Les soucis d'argent, l'avenir bouché, la frontière qui s'éloigne, la solitude aussi. En soi, cela peut suffire à tout expliquer.

Entre juillet et octobre, elle reçoit cinq avertissements pour retards répétés. Il faut dire que les transports ne fonctionnaient pas très bien, à l'époque, dans cette partie-là de la Zone. En temps normal, ma mère mettait un peu plus de deux heures pour se rendre au travail. En cas de perturbation du trafic, je ne sais pas.

Le 20 novembre 91, elle se présente sur son lieu de travail en état d'ébriété. Son patron convoque aussitôt le médecin-inspecteur, qui dresse un procès-verbal. La prise de sang révèle un taux d'alcoolémie de 1,32 g. Un paquet contenant cinq cigarettes est également saisi dans le casier de ma mère. Elle est licenciée sur-le-champ pour faute grave, et convoquée deux jours plus tard au tribunal du 39ᵉ arrondissement qui la condamne à la relégation pour une période d'un an renouvelable, en assortissant cette peine d'une injonction de soins. Au bas du document, la formule rituelle : *Je soussignée Moïra Steiner, demeurant 27, rue de la Brèche aux Loups, à Coblaincourt, 13ᵉ district, déclare connaître la disposition de l'article L 314-620 du Code civil qui me permet de dénoncer le présent jugement par lettre recommandée avec accusé de réception dans un délai maximum de quinze jours suivant sa signature, et être informée que, passé ce délai, je ne serai plus en droit de le contester.* Juste en dessous, sa signature, malhabile et tremblée. L'examen de l'affaire a duré moins d'une heure.

Ma mère n'a pas fait appel du jugement. Elle n'a jamais cherché à obtenir sa réintégration. Les démarches étaient longues, compliquées. Ils vous font faire la queue des heures durant, puis ils vous renvoient sans traiter votre dossier, sous prétexte qu'il vous manque un document. Un moyen comme un autre d'éliminer les moins motivés, et sans doute aussi les plus faibles. Ma mère était de ceux-là. À l'époque, elle n'avait déjà plus la force. Elle s'était résignée. Sa peine s'est donc automatiquement renouvelée d'année en année, se transformant, de fait, en relégation perpétuelle.

Fin novembre, après le solde de tout compte versé par son employeur, il lui reste 317,56 euros.

Début décembre, elle se présente au bureau de recrutement du 13ᵉ district pour ouvrir un dossier de demandeur d'emploi. Le 8 du même mois, on lui propose un travail de serveuse de nuit – la législation est moins contraignante dans la Zone : elle autorise le travail nocturne des femmes seules avec enfant à charge. Le salaire n'était pas lourd, mais le bar était situé juste à côté de notre appartement. Elle a dit oui sans hésiter.

Le bar s'appelait L'Anatolie. Dans le dossier, j'ai trouvé une copie du contrat de ma mère. Les serveuses de nuit pouvaient compléter leur rémunération en vendant aux clients des prestations dont elles fixaient librement le montant. L'établissement mettait à leur disposition des *backrooms* et les installations sanitaires attenantes. En échange, elles s'engageaient à reverser à leur employeur 70 % des sommes perçues. Pour dire les choses clairement : L'Anatolie était un bordel, et son patron, un putain de proxénète.

Mais ma mère ne mangeait pas de ce pain-là. Au procès, son patron a déclaré qu'elle n'avait jamais utilisé les *backrooms* : *Elle faisait sa mijaurée. Elle disait que ça la dégoûtait. Tu parles! Ça l'a pas dégoûtée tant que ça, après!* Puis il s'est tourné vers ma mère : *Comme quoi, finalement, on s'y fait!* Le président de séance l'a rappelé à l'ordre.

Ma mère ne connaissait personne dans le 13e district. Elle ne connaissait personne où que ce soit, semble-t-il. Elle gagnait trop peu pour payer une garde. Elle n'avait d'autre choix que de me laisser seule durant la nuit.

Je n'ai jamais eu peur. En tout cas, je n'en ai pas le souvenir. Elle devait attendre que je sois endormie pour partir travailler. Le matin, lorsque j'ouvrais les yeux, elle était toujours là, couchée à mes côtés. Il n'y avait qu'un seul lit où nous tenions à deux.

Je passais ma journée à la regarder dormir. Blottie dans son giron, immobile, j'attendais son réveil. La chaleur et l'odeur de son corps me faisaient oublier ma faim.

Ma mère s'est scrupuleusement soumise à l'injonction de soins – on l'avait menacée de lui retirer ma garde si elle ne le faisait pas. Elle s'est rendue aux réunions, chaque semaine. Mais elle a continué à se droguer.

J'ai une vision d'elle en train de fumer devant la fenêtre close pour ne pas éveiller les soupçons. Sa cigarette vole autour d'elle, fermement tenue entre index et majeur. La fumée s'échappe doucement de ses lèvres entrouvertes. Serrée contre elle, je ferme les yeux en aspirant les volutes odorantes.

Ma mère n'avait pas cette voix rauque que l'on prête aux drogués. Dans mes souvenirs, sa voix est belle et douce, absolument chantante.

Les soucis d'argent continuent. Les relevés bancaires font état d'importants retraits en liquide. De plus en plus importants au fil des mois. Au tribunal, ils n'ont eu aucun mal à prouver que c'était pour acheter de la drogue.

Oui, elle était droguée, gavée de nicotine, imbibée d'alcool et autres saloperies. Mais ça ne l'empêchait pas d'être une bonne mère, comme le prouvent les faits : chaque mois, elle me présentait au Centre de protection maternelle et infantile du district. En deux ans et demi, elle n'a jamais manqué une visite. Le dernier compte rendu est daté du 26 avril 92 – je vous en ai déjà parlé, je crois : *Magnifique bébé. Parle couramment.* Est-ce qu'une enfant délaissée parle couramment, à trente mois ? Est-ce qu'on lui achète autant de vêtements, de jouets ? Le 13 avril 92, une robe en trois ans, deux maillots de corps et des petites culottes. Le 22 avril, trois robes, et deux paires de chaussures. Le 24 juin, un gilet couleur grenadine et une peluche grise en forme de chat. Elle dépense sans compter. Elle se ruine pour moi.

Dès le mois de mai, elle cesse de payer son loyer, son eau, son électricité. Les lettres de rappel s'accumulent, sans qu'elle réagisse. Il y a d'autres

lettres, adressées au propriétaire par des résidents de l'immeuble. L'un d'eux fait état d'odeurs de drogue, *tabac et autres* (*sic*) émanant de l'appartement de ma mère. Une certaine Mme P...
– le nom a été effacé du dossier, à la demande de l'intéressée – déclare l'avoir découverte allongée dans le hall à 7 heures du matin, *complètement droguée*. En juin 92, moins d'un an après notre arrivée, le propriétaire engage une procédure d'expulsion.

Les huissiers se sont présentés le 30 juin, au matin. Je n'ai aucun souvenir; c'est sans doute mieux ainsi.

Liste des effets saisis: un sommier de 140 cm de large, avec son matelas, une table carrée (75×75 cm) en pin brut, une chaise en pin assortie, une lampe en métal de couleur rouge, deux assiettes en porcelaine blanche à motifs fleuris, deux verres, une ménagère en acier inoxydable comprenant deux couteaux, deux fourchettes, deux grandes cuillères, deux petites cuillères, une casserole en acier de 22 cm de diamètre, un saladier en verre bleu, une poussette pour bébé, une bague en argent, une chaîne en or et un pendentif en forme de cœur. Tout le reste – draps, vêtements, jouets, affaires de toilette – est laissé à ma mère.

Les services sociaux nous ont expédiées le jour même dans un foyer d'accueil du 36e district. Vous connaissez le décor, je ne vous fais pas de dessin. Là-bas, plus rien ne passe, ni trains, ni navettes, ni rien. De toute façon, tout le monde le sait : au-delà du 30ᵉ district, ce n'est plus vraiment une vie. Trop de causes perdues, de cas désespérés. Les services sociaux n'arrivent pas à gérer. La police non plus. C'est une chance, en un sens : s'ils avaient vraiment fait leur travail, ils m'auraient enlevée à ma mère dès ce moment-là.

Lucrezia a été arrêtée fin avril. Six jours plus tard, les informations nationales ont annoncé le démantèlement d'un réseau au sein même de la Grande Bibliothèque. Une vaste entreprise de contournement de la censure *via* plusieurs dizaines de scanners clandestins. Lucrezia était citée comme membre actif de l'organisation. Elle avait avoué, paraît-il. Plusieurs employés du service de numérisation étaient également soupçonnés. Ils ont aussi parlé de vous, Milo, comme organisateur et chef présumé du réseau.

Il paraît que Copland a formidablement aidé le travail de la police. Depuis votre arrestation, c'est lui qui dirige le service, alors, forcément, il s'en donne à cœur joie. Le Ministère l'a vivement remercié de sa collaboration.

Fernand était totalement horrifié, mais il a pris sur lui. Il n'a rien dit. Pas un mot contre vous.

Cher Fernand, je devine combien ça devait lui coûter, mais il avait choisi de me soutenir jusqu'au bout.

– Qu'est-ce qu'il risque, Fernand ? Qu'est-ce qu'ils vont lui faire ?

– Pas d'affolement, Lila : s'ils disent *organisateur présumé*, c'est qu'ils n'ont rien de concret, seulement des soupçons. Cette fille, Lucrezia, ne l'a pas dénoncé, apparemment.

– Cela pourrait arriver, vous le savez très bien ! Ils sont capables de faire avouer aux gens n'importe quoi !

– Pas d'affolement, a répété Fernand. Pour l'instant, ils n'ont rien, et c'est tout ce qui compte. On est un État de droit, Lila. On ne condamne pas les gens sur de simples soupçons.

Je pensais tout le temps à vous, Milo, tout le temps où je n'étais pas dans le placard. Fernand faisait ce qu'il pouvait pour avoir des nouvelles auprès du Ministère. En vain. C'était insupportable de ne rien savoir.

Je m'efforçais de ne rien laisser paraître, à cause de cette histoire de suivi psychiatrique. Il fallait donner le change. Alors, j'ai continué à courir tous les jours, à me promener dans la ville pour *rester en contact* avec la société, à m'offrir deux séances de Sensor par semaine, à commander les menus-types élaborés par les nutritionnistes. Bref, j'ai fait semblant d'être à peu près normale.

Un jour, Fernand m'a rappelé l'accord que nous avions passé quand j'ai obtenu mon emploi à la Bibliothèque : je pouvais reprendre mes études, si je voulais. Pour l'argent, je n'avais pas de souci à me faire. Le Centre financerait tout, comme il s'y était engagé.

– Des études, ce serait bien pour toi. Cela t'offrirait un but, des perspectives d'avenir. Tu as de telles capacités, Lila !

J'ai dit :

– Oui Fernand, des études, pourquoi pas.

Des études, ça donnerait de moi l'image d'une fille entreprenante, désireuse de surmonter ses traumatismes et d'aller de l'avant. La couverture idéale. Tout le monde serait rassuré, et sans doute, on me laisserait tranquille.

– Tu as des idées de ce que tu voudrais faire ?

– Pas encore... ou plutôt, j'ai trop d'idées. Il faut que je réfléchisse. Je ne veux pas m'engager à la légère.

– J'approuve à cent pour cent !

– Vous me laissez quelques mois pour faire le tour de la question, avant de me décider ?

– Tout ton temps ! Du moment que tu as des projets...

Voilà comment j'ai eu la paix, Milo, en commandant des tonnes de documentation sur les métiers les plus divers, en étudiant à fond les cursus, le fonctionnement des écoles, leurs débouchés... Lorsque, le 1er juin, j'ai passé la sixième visite de contrôle dans le cadre de mon suivi thérapeutique, j'étais parée, blindée, armée jusqu'aux dents de joie de vivre et de projets d'avenir. Pour rester crédible, j'ai tout de même avoué de gros coups de fatigue et de vague à l'âme. Ils ont hoché la tête d'un air compréhensif : *C'est normal, mademoiselle, après ce que vous avez vécu. Il vous faudra du temps pour vous remettre.* Ils ont rendu un rapport très favorable. *La surveillance pourra se limiter désormais à un suivi trimestriel.* Puis ils m'ont relâchée dans la nature.

Nous ne sommes pas restées très longtemps au foyer du 36e district. Dès le 15 juillet, nous avons emménagé dans un studio meublé, au 6e étage d'un vieil immeuble de la fin du siècle dernier – je ne sais pas comment ma mère s'était débrouillée pour dégotter ça.

L'état des lieux signale des fissures dans le mur et des infiltrations au niveau du plafond, une porte cassée, des carreaux de faïence éclatés dans la salle de bains, des défaillances du circuit électrique et un dysfonctionnement des mitigeurs. Évidemment, ce n'était pas très gai. C'était même sordide. Mais le loyer était dérisoire, et, au moins, nous étions chez nous. Au bas du document, la signature de ma mère – écriture tremblée, de plus en plus incertaine.

J'ai les plans du studio, Milo : une chambre d'à peine plus de 10 m^2, avec un coin cuisine, une petite salle de bains avec des toilettes. Un placard.

Il y a eu un problème dans le transfert des dossiers. Celui de ma mère a bien été transmis au Centre administratif du 36ᵉ district. Mais pas le mien. Lorsqu'on l'a recherché au moment de mon admission au Centre, quelques années plus tard, on a découvert qu'il avait été classé par erreur aux archives. Durant plus de trois ans, j'ai cessé d'exister aux yeux de l'administration : mon nom a disparu des fichiers, des listings en tout genre. Plus de convocations aux visites médicales, aucune obligation de scolarisation. Effacée, oubliée, sans existence légale. Tout était prêt, en somme, pour que je cesse également d'exister aux yeux de ma mère.

Elle a continué de travailler à L'Anatolie pendant près de deux mois après notre déménagement dans le 36ᵉ district. Je ne sais pas comment elle se débrouillait, pour les trajets – au moins quatre ou cinq heures de transports quotidiens, ça n'était pas une vie.

Elle aurait pu trouver autre chose, bien plus près de chez nous. Mais non, elle voulait conserver ce travail, pourtant peu gratifiant, et payé une misère. Peut-être que ça lui faisait du bien de revenir tous les jours dans un secteur encore assez proche de la frontière. Ça l'aidait sans doute à supporter l'idée qu'elle était désormais reléguée dans un cul de basse-fosse aux limites extrêmes de la Zone, sans le moindre espoir de retour.

Le soir, elle me couchait beaucoup plus tôt, pour partir au travail. Ça ne me gênait pas, je m'endormais facilement. J'avais le sommeil lourd. La nuit passait d'une traite. Quand je me réveillais, elle était toujours là, endormie près de moi. C'était comme autrefois, sauf qu'elle se réveillait plus tard dans la journée. J'attendais blottie contre elle, sans oser bouger, malgré ma faim et l'envie de faire pipi. J'avais peur de la déranger. Quand ma peur de mouiller les draps devenait encore plus forte, je finissais par me lever. Je trottinais jusqu'à la salle de bains. Je me hissais péniblement sur le siège des toilettes. J'essayais de faire aussi vite que possible, à cause des carreaux de faïence au-dessus du lavabo. Tous ces impacts au centre de lézardes en étoiles, ces arêtes brisées, nettes et tranchantes. Ça sentait la violence, et ça me terrifiait.

Après, j'allais me recoucher contre elle, à attendre, patiemment, qu'elle entrouvre les yeux. Lorsqu'elle se réveillait quelques heures plus tard, elle me donnait à manger. Puis on se recouchait, l'une contre l'autre, et on restait là, sans bouger, jusqu'à la fin du jour. Contre elle, j'étais bien. Je ne voulais rien d'autre. Je vous le dis Milo : aucun enfant ne s'est plus que moi réchauffé de la chaleur de sa mère.

La rupture se produit début octobre : elle clôture son compte bancaire et cesse d'aller travailler, sans prévenir personne, sans une explication. Elle arrête, c'est tout. Le 6, elle est licenciée pour abandon de poste. De toute façon, vu ses temps de transports, ça ne pouvait plus durer.

Elle ne s'est jamais présentée au bureau de recrutement du 36ᵉ district. Avec son passif – ses problèmes de drogue, ses deux licenciements –, elle savait qu'elle n'avait aucune chance de retrouver du travail par des voies régulières. Alors, elle a choisi de se débrouiller toute seule.

Je ne crois pas qu'elle se soit décidée sur un coup de tête. Elle y pensait sans doute depuis un bon moment, peut-être même dès notre arrivée dans le 36ᵉ district. Sur son dernier relevé bancaire, seulement trois achats, effectués courant septembre : une robe rouge, une robe bleue, et une paire de cuissardes en vinyle. En choisissant d'abandonner son poste à L'Anatolie, elle savait parfaitement dans quoi elle s'engageait. Elle l'avait accepté.

À partir de novembre 92, ma mère entre dans une semi-clandestinité dont elle ne sortira qu'au moment de son arrestation. Son dossier est vide : ni bulletins de salaire, ni relevés bancaires, ni contrôles médicaux, ni indemnités d'aucune sorte. Elle disparaît des fichiers de l'administration, passe entre les mailles du recensement, ne figure même plus sur les listes électorales – il paraît que ça n'est pas si rare dans les districts les plus excentrés. Comme moi, elle cesse d'exister aux yeux du monde.

Je la revois, en train de vider nerveusement le placard de toutes nos affaires, qu'elle entasse dans un carton. Elle se tourne vers moi, et sourit.

– Chérie, on va te faire un lit, là-dedans. Un joli petit lit.

Je la regarde, étonnée.

– Maman est obligée, à cause de son travail.

Elle me serre contre elle, me câline et chuchote :

– Maman a besoin de gagner de l'argent pour sa petite fille. Tu comprends ?

Je fais oui de la tête. Elle desserre son étreinte, retourne à son agitation. Elle dispose dans le placard un oreiller et une couverture. Elle aligne mes peluches contre le mur du fond.

– Là, là, tu seras bien, dit-elle d'un air joyeux.

La nuit est tombée. Elle s'est coiffée, maquillée. Elle a sa robe rouge, ses longues bottes brillantes. Elle me prend dans ses bras, très belle, me soulève, m'embrasse, marche jusqu'au placard, dont elle fait glisser la porte, du bout du pied. Doucement, elle se penche, et me dépose là.

– Allonge-toi, chérie.

Je regarde, fascinée, ses yeux tendres, son sourire un peu vague. Tandis qu'elle tire sur moi la couverture, sa bouche s'arrondit ; elle se met à chanter :

Summertime, and the livin' is easy
Fish are jumpin' and the cotton is high
Oh, your daddy's rich and your ma is good-lookin'
So hush little baby,
Don't you cry...

Je ne comprends pas les paroles, mais l'essentiel : tout va bien, parce que ma maman m'aime. Le monde, par sa bouche, est doux et rassurant. Rien ne peut m'arriver.

– Maintenant, tu vas dormir. Tu vas dormir, n'est-ce pas ?

Je dis oui. Elle sourit.

– Tu ne sors pas d'ici tant que je ne suis pas revenue te chercher. C'est d'accord ?

Je dis oui, à nouveau. Elle m'embrasse.

– Bonne nuit, mon bébé.

Le panneau se referme. Je l'entends qui s'éloigne, le bruit de ses talons. Elle est partie. Je n'ai pas peur. Je suis confiante, absolument. Je sens déjà le sommeil qui tombe sur mes yeux.

Elle ramenait les clients au studio. Au procès, les voisins sont venus témoigner. Certains ont déclaré que *ça n'arrêtait pas*, jusqu'à vingt passes par nuit. De drôles de types souvent, ramassés n'importe où. Des drogués, comme elle. Il y en a des pages et des pages. Bande de sales cafards, à

358

croire qu'ils passaient toutes leurs nuits l'œil collé au judas.

Vingt passes. Je vous laisse imaginer, vingt passes. Ma mère ne pouvait tout de même pas me laisser voir ça. C'est compréhensible, il me semble. Sans compter les pervers qui auraient pu vouloir me faire du mal. C'est pour me protéger qu'elle m'a mise dans le placard. Par amour. Parce qu'elle n'avait pas d'autre solution. Comment se fait-il que personne n'y ait jamais pensé ?

Un soir de décembre, j'ai entendu miauler derrière la baie. Il faisait nuit, je n'y voyais pas bien. Je me suis approchée, sans oser trop y croire. Il était là pourtant, museau contre la vitre, énorme, rouge feu, balafré de partout. J'ai ouvert.

– Mon doux, tu es vivant !

Il a miaulé en inclinant la tête. Il avait une oreille arrachée, la gauche, sur laquelle était autrefois fixé son émetteur. Je lui ai effleuré le museau.

– Tu m'as manqué, tu sais.

Il a cligné des yeux.

– Tu veux entrer, Pacha ?

Mais il n'a pas bougé.

– Allons, viens, mon tout beau. Ne reste pas dehors ; il fait froid.

Il a miaulé à nouveau, tendant le cou vers l'ombre, comme s'il désirait me montrer quelque chose. J'ai tourné la tête, intriguée, et c'est là que j'ai vu l'autre chat, qui avançait lentement le long de la corniche.

– Où l'as-tu déniché, celui-là ? Dans les mauvais quartiers ?

Il a posé sur moi son beau regard vert d'eau, si calme, si profond que j'en ai tressailli. L'autre chat continuait d'approcher, émergeant peu à peu de la nuit. Arrivé au bout de la corniche, il a sauté sur le balcon, puis est venu s'asseoir à côté de Pacha. Alors, j'ai compris : Pacha n'était plus seul. Il avait une compagne. Une belle gueuse de gouttière, au ventre rond et lourd.

Je les ai installés dans la salle de bains, le plus loin possible de la caméra principale. J'imaginais bien qu'il y aurait du grabuge si on les découvrait. Ce que Fernand n'a pas tardé à confirmer :

– Tu ne peux pas les garder chez toi, Lila, c'est contraire à la loi !

– Je m'en doute, Fernand, je m'en doute.

– Pour Pacha, il n'y a pas de problème : il suffira de faire annuler le certificat de décès et de reposer un implant. Mais pour cette… chatte, c'est une autre histoire. Tu dois impérativement signaler sa présence aux services sanitaires !

– Qu'est-ce qu'ils vont faire d'elle ?

– Je ne sais pas exactement. L'euthanasier, sans doute. Selon toute vraisemblance, elle n'est pas déclarée.

– Mais c'est la compagne de Pacha, tout de

même ! Et puis, vous voyez bien qu'elle attend des petits !

– Qu'est-ce que tu me chantes ? s'est étranglé Fernand. Pacha est stérile, comme tous les chats issus de manipulations génétiques ! Impossible qu'il soit le père !

– Quelle horreur ! ai-je répliqué, acide. La gueuse a dû se faire engrosser n'importe où, et lui mettre cette paternité sur le dos. Franchement, c'est honteux !

– Il n'y a pas de quoi rire !

– Fernand, je vous en prie, laissez-moi les garder encore quelque temps. Disons… jusqu'à la naissance des petits. Je ne crois pas qu'il y en ait pour longtemps.

Il m'a regardée, stupéfait.

– Tu sais ce que tu risques, si les services de surveillance s'aperçoivent de quelque chose ?

– Fernand, soyez gentil ! Juste pour quelque temps. Jusqu'à la naissance. Après, je vous promets que j'irai les déclarer.

Il était cramoisi.

– Tu es complètement folle ! S'il y a un contrôle… Et d'ailleurs, je ne sais même pas pourquoi j'argumente avec toi : rien que cette conversation est déjà un délit !

– Vous savez bien que les risques qu'on nous écoute sont minimes. Ils ont allégé mon suivi psychiatrique. Et ils ont tellement de monde à surveiller.

– Tout de même…

– Je prends le risque, Fernand.

– Mais comment feras-tu pour les nourrir ? Tu seras tout de suite repérée, si tu t'avises de commander de la nourriture pour chat.

– Ne vous faites pas de souci, je me débrouillerai. Je leur réserverai une part de mes rations. Et si ça ne suffit pas, j'enverrai Pacha à la chasse. Depuis le temps qu'il vagabonde, il a bien dû apprendre à se débrouiller seul.

– Je n'aime pas ça.

– Vous êtes d'accord, alors ?

– Tu me connais trop bien, voilà le problème ! a-t-il grommelé.

– Ça veut dire que vous êtes d'accord ?

– Ça veut dire que je fermerai les yeux, jusqu'à la mise bas. Mais je te préviens : si ensuite tu refuses de les déclarer, c'est moi qui le ferai !

J'ai souri.

– Merci, Fernand. C'est vraiment important pour moi, vous savez, de pouvoir les garder encore un peu.

Je ne mentais pas : mes souvenirs devenaient chaque jour plus douloureux, et j'avais besoin de sentir une présence dans l'appartement.

Les premiers temps, tout s'est très bien passé. Après le départ de son dernier client, elle me tirait du placard et elle me portait dans le lit. Je finissais ma nuit contre elle, comme autrefois. Comme autrefois, j'attendais son réveil, jusqu'au soir. Il n'y avait presque rien de changé.

Puis elle s'est mise à aller plus mal. La drogue, évidemment, qui la bouffait de partout. Je ne vois pas comment elle aurait tenu autrement, de toute façon. Jusqu'à vingt passes par nuit. Il fallait bien vivre.

Elle a commencé par ne plus venir me chercher dans le placard, lorsqu'elle avait fini. Ça ne me dérangeait pas vraiment. Quand je me réveillais, je faisais coulisser le panneau, et je la regardais dormir. Tant que je pouvais la voir, je me sentais rassurée.

Elle dormait de plus en plus tard. Je me doutais bien que ça n'était pas normal. Les enfants sentent ce genre de chose, en général. Parfois, ça durait si longtemps qu'elle paraissait morte. Quand l'inquiétude devenait trop forte, je me levais pour aller vérifier qu'elle respirait encore. Je m'étendais par terre à côté d'elle, et je me suspendais à son souffle.

Lorsqu'elle se réveillait, elle disait : *Ah, t'es là, mon bébé...* Elle me souriait, vaguement, puis elle murmurait d'un air las, *s'il te plaît, retourne te coucher, maman est fatiguée*, en pointant le placard. J'obéissais, rassérénée. Ça m'était bien égal de me retrouver dans le noir, à attendre, du moment qu'elle était là tout près. Du moment qu'elle me souriait, m'adressait la parole. Je n'en demandais pas plus.

Les drogues la faisaient souvent divaguer. Parfois, elles l'abrutissaient tellement qu'elle restait couchée plusieurs jours de suite, complètement dans les vapes. Lorsqu'elle était dans cet état, il lui arrivait de m'oublier.

Ma fracture de la clavicule, c'est à cause de ça : parce qu'elle m'avait oubliée, un peu plus longtemps que d'habitude. Cela faisait deux jours qu'elle ne m'avait pas donné à manger. Je l'entendais gémir sur le lit, sans oser quitter le placard, de peur de la déranger. Dans ces moments-là, elle n'était jamais très commode.

Le matin du troisième jour, je me suis tout de même décidée à sortir du placard. J'avais vraiment trop faim. Elle était endormie. Si je me débrouillais pour ne pas faire de bruit, elle ne s'apercevrait même pas que j'étais sortie.

Les boîtes étaient alignées sur une étagère, en hauteur. Des rangées d'yeux verts qui me regardaient fixement. J'ai tiré le carton qui servait de tabouret, et j'ai grimpé dessus pour tenter de les atteindre. Mais j'avais beau me hausser sur la pointe des pieds, mes doigts ne faisaient qu'effleurer le bord de l'étagère. Les yeux verts me regardaient toujours, impassibles et perçants, et ça rendait le creux que j'avais dans le ventre encore plus douloureux.

Quand le carton s'est soudain dérobé sous mes pieds, je me suis agrippée au bord de l'étagère. Durant quelques instants, je suis restée comme ça, suspendue dans le vide. Puis tout s'est effondré

dans un fracas terrible. J'ai senti un éclair fou-
droyer mon épaule. Puis il n'y a plus rien eu.

Quand j'ai rouvert les yeux, je l'ai vue penchée
sur moi. La douleur irradiait tout mon corps, et
brouillait ma vision de taches vert et bleu.

– Bon Dieu, qu'est-ce que t'as fait ? Regarde-
moi ce bordel !

J'ai renversé la tête, et j'ai vu, au milieu des
taches de douleur, l'étagère arrachée, la poussière
de plâtre, les boîtes éparpillées au milieu des
débris. Je me suis mise à gémir.

– Ah non, tu ne vas pas te mettre à chougner,
en plus de ça !

J'ai gémi de plus belle.

– Bon sang, tu vas te taire ?

Elle m'a empoignée. J'ai hurlé.

– Je veux plus t'entendre !

Elle m'a traînée jusqu'à la salle de bains.

– Tu vas me rendre folle !

Elle a claqué la porte. J'ai hurlé de plus belle,
complètement paniquée. Je savais que j'étais dans
la pièce aux carreaux éclatés, et c'était surtout cela
qui me terrorisait, plus que le noir complet où je
me retrouvais, plus que la colère de ma mère, et
plus que la douleur qui me dévorait l'épaule.

Je ne sais combien de temps j'ai pleuré – les
enfants n'ont pas la notion du temps, c'est parfois
aussi bien. Lorsque j'ai arrêté, le silence est devenu
absolu. J'imagine que ma mère était retournée se
coucher. Je me suis endormie sur le carrelage. Je
ne me suis réveillée que lorsqu'elle est revenue.

– Allez viens, ma chérie. C'est fini, maintenant.

Elle m'a soulevée, m'a ramenée dans la chambre.

– Qu'est-ce qui t'a pris, bébé ?

Je me suis blottie contre elle.

– Tu me promets que tu ne seras plus méchante comme ça ? Tu promets ?

J'ai fait oui de la tête.

– Oh, ma chérie, c'est bien !

Elle m'a serrée plus fort, ravivant la douleur.

– Qu'est-ce qu'il y a ? a-t-elle demandé en touchant mon épaule. Tu as mal ?

J'ai grimacé.

– Tu t'es fait mal en tombant, c'est ça ?

Je n'osais plus parler. Elle semblait bouleversée.

– Mon bébé, c'est terrible ! Je vais m'occuper de ça… te soigner, mais… pas maintenant. Maintenant, je peux pas… Je dois aller travailler. Ces jours-ci, j'ai pas pu. Là, je suis obligée.

Elle a souri, m'a caressé la joue.

– Demain, je m'occuperai bien de toi, tu verras. Demain, j'aurai tout le temps. Je t'aime, ma chérie.

Pour m'éviter de bouger, elle m'a nourrie à la cuillère, bouchée après bouchée. Elle était redevenue tendre et patiente. Je fermais les yeux pour mieux savourer mon bonheur. Ensuite, elle m'a portée jusqu'au placard, m'a couchée avec précaution. *Bonne nuit, mon bébé.* J'ai souri, et béni ma douleur qui la rendait si douce.

Le lendemain, elle ne m'a pas soignée. Elle n'était sans doute pas en état. Vers le soir, elle a entrouvert le placard, m'a glissé une boîte de nourriture et une bouteille d'eau, avant de refermer. Elle a recommencé les jours suivants. Je crois qu'elle avait oublié que je m'étais fait mal.

Un matin, en voulant faire coulisser le panneau pour vérifier qu'elle respirait bien, j'ai trouvé la porte bloquée. Elle avait dû mettre un carton, une caisse, pour m'empêcher d'ouvrir. J'ai essayé de forcer un peu, mais j'étais bien trop faible. Alors, je suis restée tranquille, en guettant le silence dans l'attente d'un signe, un bruit, n'importe quoi, pourvu que j'aie la preuve qu'elle était toujours là, près de moi et en vie. Enfin, je l'ai entendue gémir dans son sommeil, et je me suis sentie totalement apaisée. Ensuite, je crois que je me suis endormie, moi aussi.

Je sais que ce n'était pas une situation normale. Évidemment, je le sais. Mais enfin, il faut dire les choses comme elles sont : je n'étais pas malheureuse de vivre dans le placard. C'était comme un cocon très dense. Je m'y sentais en sécurité. Je restais là, étendue sans bouger au milieu des peluches. J'étais bien. Les tuyaux du chauffage qui couraient dans le sol tiédissaient le ciment. Je passais mes journées à somnoler, ou à l'écouter, elle. Sa respiration. Le bruit des draps, lorsqu'elle bougeait parfois. Ses pas, lorsqu'elle se levait. Je n'avais jamais peur. De minces traits de lumière filtraient par les contours des panneaux coulissants. Cela suffisait à me rappeler que le jour existait.

Quand je voyais s'estomper la ligne claire et ténue qui cernait le contour du placard, je savais que le soir approchait. Mon heure préférée. Celle où elle s'animait, enfin, se levait, se préparait pour aller travailler. L'oreille collée à la paroi, j'essayais de deviner ce qu'elle était en train de faire. L'eau qui coule dans la pièce à côté, elle se lave. Ce froissement d'étoffe, elle enfile sa robe. Laquelle a-t-elle choisi ? La rouge ? La bleue ? Une autre, que je ne connais pas ? Ce bruit de pas, elle a mis ses grandes bottes. Le placard s'entrouvre, elle dépose la boîte et la bouteille d'eau, referme le panneau. La porte d'entrée claque, elle est partie. Je rampe vers la boîte, j'y enfonce les doigts que je porte à ma bouche. Je mange. Je me remplis en pensant à ma mère. Je ne suis pas très loin de la félicité. Lorsque tout est fini, je me laisse glisser doucement dans la torpeur du noir, la tiédeur du ciment, le glouglou des tuyaux. Je suis comme dans un ventre, vivant et protecteur, qui m'accueille et me berce. Je ne voudrais pas en sortir.

Parfois, elle avait un sursaut, et elle trouvait la force de s'occuper de moi. J'ai le souvenir de ses pas qui approchent. Je ne réagis pas. Je suis trop fatiguée. Je l'entends déplacer le carton qui bloque le placard. Soudain, le panneau glisse, inondant le mur de soleil. La lumière me déchire les pupilles.

Je me recroqueville, les mains sur le visage. C'est terrible. Je voudrais la contempler, mais je ne peux pas la regarder en face. Et malgré mon désir d'être avec elle, je préférerais qu'elle referme le placard, pour que le jour s'efface, cesse de larder mes yeux de ces milliers d'aiguilles. *Mon Dieu, que tu es sale !* Sa voix est consternée. Je me recroqueville un peu plus. *Que tu es sale ! C'est pas possible…* Elle essaie de me faire lever. Je ne peux plus marcher. Alors, elle me prend dans ses bras. Elle gémit en me soulevant, comme si cela lui demandait un effort terrible. Je la sens qui tremble et chancelle, tandis qu'elle me porte jusqu'à la salle de bains. Elle me dépose au fond de la baignoire. J'entrouvre les yeux, quelques instants seulement, pour la voir. Elle a changé. Toutes ces marques sur son visage. Pourtant, elle reste belle. Une idole qui m'éblouit. La lumière, sa beauté, c'est tellement douloureux. Je referme les yeux.

L'eau se met à couler, brûlante. Sa main tâtonne, actionne le mitigeur, et l'eau devient glacée. Elle continue de répéter, *mon Dieu, que tu es sale*, sur un ton affolé. *Mon Dieu, que tu es sale.* Elle pleure à moitié, en promenant le jet d'eau sur mon corps.

L'eau me fouette, brûlante, puis glacée, puis brûlante à nouveau. J'ai mal, mais je me tais, tant j'ai peur de gâcher cet instant. Les yeux mi-clos, je sens la caresse de ses mains qui me savonnent avec vigueur, la morsure de l'eau qui ruisselle. Le savon coule dans mes yeux, sur mon visage. Je ne réagis pas. Je me contente de humer le parfum du savon, en aspirant l'air saturé de vapeur.

C'est fini. Elle ferme les robinets. Elle me serre, me soulève, me porte sur le lit. Je me laisse faire. Elle me frictionne, me masse, m'enduit de lait. *Ma chérie, ma chérie.* C'est si bon de l'entendre. Si seulement cela pouvait ne jamais s'arrêter, entre ses bras, ces mots à mon oreille : *Ma chérie, ma chérie.*

Elle m'habille de vêtements propres, mais plus rien ne va, ni jupe, ni pantalon. Le tee-shirt m'arrive au-dessus du nombril. Elle tire dessus, trois coups secs. Ça ne change rien. *C'est fou ce que t'as grandi ! C'est pas possible.* Tant pis, elle me laisse en culotte et tee-shirt. De toute façon, ça n'a pas d'importance. Dans le placard, il ne fait jamais froid.

Elle me redresse, et me serre contre elle. Je sens ses os. Elle a maigri, ça me fait mal, c'est tout pointu. Je ne dis rien. Ma tête roule contre son cou. Elle me berce, je m'abandonne. *Ma chérie, ma chérie.* Je suis sa petite poupée molle et parfumée.

Elle m'allonge à côté d'elle, sous la couverture. *Tu vas rester là, avec moi. Est-ce que ça te va ?* Je cligne des yeux pour dire oui. Je me sens trop fatiguée pour parler. Ou alors, j'ai déjà oublié.

Par terre, au pied du lit, il y a un cendrier plein à ras bord. À côté, deux seringues aux aiguilles tordues. Le lit sent son parfum, la drogue, d'autres odeurs, étrangères, désagréables. En fait, le lit pue, le lit est plein de crasse, mais je ne m'en rends pas compte, pas vraiment. Et puis, qu'est-ce que ça peut faire, du moment qu'elle est là ? Elle me dit que tout va bien, que je suis sa petite fille, sa petite chérie. Je l'écoute. Je la crois.

Le soir, juste avant de partir travailler, elle me recouche dans le placard et referme sur moi le panneau, qu'elle bloque soigneusement avec le carton.

On a vécu comme ça, cahin-caha, elle et moi, à se faire du bien avec un peu de tendresse chaque fois qu'elle le pouvait. Ce n'était pas très souvent. Parfois, elle se mettait en colère. À cause de la drogue, elle ne savait plus ce qu'elle faisait. Elle ne se rendait même pas compte, pour les coups, j'en suis sûre. Pour les brûlures non plus, elle n'est pas responsable. Le mitigeur était défectueux, vous vous souvenez ? C'est inscrit dans l'état des lieux.

Je ne peux pas vous dire combien de temps j'ai passé dans le placard. Plusieurs mois, plusieurs années peut-être. Personne ne sait vraiment. Les médecins n'ont jamais réussi à se mettre d'accord là-dessus.

Bientôt, je n'ai plus distingué le jour de la nuit, le soir du matin. Je me suis mise à flotter dans un temps indistinct, somnolente, presque incons-ciente. J'avais cessé de faire attention aux bruits, c'était trop fatigant. J'avais presque oublié qu'il existait un monde au-delà du placard. J'étais bien, sans désirs ni besoins. Je me laissais porter par le grand ventre tiède où j'étais enfermée.

Et puis un jour, ou plutôt une nuit, je suis revenue à moi. Comment, je ne saurais l'expliquer. Peut-être un sursaut vital, une révolte du corps qui ne veut pas sombrer. Ou peut-être simplement que le type gueulait bien plus fort que les autres. Ça m'a tirée de ma torpeur, soudain. Comme des coups, réguliers, lancinants, ma mère qui gémissait, et l'homme qui disait : *Tiens, prends ça ! Prends ça, espèce de sale pute !* Je me suis mise à trembler. Un homme était en train de faire du mal à ma mère : *Prends ça, prends ça.* Elle ne se défendait pas. Ses plaintes s'étiraient dans le noir de la chambre en lamento terrible.

Après, l'homme a crié : *Tourne-toi !* Elle n'a pas réagi assez vite. *Tourne-toi, je te dis !* J'ai entendu la gifle, le grincement du sommier. *Là, c'est bien ! Comme ça.*

Il a recommencé, des coups plus violents et plus rapprochés, et ma mère s'est remise à gémir, ma mère blessée, sans doute, et lui qui s'acharnait. *Sale pute, je sais que t'aimes ça !* Elle ne protestait pas, se contentait de gémir, toujours, et de plus en plus fort. C'était si intense, si affolant. Je n'ai pas supporté.

À tâtons, j'ai cherché le bord du panneau. Je m'y suis agrippée, de toutes mes forces, pour tenter de le faire coulisser. Il était bloqué, comme toujours. J'ai pourtant réussi à le faire bouger, deux ou trois millimètres. Mes doigts griffaient le plâtre. Je n'ai pas lâché prise. J'ai essayé encore. Elle criait toujours sous les coups du soudard, et lui continuait à gueuler des menaces.

À force de m'acharner, j'ai réussi à élargir l'ouverture, passer le poignet, le bras, l'épaule. Une dernière poussée, et le panneau a cédé.

Je voulais aller vers elle, tenter de la défendre. Il n'y avait que quelques mètres à faire, quelques pas, mais c'était déjà trop, j'étais si faible. Je me suis traînée hors du placard en rampant, avant de m'affaisser sur la moquette, incapable d'avancer davantage.

Dans le noir, j'ai appelé : *Ama ! Ama !* Je n'arrivais plus à dire maman. *Ama !* J'avais du sang plein la bouche, à cause des croûtes qui s'étaient fendues sur mes lèvres. De toutes mes forces, j'ai crié : *Ama !* Mais toutes mes forces, ça ne faisait pas grand-chose, un couinement de bestiole, un miaulement ténu, pas de quoi fouetter un chat.

Quand la lumière s'est soudain allumée, je me suis roulée en boule, comme pour me protéger d'un danger imminent. *Putain de merde ! C'est pas vrai !* C'était la voix de l'homme, qui tremblait d'un accent paniqué. *C'est pas vrai ! Je le crois pas !* Il était là, tout près. Je me suis ratatinée encore plus, gémissante et transie. *C'est pas possible !* Ma mère a demandé d'une voix incertaine :

– Qu'est-ce que t'as ? Reviens !

– Ta gueule, espèce de malade ! Ta gueule !

Ma mère a insisté :

– Reviens, t'as pas fini.

– Ta gueule !

Je l'ai entendu ramasser ses affaires. Il répétait sans cesse. *C'est pas possible ! C'est pas possible !* Il semblait terrifié. Je ne sais même pas s'il a pris la peine de se rhabiller. La porte a claqué, et ma mère a hurlé : *Espèce de salaud ! Tu m'as même pas payée !*

Elle s'est levée, péniblement. Péniblement, elle a marché vers moi. Je suis restée sans bouger, grelottante, la peur au ventre. Je savais que j'avais fait une bêtise. *Pourquoi tu m'as fait ça, bébé ?* Il n'y avait pas de colère dans sa voix, plutôt de la stupeur. *Pourquoi tu m'as fait ça ?* Elle semblait hagarde, un peu ailleurs. Moi je pleurais, à cause de la lumière.

Je l'ai vue soudain écarquiller les yeux, comme si elle revenait à elle. *Bébé, dans quel état tu es !* Elle m'a prise dans ses bras, m'a portée en tremblant sur le lit. *Comment tu as pu te mettre dans un état pareil ?* Je l'ai regardée, sans répondre. Elle a souri. Elle avait sur la joue une balafre rose. *Ça va aller, bébé. Je vais m'occuper de toi.* J'ai incliné la tête. Je ne pouvais plus parler. *Mais d'abord, tu vas dormir un peu, te reposer, ça te fera du bien.* Elle s'est allongée à côté de moi. *Maman aussi va se reposer.* Juste avant de fermer les yeux, je l'ai vue tendre la main vers une seringue posée sur le carton qui servait de table de nuit.

Les hommes en noir ont débarqué à 6 heures du matin. C'est écrit sur le procès-verbal. Tout est allé très vite : les hurlements de ma mère, la matraque sur sa gorge, ses seins hors du peignoir, le bâillon, la camisole. Quelques minutes à peine.

Je les ai regardés faire sans pouvoir réagir. J'étais comme dans ces rêves où chaque geste s'effectue au ralenti, où la bouche s'entrouvre sans qu'aucun cri n'en sorte, et où l'on se découvre soudain incapable de courir, alors même qu'il faut fuir un danger imminent. J'ai laissé s'accomplir, impuissante et perdue, la plus grande catastrophe de toute mon existence.

La gueuse a mis bas une nuit de janvier. J'étais dans le placard avec mes souvenirs, lorsque j'ai entendu le miaulement des chatons. Vous ne pouvez pas savoir le réconfort que m'ont apporté ces minuscules vies qui venaient d'apparaître dans la pièce à côté. Il fallait bien ça, je vous assure. Il fallait bien ça.

Ils ont conduit ma mère au centre de détention du 36e district. L'examen médical effectué lors de son arrivée signale des traces de brûlures en divers endroits du corps, des traces de lacérations sur le dos et les cuisses (automutilation ?), une balafre récente de huit centimètres sur la joue gauche (automutilation ?), deux molaires cassées, sept caries non soignées, une déviation de la cloison nasale consécutive à un traumatisme. Le rapport signale également : dénutrition, déshydratation, infection par divers parasites. À la radio, les poumons paraissent sains. L'analyse de sang révèle la présence d'alcool et d'héroïne. Ma mère pesait 46 kg pour 1 m 72.

Ils étaient quatre, accrochés aux mamelles de la gueuse. Quatre boules de duvet tigré et coloré, mauve, jaune, rose et bleu ciel. Pacha les contemplait, assis juste à côté, immobile, hiératique. On aurait dit un sphinx couleur de feu. *Tu peux être fier de toi, mon tout beau. Tu as bien travaillé.*

J'ai choisi de ne rien dire à Fernand. Je ne pouvais me résoudre à me défaire des chats. J'avais besoin d'encore un peu de temps pour achever ma lecture.

Les symptômes du manque sont apparus très vite : sueurs, tremblements, douleurs, diarrhées, nausées… Tout est signalé dans le dossier. Ils l'ont attachée sur son lit et l'ont laissée hurler pendant trois jours. Après, on ne l'a plus entendue. Le dossier porte la mention : *Fin du sevrage* à la date du 20/11/95. Le médecin ajoute : *État satisfaisant.*

Elle refusait de s'alimenter, renversait systématiquement le contenu de son assiette, et recrachait toute la nourriture qu'on tentait de lui faire ingérer. Ils l'ont à nouveau attachée sur son lit, et ils lui ont posé une sonde gastrique, avec une perfusion de glucose au creux du bras. C'est étrange, n'est-ce pas, de penser qu'au même moment, on me faisait subir dans le Centre un traitement identique. Comme s'il subsistait entre ma mère et moi un mystérieux lien de souffrance que la séparation n'avait pas su défaire.

Lorsqu'ils sont venus l'interroger, elle est restée prostrée. Dans le rapport, ils marquent : *Refuse de coopérer.* Est-ce qu'elle refusait, vraiment, ou est-ce qu'elle n'était pas en état de parler ? On la gavait de tranquillisants et d'antidépresseurs, pour atténuer ses souffrances – un bon moyen aussi de la faire tenir tranquille. Qu'est-ce qu'il pouvait bien lui rester de force et de lucidité, après ça ?

Le procès de ma mère s'est ouvert le 10 décembre, moins d'un mois après son arrestation. Le Ministère public a produit des dizaines de témoins à charge : voisins, anciens patrons, agents des services sociaux. L'avocat de la défense était commis d'office. Il n'a pas pris la peine d'étudier le dossier. Quand bien même il l'aurait voulu, il n'aurait pas eu le temps.

Ma mère n'a pas dit un mot durant tout le procès. Elle n'a pas réagi à l'énoncé des faits, n'a semblé reconnaître aucun des témoins appelés à la barre. Et elle n'a montré aucune trace de remords. Il est clair qu'elle était ailleurs, partie vers un autre monde où, j'espère, elle ne souffrait pas.

Le verdict est tombé le 13 décembre : seize ans de prison, déchéance des droits maternels. De toute façon, c'était couru d'avance. Ma mère a été transférée le jour même à la Centrale de Chauvigny, qui venait d'ouvrir ses portes. Une semaine plus tard, le 20 décembre, l'Assemblée nationale votait la loi Vigilance et Protection par 539 voix contre 37 et 66 abstentions. Cinq jours plus tard, on fêtait Noël.

J'ai fini par avouer à Fernand la naissance des petits. Lorsqu'il a compris que cela remontait à près de deux semaines, il a tordu le nez. Mais ce n'était rien comparé à la tête qu'il a faite quand il a découvert les chatons : en quinze jours, leur pelage avait pris des couleurs encore plus éclatantes, zébrées des rayures fauves héritées de leur mère.

– Mais... ce n'est pas possible !
– Il faut croire que si.
– Pas possible, a-t-il répété.
– Pourtant, il faut vous rendre à l'évidence !

– Tous les abyssins arc-en-ciel sont stériles. C'est scientifique !

– *La vie est pleine de mystère*, ai-je fait en souriant.

– Qu'est-ce que tu dis ?

– Laissez tomber, Fernand.

Il lui a fallu un moment pour revenir de sa stupeur. Il restait là, à regarder les chatons jouer autour de nous. Parfois l'un d'eux montait sur sa chaussure, et il le laissait faire, sans avoir l'air d'y croire.

Soudain, il a semblé revenir à lui-même. Je l'ai vu secouer la jambe d'un air exaspéré, pour chasser la boule de poils bleus qui s'était accrochée au bas de son pantalon.

– Sale bête !

Je lui ai lancé un regard de reproche.

– Oh, inutile d'essayer de m'impressionner, ça ne marchera pas ! Que ces bestioles soient ou non les petits de Pacha, cela ne change rien : ce sont des bâtards non programmés. Ils n'ont rien à faire chez toi. Tu vas te dépêcher d'appeler les services sanitaires pour qu'ils t'en débarrassent !

– Fernand, je comprends votre position. C'est la voix de la raison. Mais tout de même, j'aimerais les garder encore un peu.

– Dis-moi que tu plaisantes !

– Non, Fernand, pas du tout.

Et sans même lui laisser le temps de riposter, j'ai poursuivi :

– J'aimerais les avoir avec moi encore un tout petit peu. C'est difficile pour moi, vous savez. Je me suis attachée à ces bêtes et… j'ai déjà vécu tant de séparations.

Il a plissé les yeux.

– N'essaie pas de m'avoir par les sentiments !

J'ai baissé les paupières avec modestie.

– Tu es une sacrée manipulatrice.

J'ai souri.

– Je te donne une semaine, a-t-il grommelé. Pas un jour de plus. Passé ce délai, si tu n'appelles pas les services sanitaires, c'est moi qui le ferai. Et si, d'ici là, ils te mettent le grappin dessus, tu te débrouilleras toute seule, je te préviens !

– Une semaine… Une semaine, ça ira. Merci, Fernand.

J'ai repris la lecture du dossier le soir même, et, durant sept jours, je n'ai presque pas dormi ni quitté le placard. Je voulais avoir terminé avant le moment où je serais obligée de me séparer des chats. J'entendais les petits qui miaulaient au salon, les feulements de leur mère, et parfois, un frôlement contre la porte – Pacha qui me signalait sa présence. C'était bon de les avoir tout près. Sans cela, je ne sais pas si j'aurais tenu le coup.

*
* *

Ma mère a été une détenue exemplaire : silencieuse et obéissante, ne manifestant ni désirs, ni exigences, mangeant ce qu'on lui présentait, dormant, la plupart du temps. Qu'est-ce qu'elle pouvait faire d'autre, de toute façon, droguée comme elle l'était ? Si vous saviez, Milo, toutes les saloperies qu'ils pouvaient lui donner ! De plus en plus, au fil du temps. Tout est inscrit dans le livret d'incarcération, jour après jour : les doses, les prescriptions. Parfois, ils alternaient avec des stimulants pour la faire se lever, marcher un peu.

Elle s'est mise à grossir de façon effroyable. En novembre 98, elle pesait 96 kg, cinquante de plus qu'à son arrivée en prison trois ans plus tôt. Je n'ai pas l'impression qu'ils aient fait quoi que ce soit pour enrayer le processus. Pour cela, il aurait fallu arrêter le traitement. Personne ne voulait l'envisager.

Les problèmes cardiaques ont commencé courant 99 – arythmie et hypertension. Ils l'ont mise sous Rythmodiol et Cardiolan. Elle a continué de grossir. Le dossier signale plusieurs infarctus, en décembre 2099, mai 2100, janvier 2101. Un léger accident vasculaire cérébral en janvier 2102, dont les conséquences n'ont pu être clairement évaluées, *vu l'état de délabrement antérieur de la patiente.*

Ma mère est morte le 22 mars 2102, dans son sommeil. L'autopsie effectuée le 23 conclut à un arrêt cardiaque. Le rapport du légiste précise : cœur 376 g, poumon droit (légères traces d'œdème) 465 g, poumon gauche (légères traces d'œdème) 420 g, foie 1 890 g, rate 190 g, reins 350 g chacun, cerveau 1 440 g. C'est étrange qu'ils se soient intéressés au poids de ses organes. Lorsqu'elle était en vie, jamais ils ne s'étaient souciés de savoir si elle avait le cœur lourd.

Le dernier document figurant au dossier de ma mère est son certificat d'inhumation, le 24 mars 2102, au cimetière de la Centrale de Chauvigny : allée 12, n° 6820, entre les repères 57 et 58. Elle allait avoir trente-trois ans et pesait 124 kg 600. Elle était incarcérée depuis six ans, trois mois et neuf jours.

Durant toutes ces années, elle n'a pas dit un mot, même pas mon nom. Jamais elle ne l'a prononcé. Jamais elle ne m'a réclamée. Est-ce qu'elle se souvenait seulement qu'elle avait une fille ?

Quand je suis sortie du placard, je tenais à peine sur mes jambes. J'ai marché jusqu'à la cuisine, et me suis ouvert une boîte – la dernière – que j'ai mangée debout, avec les doigts, dos à la caméra. Puis je suis allée prendre une douche. J'y suis restée longtemps, mais ce n'est pas comme ça qu'on chasse la tristesse.

Pendant que je m'habillais, Pacha est venu se frotter à mes jambes. *Mon doux...* Je me suis accroupie face à lui. *Mon doux, écoute-moi.* Je me disais, ce n'est pas sûr mais il faut essayer les yeux dans les yeux peut-être qu'il comprendra. *Je dois aller signaler ton retour. Mais je vais aussi devoir déclarer la gueuse et les petits. Je n'ai pas le choix, vraiment pas. Dès qu'ils seront au courant, ils vont venir les prendre. Est-ce que tu comprends ?* Il n'a pas réagi. *Oh, Pacha ! j'ai tant de chagrin, si tu savais !* C'est à peine si j'ai vu frémir son museau. J'ai soupiré : *À tout à l'heure, Pacha.* Juste avant de partir, j'ai ouvert la baie vitrée donnant sur le balcon.

Les services sanitaires ont enregistré ma déclaration. Ils m'ont dit qu'ils passeraient en début de soirée pour embarquer la gueuse et les chatons. Je n'ai pas osé demander ce qu'ils comptaient en faire.

Ensuite, je suis allée marcher. J'ai erré dans les rues durant plusieurs heures. Je n'avais pas le courage de regagner la maison. Quand je me suis enfin décidée à rentrer, j'ai trouvé l'appartement désert. Aucune trace des chats. Le vent s'engouffrait doucement par la baie entrouverte. Le balcon était parsemé de poils multicolores. Je les ai ramassés soigneusement, et je les ai gardés dans le creux de ma main, très longtemps, en regardant la ville. Puis je suis allée les jeter dans l'incinérateur. Ensuite, j'ai pleuré. C'était de la tristesse, mais aussi de la joie. Je savais que Pacha ne reviendrait pas.

Épilogue

Cela fait maintenant cinq mois que j'ai terminé la lecture du rapport, dix-huit mois que vous êtes incarcéré. Toujours pas d'accusation officielle. Aucune nouvelle de vous.

Fernand fait ce qu'il peut pour me réconforter : *Pas d'accusation officielle, c'est bon signe. Cela veut dire qu'ils n'ont rien trouvé contre lui.* Il m'assure que dans ces conditions, on ne pourra pas vous maintenir indéfiniment en détention – on est un État de droit, tout de même. Il dit qu'il faut être patient. Mais je vois bien qu'il n'arrive plus à obtenir quoi que ce soit du Ministère.

En attendant, je continue de faire semblant : je lis, je cours, je marche dans la ville. Mes fougères prospèrent. Sur les Champs-Élysées, les vergers ont rouvert. Les blés sont hauts. C'est le temps des cerises. Je me suis acheté deux robes, une bleue, une rouge. Je ne crois pas que j'oserai les porter.

En septembre, je reprendrai mes études, c'est mieux comme ça. Je ne sais pas encore dans quel domaine. J'ai encore un peu de temps pour choisir.

La Commission psychiatrique a décidé de mettre fin à mon suivi. Il paraît que je vais bien. J'imagine que je devrais me réjouir, mais sans vous, tout est si difficile. Parfois je me sens comme morte.

Je suis retournée à Chauvigny dans les premiers jours du printemps. Je n'ai rien dit à Fernand – ma mère, la Zone, cela reste un sujet sensible entre nous. J'ai pris le train à l'aube. Il faisait gris. Ça rendait encore plus lugubres les paysages bordant la voie ferrée. Je n'ai pas détourné les yeux. C'est mon histoire. Il faut que je m'habitue.

J'ai marché d'un bon pas de la gare à la prison. Je n'éprouvais aucune peur. Je savais où j'allais et ce que j'avais à faire. Le gardien qui m'a prise en charge était neuf et fringant. Il allait si vite que j'ai eu du mal à le suivre dans l'allée qui menait au cimetière. Il m'a ouvert la grille puis il a débité la formule rituelle, de la même voix mécanique que son prédécesseur, la même exactement : *Moïra Steiner, allée 12, n° 6820, entre les repères 57 et 58.* Cette fois-ci, tout est demeuré clair, net, compréhensible. J'ai laissé le gardien repartir sans l'agresser, et le vent a continué de souffler entre les stèles.

C'est cela, sans doute, faire son deuil : accepter que le monde continue, inchangé, alors même qu'un être essentiel à sa marche en a été chassé. Accepter que les lignes restent droites et les couleurs intenses. Accepter l'évidence de sa propre survie.

Arrivée à la tombe, je me suis assise sur la dalle. J'y ai posé la main, simplement, bien à plat. Une sobre caresse pour dire que j'étais là. Le ciment était parcouru de lézardes profondes. Le nom disparaissait sous le lichen et la mousse qui avaient envahi la surface. Je ne m'attendais pas à trouver sa tombe déjà si délabrée.

J'ai gratté le lichen qui recouvrait l'inscription, soulevé un à un les coussinets de mousse. Puis, lentement, j'ai suivi le contour des lettres et des chiffres imprimés dans le ciment : *Moïra Steiner (2069-2102)*. Et ça faisait une vie si courte, sous mes doigts, si courte que je me suis efforcée de ne pas trop y penser.

J'ai attendu longtemps ; je ne voulais rien brusquer. Les mots sont venus tout seuls lorsqu'ils ont été prêts : *Je sais, maman. Ce que tu as vécu. Ce qui t'est arrivé. J'ai compris, pour nous deux. J'ai compris l'essentiel.* Ensuite, j'ai ajouté : *Je suis sortie du chaos. Je voulais que tu saches que je ne t'en veux pas.* Je l'ai dit à haute voix, pour m'assurer que c'était bien vrai. Je l'ai dit pour être sûre que je le pensais vraiment.

J'étais consciente qu'elle ne m'entendait pas : je parlais à une morte, au cadavre pourri d'une obèse gavée d'anxiolytiques. Mais ce n'est pas ainsi que je voulais voir les choses. Lorsqu'on cherche à tout prix un peu d'apaisement, on préfère imaginer sa mère endormie là-dessous, le visage reposé, sans marques, et un sourire aux lèvres comme aux meilleurs moments. Sinon, ce serait tellement désespérant.

J'avais emporté la lamelle. Je l'ai sortie de ma poche, et je l'ai gardée serrée un moment dans mon poing. J'ai pris le temps de penser à tout ce qu'elle contenait, ces rapports, ces témoignages, ces comptes rendus, ces notules. Tous les gens qui s'étaient impliqués – juges, médecins, psychologues, banquiers et experts en tout genre, bureaucrates, et citoyens honnêtes, si soucieux d'accomplir leur devoir en témoignant à charge. Toute l'énergie dépensée dans ce long travail de collecte. Et le soin minutieux qu'il avait fallu déployer pour suivre ma mère, pas à pas, jusqu'au bout de sa déchéance. Ils ne se doutaient pas, tous ces gens, que dans leur zèle obtus, ils me fabriquaient un trésor : des pans entiers de ma mémoire perdue. La preuve irréfutable que ma mère m'a aimée.

Je reconnais qu'elle n'a pas toujours été exemplaire, mais est-ce qu'on l'a aidée – je veux dire, vraiment aidée – lorsqu'elle se débattait ? Est-ce qu'il est facile de bien aimer un enfant qu'on n'a pas désiré, surtout si sa venue bouleverse tous vos plans, et rend votre existence soudain si compliquée ?

Parfois, je me demande ce qu'aurait été sa vie si elle ne m'avait pas eue, si l'implant sous sa peau avait bien fonctionné. Aurait-elle toujours le visage lisse et frais de mes souvenirs d'enfant ? Aurait-elle finalement réalisé ses rêves : perdre l'accent de la Zone et *aprendre des choses*, voir l'Italie, et aussi l'Amérique ?

Je repense à cette chanson qu'elle me chantait le soir pour m'endormir, *Summertime*. C'était sans doute la vie qu'elle espérait pour moi : la douceur de l'été, la douceur du coton. Un papa riche. Une mère élégante. Et dans la beauté du jour finissant, pas un pleur, pas un cri. Elle me disait : *Un jour, tu t'élanceras vers le ciel*. Elle avait ce rêve pour moi, pour moi dont la venue lui avait coupé les ailes. À la fin, elle disait : *Rien ne peut te faire mal, papa et maman sont là, tout près*. Ce n'était qu'à moitié vrai.

Je ne dis pas qu'elle n'a eu aucun tort ; je dis qu'elle a fait ce qu'elle a pu. Il n'y a que cela qui compte.

La lamelle me brûlait les doigts. Lentement, je l'ai glissée dans une des fissures, bien enfoncée, indécelable, et j'ai remis dessus un petit tas de mousse. Je suis restée assise encore quelques minutes sur le bord de la tombe, puis j'ai murmuré : *Au revoir, maman*. Ensuite, je suis partie.

Sur le trajet du retour, je n'ai pas quitté des yeux les paysages, le long de la voie ferrée. Ils étaient toujours aussi tristes et dévastés ; et pourtant, je me suis dit, je reviendrai. J'ai envie de revenir. Peut-être à cause des enfants qui jouaient au ballon dans les friches. Ou peut-être simplement que je m'étais habituée.

Le bruit court que de plus en plus de gens quittent la ville pour aller s'installer dans la Zone. Après avoir nié le phénomène, le gouvernement a fini par l'admettre, seulement, il minimise : cela ne concernerait qu'une poignée de marginaux, des militants depuis longtemps fichés pour leurs idées extrêmes. Mais ce n'est pas vrai. En cherchant sur la toile, on arrive à dénicher des témoignages, juste avant qu'ils ne soient effacés. Les gens expliquent pourquoi ils ont choisi de partir. Pas des illuminés, ni des rebelles, non, des gens comme vous et moi – enfin, comme vous surtout. Des gens normaux.

Il y a encore quelques mois, j'aurais trouvé cela absurde, quitter la ville et la sécurité pour aller vivre *extra muros*. Maintenant, je commence à comprendre. Moi aussi, certains jours, j'aimerais que tout s'arrête : l'analyse de mes urines chaque matin au réveil, le passage au scanner chaque fois que je pénètre un bâtiment public, le contrôle de mes achats, les conseils des nutritionnistes, la convocation pour mes premières injections dans le visage, l'émetteur que Fernand me presse de faire implanter derrière mon sternum, et cette caméra qui tourne en permanence derrière le grand miroir.

Avant, j'estimais que tout cela allait de soi, qu'il n'y avait rien à dire. Mais j'y vois plus clair, à présent. Je me souviens des journaux que vous m'avez fait lire à la Bibliothèque : la frontière, les émeutes, les visas, *intra, extra muros*. La numérisation, les coupes dans les articles, et la confiscation des documents papier. Je commence à comprendre comment cela fonctionne, à saisir les implications. Voulez-vous que je vous dise, Milo ? Je ne sais pas si vous êtes coupable. Mais, quoi que vous ayez fait, je suis sûre que vous aviez raison.

Parfois, je repense aux portraits dans votre bureau, à ce que vous m'avez raconté sur la Zone, à ces bibliothèques où les gens peuvent encore lire à livre ouvert, et je me dis que, peut-être, il ferait bon y vivre, malgré la crasse et l'insécurité. Je me dis ça. Je ne suis sûre de rien.

Il y a quelques jours, j'ai reçu sur la toile une publicité pour le nouveau spectacle du Dr Vesalius – vous vous souvenez du Dr Vesalius, l'*ami des monstres et des disgraciés* ? Son cirque est en tournée en ce moment dans la Zone. *Une tournée triomphale*, dit la publicité. Le clou du spectacle est un petit prodige de six ans et demi. Un enfant né sans bras, ayant développé à force d'entraînement une telle agilité des orteils, qu'il peut accomplir sans peine tous les gestes de la vie ordinaire : il s'habille seul en scène, puis il se met à table, manie sans difficulté le couteau, la fourchette, boit dans un verre en cristal sans renverser une goutte. Il tire à l'arc, dessine admirablement, et il joue du violon à vous tirer des larmes. Un enfant de six ans et demi. Un petit musicien. Évidemment, j'y ai pensé. Cela pourrait bien être le fils de Lucienne.

Longtemps, j'ai cru que le monde ne m'intéressait pas. Il n'y avait pour moi qu'une seule raison de vivre : retrouver ma mère, et comprendre ce qui m'était arrivé. Aujourd'hui, je sais que je me trompais, que c'est plus compliqué. On a beau faire, on finit toujours par s'impliquer plus qu'on ne l'imaginait. Il y a tous ces gens que j'ai croisés et aimés. M. Kauffmann, Lucienne, Justinien. Il y a Fernand, sa présence, sa constance. Quelque part, je ne sais où, il y a Pacha, la gueuse et leurs petits. Il y a la Zone où je voudrais retourner plus souvent. Il y a cet enfant qui dessine et qui fait pleurer son violon. Il y a vous.

L'autre soir, il m'est arrivé une chose incroyable, pendant ma séance de Sensor. C'est venu d'un seul coup, sans prévenir. Un éclair bouleversant en travers de mon ventre. Une sensation inédite et violente. J'ai joui, pour la première fois. Je ne sais pas si je devrais vous le dire, mais je le fais quand même : je pensais à vous, Milo, lorsque c'est arrivé. Enfin, à nous. J'espère que vous ne m'en voudrez pas.

Je me suis souvent demandé, durant ces derniers mois, si j'allais continuer ou tout laisser tomber. Aujourd'hui, je ne me pose plus la question.

Je me dis qu'il existe des choses belles et heureuses. Elles sont rares, mais possibles, et c'est à cette idée que je veux m'accrocher. Je veux vivre. Sentir. Être touchée. Je ne sais pas si j'y parviendrai, mais je vais essayer, parce que je crois vraiment que ça en vaut la peine. Oui, Milo, je veux vivre. Mais pas sans vous.

En rentrant de ma visite sur la tombe de ma mère, j'ai rompu les scellés sur le paquet de feuilles et la bouteille d'encre que m'avait autrefois donnés M. Kauffmann. J'ai pris sur la commode mon beau stylo d'argent. Puis je suis retournée m'enfermer dans le placard. Je savais que j'avais pris un risque en libérant toutes ces feuilles volantes, mais ça ne m'a pas fait peur. De toute façon, il fallait que je le fasse.

Il ne s'est rien passé. Aucun rappel à l'ordre, aucune arrestation. C'est bien ce que je pensais : ils ont trop de travail, et ils ne parviennent plus à surveiller tout le monde. Je ne vais pas pleurer.

Nuit après nuit, j'ai rempli les pages à la lueur de mon grammabook. L'encre sentait la violette ; le papier était doux au tranchant de ma main. Les phrases sont venues sans peine – j'avais tant à vous dire, après tout ce silence.

Mais surtout, je pensais que mes mots possédaient un pouvoir : celui de vous protéger. Tant que quelqu'un vous parle, quelque part, vous écrit, vous ne pouvez pas mourir. Vous êtes encore

au monde ; vous lui appartenez. J'en étais persuadée, Milo, c'est pour cela que je suis allée jusqu'au
bout : vous dire mon histoire, mais surtout, vous
garder vivant.

Maintenant, c'est fini. La bouteille d'encre est
vide, toutes les feuilles sont remplies. Je les ai soigneusement empilées, puis je les ai rangées dans
une boîte à chaussures. Elles sont ici, cachées, tout
au fond du placard. Elles n'attendent que vous,
mais vous n'êtes pas là.

Je suis à ma fenêtre. Je regarde la ville sous le
soleil couchant. Il est énorme et rouge. On dirait
un grand cœur qui saigne sur les toits et incendie les champs. Bientôt il descendra derrière la
Grande Arche, et peu à peu les ombres envahi-
ront l'espace.

Quand la nuit sera là, j'irai m'allonger dans le
placard, où personne ne peut ni me voir ni
m'atteindre. Du bout des doigts, je ferai glisser le
panneau. Je serai calme. Je n'aurai pas peur. Je
croiserai les mains sur ma poitrine, poserai un
sourire sur mes lèvres, comme un gisant de pierre.
Comme un gisant de pierre, je fermerai les yeux.
Et je vous attendrai.

Pour l'éditeur, le principe est d'utiliser des papiers composés de fibres naturelles, renouvelables, recyclables et fabriquées à partir de bois issus de forêts qui adoptent un système d'aménagement durable.

En outre, l'éditeur attend de ses fournisseurs de papier qu'ils s'inscrivent dans une démarche de certification environnementale reconnue.

Ce volume a été composé
par IGS-CP à L'Isle-d'Espagnac (Charente)
et achevé d'imprimer en mai 2010
sur Roto-Page
par l'Imprimerie Floch
à Mayenne
pour le compte des Éditions Stock
31, rue de Fleurus, 75006 Paris

Imprimé en France

Dépôt légal : septembre 2010
N° d'édition : 01 – N° d'impression : 76872
54-51-6802/0